중앙역

김혜진 장편소설

중앙역

문학동네

차례

1

늦은 밤 공사는 중단된다.

역사驛舍를 중심으로 길을 넓히고 도로를 다지던 작업이 멈추고 인부들이 돌아간다. 포클레인이나 불도저 같은 작업 차량이 멈춰서자 도시 전체가 죽은 것처럼 고요해진다. 오직 조감도를 비추는 조명만이 환하다. 공사가 끝나면 광장 중앙에 분수가 설치되고 에스컬레이터와 무빙워크가 완성될 것이다. 조감도 속 역사는 지금보다 크고 화려하다.

캐리어를 끌며 역사 주변을 한 바퀴 더 돌기로 한다. 운이 좋으면 낮엔 보지 못했던 적당한 자리를 발견할지도 모른다. 그러면 그곳에서 밤을 안전하게 보낼 수 있을 것이다. 빈자리를 함부로 차지하는 건 위험하지만 나는 호기를 부린다.

이곳은 도시 한가운데 위치한 가장 큰 역사다.

몇 년 전 신新역사가 완공된 이후 낡고 오래된 구舊역사는 광장 한쪽으로 물러나 있다. 하루가 멀다 하고 리모델링 공사로 몸살을 앓는 신역사와는 대조적이다. 구역사 내부를 박물관으로 리모델링했지만 무엇을 전시하고 보존하는지 사람들은 궁금해하지 않는다. 유리창을 뜯어내고, 계단을 부수고, 지하도와 광장을 연결한다는 핑계로 종일 땅을 파내고, 수시로 주변 통행을 막는 신역사 건물에도 관심이 없긴 마찬가지다. 사람들은 공사가 끝난 뒤 사소하게 놀라고 말 것이다. 이 난장판을 금세 잊을 것이다. 사람들은 뭔가 뜯고 부수고 갈아치우는 데 익숙해져 있다.

호주머니에 넣어둔 물병을 꺼내 물 한 모금을 마신다. 뜨뜻미지근하다. 비린 맛이 나는 것도 같다. 역사 내 식수대에서 떠온 물이지만 정말 식수로 적당한지는 알 수 없다. 그러나 나는 되도록 그런 의심을 하지 않으려고 애쓴다.

물병을 다시 호주머니에 넣은 다음 캐리어를 끌고 광장을 가로지른다. 캐리어 바퀴가 시멘트 바닥을 구르며 요란한 소리를 낸다. 행인들이 요령 있게 나를 피해 선다. 사람들 틈으로 좁고 가느다란 길이 생긴다. 모두가 나를 비껴가거나 앞질러 간다.

밤이 깊어지자 구역사 주변으로 사람들이 모여든다. 이곳은 신역사에서 멀찌감치 떨어져 있는데다 따로 관리하는 사람도 없다. 나는 아스팔트 위에 일렬로 누운 발바닥을 흘끔거리며 걷는다. 나뭇가지처럼 앙상한 발목들, 탄 것처럼 새까만 발들. 그 발의 주인들과 눈을 마주치지 않으려고 고개를 숙이고 캐리어를 바짝 치켜든다.

구역사 뒤편에 이르자 가파른 계단이 나타난다. 신역사 후문으로 통하는 구름다리다. 가로등이 두어 개뿐인 다리 위는 어둑어둑하다. 양쪽 난간은 높다란 펜스로 막혀 있고 아래는 열차 선로들이 어지럽게 얽혀 있다. 발전기 같은 기계장치에서 새어나오는 불빛이 반짝거린다. 이어폰을 끼고 이쪽으로 걸어오던 남자가 물고 있던 담배를 내던진다. 불티가 어지럽게 날리다가 꺼진다.

조금 더 걸어가자 일정한 간격을 두고 누운 사람들의 실루엣이 보이다가 말다가 한다. 다들 펜스 쪽으로 머리를 두고 누워 있다. 누군가는 휴대폰을 보고 또 누군가는 엎드린 자세로 철로를 내려다보는 중이다. 신문지나 모자로 얼굴을 가린 이들도 있다. 잠든 것처럼 보이지만 사람들 대부분이 깨어 있다는 것을 느낄 수 있다. 나 역시 그런 식으로 밤을 보내야 할 것이다. 전철과 기차가 오갈 때마다 거대한 엔진소리가 다리를 뒤흔든다.

나는 다리 한가운데를 지난 지점에 멈춰 선다. 안쪽으로 조금 더 들어갈까 생각해보지만 지린내와 악취 탓에 엄두가 나지 않는다. 바람이 불 때마다 정체를 알 수 없는 냄새가 몰려온다. 그래도 이 정도면 그럭저럭 잠을 청할 수 있다. 시간이 지나면 사람들이 더 몰려올 거다. 나는 스스로를 다독인다. 어쨌든 적당한 곳에 서

둘러 자리를 잡아야 한다. 어차피 이곳에서 마음에 드는 곳을 찾는 것은 불가능하다. 그런 생각을 하면서도 주변을 서성거리기만 한다.

한참 만에 나는 캐리어 뒤편에 꽂아놓은 박스를 꺼내 펼친다. 시멘트 바닥이 뜨겁다. 앉거나 누우면 오돌토돌한 느낌이 도드라진다. 나는 박스를 뒤집고, 바닥을 살피고, 자그마한 돌멩이 같은 것들을 골라내는 소용없는 짓을 하고 또 한다. 결정적인 장애물은 좀처럼 발견되지 않는데도 성가시고 불편한 느낌은 점점 더 선명해진다.

등을 보이고 누워 있던 사람이 이쪽을 돌아보는 기척이 들린다. 우물쭈물하면서 그가 있는 쪽을 자꾸 흘끔거리게 된다. 자꾸만 그와 눈이 마주친다. 그는 포갠 발을 비비며 아예 내 쪽으로 돌아눕는다.

도대체 뭐요?

그는 한 팔로 머리를 괸 채 내가 하는 양을 물끄러미 바라본다. 호의와 친절 같은 건 느껴지지 않는다. 적의와 분노를 품은 말투도 아니다. 그의 목소리는 뭔가에 짓눌린 듯 쇳소리가 난다.

안 잘 거요?

그가 목소리를 높인다. 나란히 누워 자던 사람들이 도미노처럼 깨어날지도 모른다. 일을 크게 만들고 싶지 않다. 부주의하게 시빗거리를 던져주고 싶지 않다. 이곳 사람들은 자극하고 싶지 않다.

잘 겁니다.

나는 인사하듯 고개를 숙이며 말한다. 그는 나와 캐리어, 한쪽에 세워둔 종이 박스들을 가만히 훑으며 묻는다.

뭐가 문제요? 왜 시끄럽게 구느냐 이 말이오.

그의 목소리는 이제 잠이 다 달아난 것처럼 또렷하다. 멀리서 덜컹거리는 소리가 달려오더니 순식간에 다리 전체가 요동친다. 고속열차의 엔진소리가 주변 소음을 지우며 빠르게 다리 밑을 통과한다. 그가 허리를 세우고 앉는다. 펜스 그림자 속에 묻혀 있던 그의 모습이 불빛 위로 떠오른다. 희끗희끗한 머리칼과 왜소한 체구가 분명해진다. 그가 입은 커다란 군복 안이 텅 비어 보일 정도다. 그가 움직일 때마다 어깨와 가슴팍에 붙은 배지들이 반짝거린다. 긴장을 놓아선 안 된다. 소란을 피워선 안 된다. 그건 위험한 일이다. 나는 마음을 힘껏 붙든다.

그가 내 쪽으로 몸을 기울인다. 시비를 걸거나 싸움을 하려는 기색은 아니다. 그는 누군가와 이야기를 하고 싶은 얼굴이다. 그럼에도 나는 끈질기게 입을 다물고 있다. 당신과 대화하고 싶지 않다. 침묵을 지키면서 그런 내 의사를 분명히 전달하기 위해 애쓴다.

왜 대답을 않는 거요?

사내는 내 말문을 열어보려고 안간힘을 쓴다.

아무 문제도 없습니다.

내가 답한다.

아무 문제도 없어요. 말할 게 없습니다.

한번 더 못을 박는다.

진즉 그렇게 말하면 될걸. 쓸데없이 여러 말 하게 하는 양반이네.

그는 토라진 듯 고개를 내젓는다. 그러면서도 다시 눕거나 하지 않고 나를 빤히 건너다본다. 그가 다음 말을 기다린다는 것을 알면서도 나는 다시금 입을 다물고 있다. 그는 잠시 기다렸다가 한결 부드러워진 말투로 묻는다.

못 보던 얼굴이네. 언제 온 거요?

내 대답을 기다리지 않고 곧장 질문을 바꾸기도 한다.

몇 살이오? 젊어 보이는데?

나는 아무 말도 하지 않는다.

누가 물으면 몇 살입니다, 대답하면 그만이지. 나이를 모르는 거요, 말을 하는 게 싫은 거요?

그가 숨을 몰아쉬며 콜록거릴 때마다 술냄새가 진해진다. 나는 잠자코 박스 위에 앉는다. 계속 집요하게 물어온다면 내 나이보다 훨씬 많게 부를 작정이다. 서른여덟. 서른아홉. 아니, 내년에 마흔이 됩니다, 라고 대답할 수도 있다. 하지만 그는 더 캐묻지 않는다.

그는 다른 이야기를 한다.

지난주 이 근처에서 소란을 피우던 누군가를 따끔하게 혼내주었다는 이야기. 며칠 전 이 다리 위에서 큰 싸움이 벌어졌다는 이야기. 내가 캐리어에서 무릎담요와 목베개를 꺼내는 동안에도 그는 쉬지 않고 떠든다. 덜 잠근 수도꼭지처럼 그의 입에서 말이 줄줄 새어나온다. 시끄럽다거나 수다스럽다는 생각은 들지 않는다. 그는 잠시 말을 잠그는 법을 잊은 것 같다.

그때 내가 그 자식들을 완전히 묵사발을 만들었지. 다시는 입도 뻥긋 못하게 박살을 냈다니까.

철커덩, 철커덩, 소리를 내며 전철이 다리 아래를 지난다. 네모난 차창들이 캄캄한 공중에 환한 직선을 그린다. 이곳에 유독 사람이 드문 이유가 있다. 이곳에서는 몸으로 오는 소음과 진동을 고스란히 견딜 수밖에 없다.

나는 종이 박스를 안고 이곳까지 걸어들어왔을 그의 모습을 상상한다. 여기서 밤을 보내는 사람이라면 그의 처지는 충분히 짐작 가능하다. 싸움은커녕 얻어맞지 않으려고 도망다니는 부류일 게 뻔하다.

여긴 다 좋은데 공기가 너무 안 좋아. 사람이 사는 데 공기가 얼마나 중요한지 알아요?

입술을 달싹거리던 그가 화제를 바꾼다. 지금 막 이곳에 도착한 사람처럼, 당장이라도 떠날 수 있는 사람처럼 말한다. 나는 빨간 불빛들이 깜빡이는 철로를 내려다보고만 있다.

박스를 여러 개 까는 게 도움이 될 거요. 뭐가 배기는 게 싫으면 아예 저쪽 지하도에 가서 자든가. 거기서 밤새 돌멩이를 골라내봐야 소용없단 말이오.

그는 그렇게 말하고 돌아눕는다. 나는 박스 두 개를 겹쳐 깐 뒤 신발을 벗고 박스 위에 자리를 잡는다. 그런 후엔 다시 신발을 신고 반듯하게 누워본다.

며칠 지나면 돌 따위가 대수인가. 희한한 일이지.

돌아누운 그가 한마디 더 한다.

오른쪽 어깨 아래가 볼록하다. 골라내지 못한 돌멩이가 남은 모양이다. 돌멩이일까. 깨진 유리나 나뭇가지일지도 모른다. 플라스틱 조각이나 부서진 라이터, 못이나 나사 같은 것일 수도 있다. 다시 몸을 일으키고 박스를 뒤집어 바닥을 확인하는 일이 귀찮아서 나는 모로 누워버린다.

바닥에 귀를 대자 선로를 따라 멀어지고 가까워지는 기차 바퀴 소리가 또렷해진다.

*

잠이 들 무렵엔 몸에 꼭 맞는 배를 타고 먼바다로 떠내려가는 착각에 빠진다.

나는 요람에 누운 아이처럼 가만히 몸을 맡긴다. 파도가 뱃전을 밀며 나아가는 소리. 고요한 물살이 일렁이는 소리. 그런 소리들이 서서히 가라앉다가 한순간 배가 뒤집힌다. 나는 바다 한가운데 내동댕이쳐져 허우적거린다. 바다는 차고 어둡다. 나는 필사적으로 몸부림치며 눈을 뜬다.

눈을 뜨면 머리맡에 물이나 빵 같은 것이 놓여 있다. 상체를 일으키고 다른 사람들 곁에도 같은 것이 있다는 걸 확인한 다음 물을 마신다. 이제 열차가 오가는 소리는 들리지 않는다. 밤이 아주 깊었다는 뜻이다. 광장 쪽에서 고함이나 노랫소리가 동심원처럼 울렁울렁 넘어왔다가 잦아든다. 유리 깨지는 소리, 날벌레가 움직이는 소리, 계단 쪽에서 올라오는 악취. 그런 것들이 나를 깨우고 또 깨우고 계속 깨운다.

누군가가 밤의 양쪽 끝을 무한히 잡아당기고 있다.

선생님. 선생님, 주무세요?

서너 번 더 자다 깨다를 반복했을 때 인기척이 느껴진다. 한 여자가 내 발치에 쪼그리고 앉아 조심스레 내 다리를 흔들고 있다. 여자의 뒤편으로 우두커니 서 있는 남자의 실루엣이 보인다. 나는 한 팔로 눈을 가린 채 웅크리고만 있다.

선생님, 선생님.

여자는 몇 번 더 나를 부르다가 남자에게 묻는다.

주무시는 것 같은데, 그냥 둘까요?

여자가 머뭇거리자 남자가 말한다.

제가 한번 깨워보죠. 처음 보는 분 같은데 이야기라도 들어봐야죠.

이번엔 두 사람이 함께 내 몸을 흔들어댄다. 도리가 없다. 나는 막 잠에서 깬 사람처럼 눈을 뜨고 굼뜨게 몸을 일으킨다.

선생님, 주무시고 계셨어요? 술 드셨어요?

여자가 코를 갖다댄다. 향긋한 샴푸 냄새가 끼친다. 선생님. 선생님. 나보다 어리거나 겨우 한두 살 많아 보이는 여자가 나를 선생님이라고 부르는 이 상황이 낯설고 당혹스럽다. 여자가 움직일 때마다 노란 조끼에서 종이 스치는 소리가 난다. 지원, 길잡이, 센터, 보호. 나는 조끼에 적힌 글자를 눈으로 읽는다.

선생님, 저희는 지원센터 직원입니다. 저는 팀장 강동호고요, 선생님 성함을 여쭤봐도 될까요?

남자가 안경을 벗고 손바닥으로 얼굴을 쓸어내린다. 얼굴이 온통 땀으로 번들거린다. 나는 이름을 잊은 사람처럼 허둥거리다가 입을 다물어버린다. 누군가가 망치로 머리 안쪽을 톡톡 두드리는 것 같은 통증이 지나간다. 남자는 나와 눈을 맞추며 끈질기게 대답을 기다린다. 내 속을 훤히 다 꿰뚫어보는 것처럼 차분하고 침착한 표정이다.

저녁은 드셨습니까? 어디 불편한 데는 없으세요? 아프신 데 없으시죠?

남자가 손을 뻗어 내 다리를 주무르고 어깨와 팔을 만진다. 주저하거나 머뭇거리는 기색은 없다. 축축한 손바닥이 내 몸 여기저기를 잡고 쥐고 건드린다. 굵고 단단한 손이다. 피해보려고 하지만 남자는 자신이 충분하다고 생각할 때까지 어린아이 다루듯 내몸 여기저기를 확인하고 나서야 손을 뗀다.

특별히 불편하신 곳은 없으시네요. 언제부터 여기 계셨어요? 제가 못 뵌 분 같은데. 오신 지 얼마 안 되셨나요?

남자가 조끼 주머니에서 수첩을 꺼내 뭔가를 적는다. 내가 남자라면 나에 대해 어떤 메모를 할 수 있을까. 순식간에 불쾌한 감정이 솟구친다.

왜요? 여기 있으면 안 됩니까?

나는 조금 화가 난 말투로 대꾸한다. 남자는 태연하다. 오히려 나를 건너다보며 한쪽 눈을 찡긋거리기까지 한다.

당연히 여기 계셔도 되죠. 저희는 선생님이 괜찮으신지 살펴보러 온 겁니다. 도움을 드리려고요. 뭐 필요한 건 없으세요?

나보다 열댓 살은 많아 보이는 남자가 나를 달래듯 대꾸한다. 깍듯이 선생님이라고 부르고 있지만 적당한 호칭이 없어서라는 것을 나도 모르지 않는다.

없어요. 괜찮습니다.

그래요. 나중에 혹시 문제가 생기면 저희한테 오세요. 뭐든 도와드릴 테니까. 아시겠죠?

그 말은 머지않아 내게 문제가 생길 거라는 확신처럼 들린다.

어떤 문제가 생길 수 있나. 얼마나 많은 문제가 불거질 수 있나. 당신들이 그걸 해결해줄 수 있나. 잠에서 깬 사람들이 이쪽을 흘끔거린다. 몸을 일으키고 들으라는 듯 큰 소리로 투덜거리는 사람도 있다.

여자가 손을 흔들며 그들에게 알은체를 한다. 여자가 인사를 하면 사람들은 이내 입을 닫거나 저 혼자 볼멘소리를 하다가 한쪽으로 돌아눕는다. 하지만 대다수는 여전히 이쪽에 눈과 귀를 집중하고 있다. 아무 말도 하지 않을 것이다. 이곳에 있는 누구와도. 나에 대한 어떤 정보도 공유하고 싶지 않다.

여기 시끄럽지 않으세요? 첫차가 일찍 다녀서 새벽에는 자리를 또 옮기셔야 할 텐데요.

남자가 말하면 나는 고개만 젓는다. 그런 식으로 그냥 나를 내버려둬라, 제발 모른 척해라, 나는 사정하고 있는지도 모른다.

귀찮으시죠? 저희 갈 거예요. 근데 주무시기엔 저쪽 광장이 더 나을 수도 있어요. 저 뒤편으로 가면 공원도 있고요.

여자가 반쯤 몸을 일으키며 말한다. 나 같은 사람을 오래 상대해본 듯 담백한 태도다. 불쌍해하거나 안쓰러워하는 기색은 없다. 얕잡아 보거나 무시하는 태도도 아니다. 내 건강 상태를 확인했으니 그걸로 됐다는 표정이다.

오늘 여기서 주무시는 건 좋은데 여기 오래 계시면 안 됩니다. 저희가 쉼터를 소개해드릴 수도 있고 일자리를 구해드릴 수도 있으니 가급적 도움을 받으시는 게 좋아요. 여긴 오래 있으면 있을수록 힘들어지는 곳입니다. 아시겠죠?

남자가 생각난 듯 휴대용 물티슈 하나를 건넨다. 내가 받지 않자 남자는 내 옆에 그것을 내려놓으며 한마디 더 한다.

뭐든 필요하시면 센터로 오세요. 구역사 맞은편에 이층 컨테이너 보신 적 있죠? 거기가 지원센터 사무실이에요.

나는 다시금 자리에 누워버린다. 어차피 그곳엔 갈 일이 없을 것이다. 나와는 상관없는 곳이다. 여자가 목소리를 낮추고 당부한다.

아침은 꼭 드세요. 일곱시 반 넘으면 배식 끝나니까 일찍 가셔야 돼요. 요 앞 광장에서요.

그러곤 내 한쪽 어깨를 잡고 이렇게 소곤거린다.

술친구는 만들지 마시고요. 누가 술 먹자고 해도 드시면 안 돼요. 아셨죠?

두 사람은 장난을 치듯 앞서거니 뒤서거니 하며 저쪽으로 멀어진다. 그러다 걸음을 멈추고 내게 한 것처럼 누군가를 흔들어 깨운다. 모두들 한쪽으로 돌아누워 어둠을 껴안고 있지만 두 사람의 말소리와 발소리에 귀를 기울이고 있다는 것을 알 수 있다. 무관심한 척하지만 내심 차례가 돌아오길 기다린다는 것을, 누군가가 이름을 불러주고 말을 걸어주기를 바라고 있다는 것을 느낄 수 있다.

간간이 웃음이 터지고 누군가의 말에 호응하고 대꾸하는 두 사람의 다정한 목소리가 넘어온다. 나는 등을 돌리고 누워 어떻게든 잠을 청해보려고 애쓴다.

오래전부터 밤이었는데 여전히 밤이다.

*

낮에는 종일 역사 주변을 걸어다니며 생각한다.

인생이 제멋대로 흘러가버렸으면 좋겠다. 내가 어떻게 할 수 없을 정도로 망가지고 부서지면 좋겠다. 뭐든 도저히 손쓸 수 없는 상태가 되어버렸으면 좋겠다. 그러면 이런 두려움이나 막막함으로부터 벗어날 수 있을지도 모른다.

인생은 말을 듣지 않는 아이처럼 제멋대로 굴다가도 포기하려 하면 그렁그렁한 눈빛으로 나를 빤히 올려다본다. 한 번쯤 기회를 더 줘도 괜찮지 않을까. 그러면 나는 또 어김없이 뒤통수를 얻어맞고 이렇게 내몰리는 것이다. 이번에는 다르다. 아무것도 하지 않겠다. 더이상 기회를 주지 않겠다. 나는 종일 실체가 있는 뭔가와 대적하는 사람처럼 군다. 골똘히 허공을 노려보고 지나다니는 사람들을 쏘아본다. 그러나 모든 건 나와는 무관하게 흘러간다.

어쩌면 나는 종일 보이지 않는 시간과 싸우고 있는 것인지도 모른다.

해 질 무렵이 되면 적당한 잠자리를 찾아 몇 시간씩 역사 주변을 헤매지만 다시금 구름다리로 되돌아온다. 구름다리 위를 걸으며 내가 생각하는 것은 수중에 남은 돈이다. 내일에 대해 생각하는 것은 오직 이때뿐이다. 일주일, 보름, 길면 삼 주. 나는 버틸 수 있는 기간을 가늠해본다. 어떻게 하더라도 돈은 바닥날 것이다. 결국엔 바닥이 나고 말 것이다. 그러나 그 이후의 일은 이제 생각할 수가 없다.

캐리어 뒤쪽에 끼워둔 박스를 꺼내 깐다. 며칠 사이 박스는 닳고 납작해졌다. 저쪽에서 어둑어둑한 펜스 그림자가 흔들흔들 움직이더니 목소리 하나가 쑥 나온다.

거기 한잔하겠소?

군복 사내다.

그는 소주 한 병과 양념으로 뒤범벅된 봉지 하나를 앞에 두고 묵상하듯 앉아 있다. 나는 그가 매일 다른 일터를 전전하는 것을 안다. 조그마한 배낭 하나와 말끔한 차림새, 자정 전에 잠들고 해가 뜨기 전 자리를 뜨는 그의 하루로 충분히 짐작 가능한 일이다. 그는 광장에 널브러져 하루를 뭉개는 치들과는 다른 구석이 있다. 그에게 일자리를 부탁해볼까 생각한 적이 있지만 이제 그런 생각은 하지 않는다. 일하지 않고 하루를 보내는 방식에 나는 익숙해지고 있다.

캐리어로 박스를 눌러두고 사내 곁으로 가 앉는다. 사내와 실랑이할 기운은 남아 있지 않다. 나는 종일 아무것도 하지 않는 나와 대면하고 있다. 맑은 정신으로 내내 나 자신을 바라보는 중이다.

오늘은 라디오를 켜두듯 사내가 말하도록 내버려둘 작정이다. 내게는 술 한 모금이 절실하다.

나는 사내가 건네준 술 한 잔을 단숨에 비운다. 술은 뜨뜻미지근하다. 어쩌면 사내가 함께 술을 마실 누군가를 기다렸을지도 모른다고 나는 생각한다.

우리는 마주앉아 술을 마신다. 사내의 이야기는 역사 주변을 맴돌고 그곳을 벗어나지 않는다. 내 대답도 그 언저리를 어슬렁거릴 뿐이다. 오늘은 술기운에 의지해 깊이 잠들 수 있을지도 모른다. 나는 머리끝까지 술기운이 차오르기를 기다린다. 그러나 취기가 충분히 오르기도 전에 술이 바닥난다. 사내가 주머니에서 지폐와 동전을 죄다 꺼내 보이며 호기를 부린다.

술을 더 사와야겠구만.

비틀거리는 사내를 제지하고 나는 몸을 일으킨다. 사내는 기어코 내 손에 지폐 석 장을 쥐여준다. 소주 두 병을 살 수 있는 돈이다. 나는 달아오른 볼을 가볍게 때리며 구름다리를 빠져나온다. 그 순간엔 더러운 짐 가방이나 길바닥에 널브러진 발바닥조차도 낭만적으로 보인다. 나는 더운 피를 타고 퍼지는 술기운을 느낀다. 그것은 내 안의 모든 뾰족한 모서리를 둥글게 만든다. 모서리가 없는 세계는 평화롭고 아름답게 느껴지기까지 한다.

구름다리를 빠져나와 광장을 가로지른다. 밤의 광장은 이상한 열기로 들끓는다. 버려진 캔이나 비닐봉지처럼 사람들은 이리저리 굴러다니고 고함을 지르고 웃음을 터트리고 통곡한다. 이곳은 거대한 감정의 소용돌이다. 나는 더운 숨을 푸푸 내쉬며 편의점까지 간다.

하루살이나 나방 같은 것들이 편의점 불빛을 향해 달려든다. 나는 손을 내저어 그것들을 쫓고, 발로 꾹꾹 눌러 밟는다. 바닥에 떨어진 것들은 이리저리 몸을 뒤치며 몸부림친다. 그것들은 날개를 파닥거리며 끈질기게 살아 있다.

편의점에서 삼천원을 내고 사백원을 거슬러 받는다. 차가운 소주 두 병을 볼에 나란히 대고 가게를 나온다. 그리고 담배꽁초가 수북한 담벼락에 걸터앉은 누군가에게 선심을 쓰듯 잔돈을 건넨다.

돈 말고 그거나 하나 줘봐.

고개를 쳐든 것은 자그마한 노인이다. 겨드랑이 사이에 목발을 끼고 노인이 천천히 몸을 일으킨다. 그런 뒤엔 시커멓고 깡마른 손을 뻗어 순식간에 소주 한 병을 빼앗아간다. 노인은 내가 제지하기도 전에 뚜껑을 열어 술을 들이켠다. 맑은 액체가 노인의 마른 턱을 타고 목덜미로 흐른다. 목을 젖힐 때마다 노인의 몸을 지탱한 목발이 덜덜 떨린다.

하나 더 줘봐.

한 병을 다 비우지도 않고 노인이 묻는다. 이번에도 나는 선심을 쓴다. 술기운 탓이다. 아니, 나는 확인하고 싶은 건지도 모른다. 봐라, 나는 이곳에 속한 사람이 아니다. 돈과 술 따위를 구걸하지 않는다. 나는 남은 자존심을 소주 두 병과 기꺼이 맞바꾼다.

　노인이 소주 두 병을 외투 주머니 깊숙이 찔러넣는다. 목도리를 매만지고 털모자를 깊이 눌러쓴다. 다시 보니 나이가 아주 많은 여자다. 아니, 여자인지 남자인지 그런 건 오래전에 다 잊은 것 같다. 그녀는 소주 두 병을 얻은 대가로 자신이 무엇을 잃었는지, 무엇을 버렸는지 개의치 않는다.

　나는 내 돈으로 소주 두 병을 다시 구입한 다음 구름다리로 되돌아온다. 군복 사내는 술병을 베고 잠들어 있다. 나는 누운 사내 곁에 앉아 술을 마신다. 어디선가 한 사람이 오고, 또 한 사람이 오면서 자리가 커진다. 어떻게 그들과 합석하게 되었는지는 기억나지 않는다. 그건 술이 사람을 불러모으는 방식이다. 내일이면 기억나지도 않을 말들을 주고받으며 나는 술을 마신다. 이름도 성도, 나이도 출신지도 모르는 사람들이 공평하게 취기에 젖는다.

　천삼백원짜리 취기로 얻을 수 있는 것은 얼마나 어마어마한가. 나는 애드벌룬처럼 부푼다. 마음만 먹으면 공중으로 떠오를 수도 있을 것 같다. 머리끝까지 술기운이 차오른다.

*

　그날 새벽 나는 지갑 속에 넣어둔 돈이 모두 사라진 걸 알게 된다.

남은 건 천원짜리 지폐 두 장과 동전뿐이다. 배불리 먹고 마신다면 사나흘, 아껴 쓰면 삼 주를 넘게 버틸 수 있는 액수다. 이리저리 둘러봐도 사내는 보이지 않는다. 그가 만취한 내 몸을 뒤져 돈을 가져간 게 틀림없다고 나는 확신한다.

지금쯤 그는 찜질방이나 여관에서 편하게 잠을 청하는지도 모른다. 밤새 영업하는 식당에 앉아 허기를 면하는 중인지도 모른다. 그러나 돈을 모두 탕진하면 그는 이곳으로 돌아올 것이다. 모든 건 시간문제다. 나는 그렇게 생각하려고 애쓴다.

캐리어에 넣어둔 돈은 그대로 있다. 그거라도 남아 있어서 다행이다, 그런 안도감은 들지 않는다. 차라리 모두 없어졌다면 좋았을 것이다. 그러면 나는 항복하듯 두 손을 들고 이 광장 한가운데로 걸어들어갈 수 있었을 것이다. 자신감이나 자존심, 그런 것들이 정말 있다면 그건 스스로 버릴 수 있는 게 아니다. 어쩔 수 없이 떨어뜨리고 마는 거다. 다시는 찾지 못하게 되는 거다. 이제 내가 할 수 있는 건 멀리서 오는 최악을 기다리는 일뿐이다.

전철이 운행을 시작하자 다리는 곧장 소음과 진동에 포위된다. 더는 누워 있을 수가 없다. 밤새 들끓었던 광장 위로 희뿌옇게 날이 밝아온다. 사람들이 광장 쪽으로 천천히 걸어나온다. 그런 후엔 빈 광장 한가운데 길게 줄은 선다. 밥차가 오는 시각과 정차하는 자리는 일정하고 서두르지 않으면 굶어야 한다. 밥과 반찬은 매일 부족하고 자꾸 부족해진다. 커다란 국통과 밥통이 세팅되면 배식이 시작된다. 뜨거운 밥에 짭짤한 국을 부어주는 것이 전부지만 누구도 불만을 터트리지 않는다. 사람들은 일회용 용기에 음식을 받은 뒤 이리저리 흩어진다.

나는 캐리어 손잡이를 힘껏 움켜쥐고 그곳을 빠르게 지나친다. 순간적으로라도 그쪽을 힐끔거리지 않으려고 최선을 다한다.

구역사 앞에서 지원센터 사무실이 바로 보인다. 사무실이라지만 컨테이너 두 개를 나란히 붙여놓은 게 전부다. 컨테이너 앞에 햇볕과 비를 피할 수 있는 천막이 있고, 사람들은 그 천막 아래 벤치에 모여 있다. 종이컵에 담긴 뭔가를 홀짝이고 수건으로 몸을 닦고 머리를 말린다. 입을 벌리고 잠을 자거나 뭔가를 우물거리는 사람도 있다. 그들은 천막 아래서 흘려보내야 할 길고 긴 하루가 전혀 두렵지 않은 것 같다.

이따금씩 노란 조끼를 입은 사람들이 누군가를 찾는다. 전화를 걸거나 차를 타고 어디론가 이동하기도 한다. 나는 눈에 띄지 않으려고 벽 쪽에 바짝 붙어서서 걷는다.

광장에 첫 안내 방송이 흘러나온다.

나는 역사 내 화장실 한 칸을 차지하고 앉아 캐리어를 연다. 물티슈로 겨드랑이와 가슴팍, 사타구니를 닦아낸 다음 옷을 갈아입는다. 벗은 옷에서 불쾌한 냄새가 난다. 그 옷들을 봉지에 넣은 뒤 가방 한구석에 찔러넣는다. 그런 후엔 세면대에서 세수를 하고 이를 닦고 면도를 한다. 거울 속에서 화장실을 오가는 사람들의 눈동자가 민첩하게 나를 훑는다.

아침인데도 공기가 후텁지근하다. 나는 환한 역사 정문 앞에 잠시 멈춰 선다. 버스에서 내린 사람들이 광장 쪽으로 몰려오고, 상점들이 하나둘 문을 연다. 한밤에 광장을 채우던 것들이 멀리로 물러나고 아침의 활기가 광장을 부풀린다. 밤새 정지했던 시간이 천천히 기지개를 켠다.

내 시간은 어디엔가 묶여 있다. 누군가가 내 시간을 단단히 매어둔 게 틀림없다. 혼자 힘으로는 도저히 풀 수 없는 매듭이다. 한꺼번에 모두 잘라내지 않는 한 방법이 없다. 어떻게 해야 이 길고 긴 하루를 소진해버릴 수 있을까. 나는 계단이나 벤치에 자리를 잡고 앉은 사람들의 구부정한 뒷모습을 흘끔거린다.

*

저녁 무렵 비가 내린다.

사람들은 비를 피해 지하도로 내려온다. 그들을 따라 거리를 맴돌던 냄새와 소리도 함께 지하로 흘러든다. 나는 계단 바로 아래 자리를 잡고 뜨뜻한 벽에 등을 기댄다. 늦은 귀가를 서두르던 사람들이 자꾸만 나를 힐끔거린다. 구둣발 소리와 말소리 같은 것들이 나를 지나쳐 지하도를 빠져나간다.

나는 미지근한 물을 홀짝거리며 시간을 흘려보내는 중이다.

시간은 아주 느리게 떨어지는 물방울 같다. 바닥에 깔린 타일의 수를 세고 조명과 불빛을 살피고 여기저기 걸린 안내문을 읽는다. 할 수 있다면 누군가에게 내 시간을 떼어 팔고 싶다, 그런 생각도 한다. 하루라는 시간은 내가 감당하기에 너무 길다. 더 길어지고 점점 더 길어질 것이다. 그런 끔찍한 가정을 하는 동안에도 시간은 멈춰 서 있다.

자정을 넘기자 인적이 뜸해지고 오가는 사람도 보이지 않는다. 아니, 아직 이곳엔 사람들이 남아 있다. 그러나 어떤 의미에서 그들은 배경에 가깝다. 자판기나 발매기처럼 그들은 오래전부터 그곳에 놓인 정물 같다.

다들 적당한 곳에 박스를 깔고 벽 쪽으로 돌아눕는다. 보호막처럼 통행로 쪽에 박스를 세워둔 사람도 있다. 모두 약속이나 한 듯 벽을 바라본 자세로 잠을 청한다. 계단을 타고 빗물이 흘러든다. 나는 조금 더 안쪽으로 들어가야겠다고 생각한다. 초저녁부터 생각만 하고 있다. 모든 게 피곤하고 귀찮다. 이런 일조차 미적거리는 스스로가 못마땅하지만 나는 그런 나 자신을 내버려둔다.

사람들은 서로 불편하지 않을 만큼의 거리를 유지하고 눕는다. 각자 짐들을 벽에 세우고 열을 맞춰 누우니 이곳은 병원 같다. 아니, 피난처나 대피소처럼 보인다. 그들은 지진과 해일, 홍수와 폭설 같은 재난을 피해 도망 온 사람들처럼 보인다. 아니, 재난은 오래전에 끝났을지도 모른다. 그럼에도 그들은 여전히 이곳을 떠나지 않는다. 어쩌면 재난이 계속되길 바라는지도 모른다.

누군가가 벽 앞에 서서 오줌을 눈다. 나는 구부정한 그 뒷모습을 노려본다. 내 처지가 그들과 별다를 게 없다는 걸 알면서도 이곳 사람들과 다르다는 생각만은 버릴 수가 없다. 나는 이들과 다르다. 나는 이곳을 떠날 것이다. 떠날 수 있다. 스스로에게 얼마간의 유예기간을 주기도 한다. 하루가 지나면 또 하루만큼 늘어나는 유예기간 따위가 아무 소용 없다는 걸 알면서도 그렇게 한다.

저쪽에서 소란이 인다. 나는 몸을 일으키고 주변을 두리번거린다. 한 사내가 누군가와 실랑이를 벌이고 있다. 한여름인데도 털모자를 뒤집어쓰고 두꺼운 외투를 걸친 차림이다. 겨드랑이에 낀 스텐 목발이 조그마한 체구를 아슬아슬하게 지탱하고 있다. 언젠가 편의점 앞에서 만났던 여자가 분명하다. 한 손으로 허리를 짚고 노인을 내려다보던 사내가 소리를 지른다.

야, 이 노인네야. 냄새가 난다고, 냄새가!

사내는 긴 머리를 상투처럼 묶어 올렸다. 빠져나온 몇 가닥의 머리칼 탓에 사내의 얼굴은 얇게 금이 간 것처럼 보인다. 소리를 지를 때마다 불룩한 배 위로 티셔츠가 들썩거린다.

왜 말을 안 듣는 거야! 씨발. 어제도 말하고 오늘도 말하고 계속 말하는데! 왜 병원에 안 가난 말이야. 그 다리에서 냄새나는 거 몰라!

사내가 다그치면 노인은 입술만 옴직거린다. 사내의 호통과는 상관없이 그녀는 쉬지 않고 중얼거린다. 알아들을 수 없는 말들이 축축한 지하도 안을 메아리처럼 떠다닌다. 사내가 목발 하나를 뺏어든다. 노인의 몸이 기우뚱하더니 그대로 바닥에 고꾸라진다. 신경쓰지 말자고 생각하면서도 나는 그쪽에서 완전히 눈을 떼지 못한다. 묘한 활기가 지하도를 깨우고 있다. 두 사람의 승강이가 위태롭게 느껴지지만 나는 드문 구경거리가 계속되길 원한다. 그런 소란이 내 시간을 빼앗아가기를 그래서 이 지겨운 하루가 순식간에 끝나기를. 나는 집요하게 그곳을 주시한다.

바닥에 주저앉은 노인이 목발을 휘두른다. 사내의 다리를 겨냥한 목발은 거듭 바닥만 때린다. 사내가 한 발로 노인의 다리를 툭툭 건드린다. 노인은 이리저리 몸을 뒤챌 뿐 좀처럼 일어나지 못한다. 노인이 사력을 다해 사내의 카트를 떠밀어버린다. 온갖 잡동사니들이 켜켜이 쌓여 있던 카트가 뒤쪽으로 밀려나면서 벽을 때린다. 쌓아둔 것들이 바닥으로 와르르 쏟아진다. 탕, 탕. 철망과 빈병, 우산 같은 것들이 바닥을 때린다. 사내가 고함을 지르고 노인이 반대쪽으로 기어간다. 두 다리가 바닥에 질질 끌린다.

아 씨. 이게 뭐야, 씨발.

사내의 입에서 욕이 튀어나온다. 욕이라기보다는 비명에 가깝다. 그는 노인이고 뭐고 다 잊은 사람처럼 재빨리 카트 앞에 쭈그리고 앉는다. 뒤집어진 철망 밖으로 종잇조각과 나뭇가지 같은 것들이 쏟아진다. 찍찍, 찍찍, 하는 소리가 사방으로 흩어진다. 쥐다. 나는 구슬처럼 쏟아진 쥐들을 눈으로 좇는다. 실험용처럼 생긴 흰쥐가 세 마리. 두 마리는 시커멓고 몸집이 큰 들쥐다. 사내의 뒷모습이 털이 없는 민둥한 꼬리를 쫓아가며 허둥거린다.

나는 내 쪽으로 다가오는 흰쥐 한 마리를 신발 안에 가둔다. 그런 다음 사내에게 건네준다. 사내는 이렇다 할 인사도 없이 신발을 뒤집어 쥐를 꺼낸 뒤 바지 주머니에 넣는다. 주머니가 꿈틀거린다. 그의 눈이 초점을 잃고 갈팡질팡한다. 노인은 깔아놓은 박스 속으로 기어들어가 꼼짝도 하지 않는다. 사내는 이제 노인 따윈 안중에 없다는 듯 벽을 따라 걷고, 계단 근처를 서성이고, 웅크린 사람들 주변을 샅샅이 훑는 데 몰두한다.

나는 천천히 몸을 일으켜서 사내를 지나치고 조금 더 안쪽으로 걸어들어간다. 쥐를 찾지 못하면 사내는 밤새 소란을 떨 것이다. 벽 가장자리를 따라가던 쥐 한 마리가 멈춰 선다. 조그마하고 하얀 쥐가 아니라, 검은 털을 가진 크고 살찐 쥐다. 녀석은 별다른 소리를 내지 않고 벽에 붙어서 숨을 고른다. 자신이 있는 곳이 어디인지 알아내려는 듯 필사적으로 코를 벌름거리고 고개를 까닥거린다. 녀석에겐 지하로 더 내려가는 것 외엔 도망갈 방법이 없다. 빗물받이 통으로 기어들어가서 지금보다 더 깊은 곳으로 떨어지는 수밖에 없다. 쥐를 잡아 사내에게 건네줄까 하다가 그만둔다. 적당한 곳에 자리를 잡고 눕고 싶다. 허기가 진다. 그제야 종일 물만 마셨다는 사실이 떠오른다. 내일도, 모레도 물만 먹고 버틸 수 있다면 좋을 것이다.

물품보관함 근처에 박스를 깐다. 캐리어를 안은 자세로 웅크리
자 다시 정신이 또렷해진다. 공기는 눅진하고 온몸이 끈적거린다.
자세를 옮길 때마다 피부에 박스가 쩍쩍 붙었다가 떨어진다. 나
는 사람들이 뿜어내는 뜨거운 숨을 상상하며 눈을 깜빡거린다. 환
기가 되지 않는 이곳에서는 누군가가 뱉은 숨을 내가 마시고 내가
뱉은 숨을 다시 누군가가 마실 수밖에 없다. 그런 가정을 하면 멀
미가 난다.

최소한 불이라도 끌 수 있다면. 이곳에선 밤낮조차 확인할 수
없다.

2

 저기요, 저기요.

 얼마쯤 지났을까. 누군가가 내 어깨를 흔든다. 잊고 있던 악취가 콧속으로 달려든다. 웅얼거리는 말소리와 위잉, 하는 기계음이 또렷하게 살아난다. 눈꺼풀을 밀어올리자 뿌연 형광등 불빛이 쏟아진다. 이렇게 깨어나면 남은 밤을 뜬눈으로 지새워야 한다. 짜증스럽다기보다는 다시 잠들 일이 두려워진다. 간신히 잠이 들 무렵이면 출근하는 사람들의 사나운 발소리가 몰려올 것이다.

 쪼그리고 앉은 여자가 얼굴을 쑥 내민다. 환한 불빛 탓에 여자의 얼굴은 어둑어둑하다. 환한 공중에 뚫린 구멍 같다.

 여기 쥐가 있어요.

 여자가 말한다. 당황하거나 불안해하는 기색은 없다. 여자는 내게 경고라도 해주듯 차분한 목소리를 낸다.

쥐요. 쥐가 있다고요.

내가 몸을 일으키자 여자가 한 뼘 정도 물러난다. 여자의 뒤편으로 개찰구와 커다란 지하철 노선도가 보인다. 타는 곳, 나가는 곳, 갈아타는 곳 따위를 적어놓은 표지판은 변색된 지 오래다. 한참 만에 나는 여자와 눈을 맞춘다. 쌍꺼풀이 없는 긴 눈 위로 졸음과 피로가 떠오른다.

깨워서 미안한데요, 쥐가 있어요. 알아요?

여자는 맨발에 슬리퍼 차림이다. 쪼그리고 앉은 탓에 반바지가 허벅지 위까지 바짝 당겨져 있다. 여자의 몸이 흔들흔들하다가 한쪽으로 기울어진다. 여자가 두 손으로 바닥을 짚고 균형을 잡는다. 그런 후엔 새까만 손바닥을 내 눈앞에 펼치고 흔들어댄다.

보여요? 내 손 보여요?

보여요.

근데 왜 아무 말 안 해요? 눈이 안 보이는 줄 알았어요. 아무튼 쥐가, 쥐가 있어요. 쥐요.

쥐요?

나는 모른 척 대꾸한다. 이곳엔 여자가 드물다. 간혹 있긴 하지만 그들은 정신을 잃었거나 잃어가는 중이다. 혹시 그런 사람 중 하나가 아닐까. 나는 찬찬히 여자를 살핀다.

이곳에서 모든 건 빠르게 닳고 삭는다. 무엇이든 금세 남루해지고 허름해진다. 메마른 여자의 얼굴엔 주름이 깊고 한쪽 볼에는 수포가 돋아난 자국이 선명하다. 어깨까지 내려온 머리칼은 제멋대로 엉켜 있다. 삶의 결정적인 순간들을 모두 지나고, 무언가 바뀔 가능성 같은 건 남아 있지 않은 것 같다. 그럼에도 나는 여자에게서 눈을 떼지 못한다.

여자는 머리칼을 귀 뒤로 넘기고 손끝으로 동그란 이마를 만지작거리며 나와 눈을 맞춘다. 경계하거나 위협하는 몸짓 없이 내 눈을 바라보는 사람은 여자가 처음이다. 이곳에서 나는 이런 눈을 마주한 적이 없다. 여자의 눈은 아무것도 담기지 않은 것처럼 텅 비어 있다. 깊이와 너비를 가늠하기 힘든 눈동자다.

저쪽에 있어요. 내가 봤어요. 아주 커요.

여자가 손가락으로 한곳을 가리킨다. 여자에게서 술냄새가 난다. 웅크리고 있던 사람들이 고개를 들고 이쪽을 힐끔거린다. 목발 노인과 사내의 다툼에는 꼼짝 않던 치들이 이번엔 대놓고 반응을 보인다. 금방이라도 누군가가 쥐를 잡겠다고 큰소리치고 쥐가 어디 있느냐고 허풍을 떨 것 같다.

어디요? 저기요?

나는 몸을 일으킨다. 여자는 무릎에 턱을 괴고 꼼짝도 하지 않는다. 쥐는 까맣게 잊은 사람처럼. 내가 두리번거리며 쥐가 어디 있느냐고 물어도 묵묵부답이다. 여자는 벽을 골똘히 노려보고 손가락으로 바닥을 꾹꾹 누르며 혼자 흥흥 웃는다.

나는 주변을 서성이다가 되돌아와 여자 앞에 쪼그리고 앉는다.

쥐가 있다고 했잖아요.

나 쥐 같은 거 싫어. 너무 징그럽잖아.

쥐가 어디 있어요?

너무 무서워. 소름 끼쳐.

여자가 한기를 느낀 듯 두 팔로 어깨를 감싸안고 부르르 떤다. 여자의 앞니가 딱딱 부딪친다. 그럴 때 여자는 아주 작은 쥐처럼 보인다. 한 손으로 잡아 저쪽에 누운 사내에게 건네줄 수도 있을 것 같다. 사내는 철망 안에 여자를 집어넣어 잘 먹이고 잘 재울 것이다. 가끔은 시커먼 손을 넣어 콱 움켜쥐었다가 놓았다가 하면서 키득거릴지도 모른다. 어쩌면 여자는 그런 것들을 두려워하는지도 모른다.

그리고 문득 여자가 고개를 쳐든다.

근데 미안한데, 정말 미안한데요. 나 오늘만 여기서 자도 돼요? 여기 좀 같이 있으면 좋겠어.

그러더니 고개를 숙이고 어깨를 떨며 흐느낀다. 아니, 다시 보니 여자는 웃고 있다. 숨이 넘어갈 듯 여자는 깔깔거린다. 어쩌면 여자가 술이 다 깼을지도 모른다고 나는 생각한다. 아니다. 창피함이나 민망함 같은 것을 죄다 물리칠 수 있을 만큼 여자는 거리에 익숙한 사람일지도 모른다.

*

여자와 내가 나란히 눕는다.

박스가 젖은 것처럼 눅눅하다. 바닥에서 습기가 올라오는 탓이다. 나는 보관함 쪽으로 바짝 몸을 웅크린다. 그때마다 여자는 몸을 더 바짝 붙여온다. 그것을 확인하기 위해 나는 조금씩 더 물러난다.

한밤에도 소음은 사라지지 않는다. 눈을 감으면 세상의 모든 소리가 이곳으로 흘러드는 것 같다. 이곳에 유일하게 없는 것이 있다면 그것은 고요다. 그런 건 이제 상상 속에서나 가능하다. 모두가 잠든 밤에도 나는 사람들의 규칙적인 숨소리에 시달린다. 그들의 숨소리는 거칠고 드세다. 어쩌면 그런 식으로 자신이 여전히 살아 있음을 알리는 것인지도 모른다.

정신은 점점 더 또렷해지고, 사방을 채운 소음들을 한 가닥씩 떼어내어 꼼꼼히 살필 수도 있을 것 같다. 그중엔 여자의 가늘고 탁한 숨소리도 있다. 나는 여자의 숨소리에 주의를 기울인다. 그렇게 여자가 완전히 잠들기를 기다린다.

한참 만에 나는 조심스럽게 여자 쪽으로 돌아눕는다. 내 무릎이 순간적으로 여자의 발끝에 닿는다. 다행히 여자는 깨어나지 않는다. 여자는 미간을 찌푸린 채 잠들어 있다. 불빛을 피할 수 없는 거리에서 익힌 습관일 것이다. 작고 뭉툭한 코. 옅은 눈썹. 입술

끝에 침버캐가 있다. 한쪽 광대뼈 아래, 어딘가에 베인 자국이 불그스름하다.

나는 잠든 여자의 얼굴을 본다. 이곳에서 잃어버린 여자의 진짜 얼굴을 찾아내려고 애쓴다. 그런 게 있을 리 없다고 생각하면서도. 그런 건 아무 소용 없다는 길 알면서도. 여자에게서 눈을 떼지 못한다. 이따금씩 여자의 얼굴 위로 한 번도 본 적 없는 표정들이 잠깐씩 떠올랐다가 사라진다. 눈을 깜빡이는 것처럼 순식간의 일이다.

손을 뻗어 여자의 찌푸린 미간을 펴주고 싶다. 어디까지나 생각일 뿐 나는 꼼짝도 하지 않는다. 이곳에 있지 않았다면 눈길조차 주지 않았을 거라고 생각하면서도 나는 여자를 보고 계속 본다. 잠든 여자는 피곤해 보이고 한편으로 편안해 보인다. 나는 멋대로 여자를 추측하고 짐작하면서 지루한 밤시간을 견딘다.

문득 여자가 등을 내보이며 통행로 쪽으로 돌아눕는다. 그런 다음 흘러내린 머리칼을 하나로 모아 목뒤로 밀어넣는다. 어쩌면 여자는 잠들지 않았을지도 모른다. 공기 중을 떠돌던 소음이 일시에 사라지고 내가 눈을 깜빡이는 기척까지 여자가 다 알아챌 것만 같다. 나는 입술을 벌려 소리나지 않게 숨을 들이마시고 내뱉는다. 벽 쪽에 등을 바짝 붙인 채 여자의 웅크린 뒷모습을 조마조마한 마음으로 지켜본다.

등을 내보이고 누운 여자가 무슨 말인가를 중얼거린다. 나는 벽 쪽으로 더 물러난다. 여자의 목소리가 건너온다. 잠들지 않고 있었던 게 틀림없다. 얼굴이 화끈거린다. 여자는 목소리를 키우지 않는다. 다만 내가 알아들을 때까지 했던 말을 하고 또 한다. 한참 만에 여자의 말이 또렷하게 들린다.

미안한데 나 좀 안아줘요. 그럴 수 있어요?

나는 팔짱을 끼고 몸을 웅크린 채 여자의 말을 듣기만 한다. 그러다 뭔가 결심한 것처럼 천장을 보고 똑바로 눕는 게 전부다. 눈을 깜빡일 때마다 하얀 형광등 불빛 속에서 기이한 무늬가 떠오르며 현기증이 인다.

너무 추워. 정말 너무 추워.

여자의 목소리는 잠에 취한 듯 힘이 없다. 간신히 여자 쪽으로 몸을 돌려보지만 거기까지다. 여자의 머리카락 몇 개가 콧잔등과 이마를 간질인다. 여자가 한 손으로 내 팔을 잡아당긴다. 나는 어느새 여자의 허리를 감싸고 있다. 팔 안에 들어온 여자의 몸은 작고 딱딱하다. 한기를 느낀 듯 여자의 몸이 떨린다.

잠시만 이렇게 있어요.

여자는 내 팔을 제 몸에 두르고 고르게 숨을 내쉰다. 여자가 잠들었는지 확인할 방법이 없다. 여자의 머리칼에서 진한 기름내가 난다. 종일 바깥을 향해 날을 세우던 나는 고작 여자의 더러운 손 하나에 경계심을 잃고 허둥거린다. 손을 빼내려 하자 여자가 내 손을 가만히 자신의 가슴 위에 올린다.

어떻게든 이 순간을 모면하고 싶지만 나는 창백한 지하도의 풍경을 멍하니 내다볼 뿐이다. 이러면 안 된다. 이러지 말자. 그렇게 중얼거리면서도 여자가 내 손으로 제 가슴을 꼭 감싸쥐는 것을 내 버려둔다. 잊었다고 생각한 어떤 것들이 내 안에서 눈을 뜨고 기지개를 켜는 것을 느낄 수 있다. 매일 밤 더러운 길바닥에 누워 잠을 청하는 내가 이제 비랄 수 없는 것들. 결심과 다심늘을 단번에 허물어뜨릴 수 있는 것들. 한순간 휩쓸리면 결코 돌이킬 수 없는 것들. 그런 것들이 나를 어떻게 할지 알 수 없으므로 겁이 난다.

멀리서 흥얼거리는 노랫소리가 성큼성큼 다가온다. 거친 자루가 길바닥에 쓸리는 소리와 음정과 박자가 맞지 않는 목소리가 또렷해진다. 나는 순간적으로 손을 빼고 돌아눕는다. 누군가가 비틀거리며 우리 곁을 지나는 걸 느낄 수 있다. 한참 뒤에 잠이 든 줄 알았던 여자가 내 쪽으로 돌아눕는다. 나는 눈을 뜨고 신경을 곤두세운다. 여자가 내 등에 이마를 대고 몸을 옹송그린다. 더 물러날 곳이 없는 나는 서늘한 물품보관함에 이마를 처박고 숨을 고른다. 여자의 몸이 떨리는 게 느껴지지만 돌아눕지 않는다. 다만 여자의 숨소리와 체온에 집중한 채 아침을 기다릴 뿐이다.

*

아침이다.

사람들은 광장 계단에 자리를 잡고 앉아 밥차를 기다린다. 열차를 기다리는 사람들처럼 시계탑 쪽을 내다보다가 회색 봉고차 세 대가 나타나면 천막이 쳐질 장소에 길게 줄을 선다. 언뜻 보면 대부분의 사람들은 거리에 속하지 않은 것처럼 보인다. 그들은 작은 배낭을 메고 바쁘게 걸어다니고 행색이 남루한 거리 사람들과 멀찍이 거리를 둘 줄도 안다. 그러나 나는 그들을 단번에 알아본다. 표정 때문이다. 그들은 주변을 두리번거리지 않는다. 그들은 이곳에 대해, 주변에 대해, 자신에 대해 아무런 관심이 없다. 걱정하거나 두려워하는 기색도 없다. 그들의 표정에는 흔들림이 없다. 얼마간 체념하고 포기하지 않고서는 얻을 수 없는 것이다.

여자는 보이지 않는다. 나는 여자의 이름도 묻지 못했다. 하지만 이름을 안다는 게 무슨 소용일까. 여자는 내 캐리어를 훔쳐갔다. 어디까지나 짐작일 뿐이지만 여자 말고는 혐의를 씌울 만한 사람이 없다. 캐리어를 잃고 난 지금에야 나는 그것이 내가 가진 전부였다는 것을 깨닫는다. 고작 가방 하나를 잃어버렸을 뿐인데 온갖 불행한 예감들이 나를 괴롭힌다.

남은 건 바지 주머니 속에 넣어둔 지갑과 휴대용 물티슈가 전부다. 지갑 속엔 천원짜리 지폐 두 장과 신분증, 더이상 쓸 수 없는 카드 몇 장이 있다. 모르는 사람에게 순진하게 곁을 내줬다. 멍청한 나 자신을 탓하지만 늦었다. 바꿀 수 있는 건 없다. 후회는 늘 아무것도 되돌릴 수 없을 때 느릿느릿 기어와 뒤통수를 친다.

이른아침부터 지원센터 사무실은 붐빈다. 사무실을 들락거리는 사람들은 두 부류다. 노란 조끼를 입은 사람과 그렇지 않은 사람. 나는 멀찌감치에 서서 사무실 앞에 세워진 오토바이나 리어카를 흘끔거릴 뿐이다. 시간이 지날수록 캐리어를 찾는 건 더 어려워질 거다. 그런 초조함도 나를 사무실로 밀어넣지 못한다. 차라리 찾을 수 없다고 단념하면 좋을 것이다. 체념이나 포기 같은 것들을 단번에 가질 수 있다면 좋을 것이다. 나는 쓰레기통 주변으로 모여든 비둘기들을 향해 소용없는 발길질만 해댄다.

사무실을 지나쳐 파출소 쪽으로 걷는다. 입구에서 서성거리자 안쪽에 앉아 있던 경찰이 고개를 내밀고 들어오라는 손짓을 한다. 문 열린 지구대 한쪽에 한 사내가 누워 있다. 웃통을 벗고 잠든 사내의 팔과 다리가 앙상하다. 오직 배만 기형적으로 부풀어 있다. 그는 거리 사람이다. 나는 확신한다.

무슨 일입니까?

경찰이 나를 향해 묻는다. 파리를 쫓는 것처럼 심드렁한 말투다. 나는 여전히 출입문 밖에 선 채로 머뭇거린다. 경찰이 목소리를 높인다.

이리 들어와서 말씀하세요.

그는 손을 까닥거리다가 제 머리통을 꽉 움켜잡는다. 피로가 몰려오는지 손끝으로 머리를 마사지한다. 나는 한 걸음 안으로 들어서며 말한다.

캐리어를 잃어버렸습니다.

캐리어요? 어디서요?

중앙 지하도에서요.

어쩌다가요? 누가 가져간 거예요?

경찰이 조금 더 큰 목소리를 낸다. 짜증과 피로가 뒤섞여 있다. 자다가 잃어버렸습니다. 나는 입만 달싹거린다. 그렇게 말한다면 그는 캐리어를 찾아주지 않을 것이다.

언제 잃어버린 겁니까?

경찰이 다그친다. 아무런 감정도 실리지 않은 지극히 사무적인 목소리다.

오늘 아침에요. 잠깐 정신을 판 사이에 없어졌어요.

도난당한 게 확실해요? 어떻게 생긴 캐리어예요?

이만한 캐리어입니다. 검은색이에요.

나는 허리춤에 한 손을 갖다댄다.

뭐가 들었지요, 안에?

그러나 그 질문에는 또다시 입을 닫아버린다. 캐리어에 든 것들을 하나씩 열거하다보면 경찰이 나를 알아채고 말 것이다. 뭐하는 사람입니까. 그렇게 캐물을지도 모른다. 내가 매일 거리에서 잠들고 깨어나는 사람이라는 것을 알고 나면 모든 걸 당연하게 여길지도 모른다. 도와줘야 할 일이 아니라 나 스스로 감당해야 하는 일이라고 생각할지도 모른다.

꼭 찾아야 합니다.

나는 애원하듯 말한다. 모니터를 주시하던 경찰이 가까이 오라는 손짓을 한 다음, 종이 뭉치에서 한 장의 종이를 소리나게 떼어내어 볼펜과 함께 건네준다.

일단 이거 작성하세요. 신분증도 주시고요.

이름. 주민등록번호. 나이. 주소. 휴대전화 번호. 비상 연락처. 분실 경위. 나는 인쇄된 글자들을 천천히 훑는다.

이걸 모두 적어야 합니까?

그냥 간단하게만 적으세요. 이름이나 주소 같은 필수 사항만.

나는 볼펜을 쥔 채 아무것도 쓰지 못한다. 내가 쓸 수 있는 거라곤 이름과 나이, 주민등록번호가 전부다. 경찰은 마우스를 딸깍거리며 다시 제 일에 몰두하고 있다. 여자의 얼굴을 떠올려보려고 하지만 기억나는 게 없다. 남은 건 냄새나 체온 같은 감각뿐이다. 눈에 보이지 않는 그런 것들이 훨씬 구체적이고 선명하지만 누구에게도 설명할 수가 없다. 설명할 수 없는 건 그뿐만이 아니다. 어떻게 해도 누구에게도 설명할 수 없는 일들이 숨통을 죄여오고 있다.

누군가가 지구대 문을 열고 들어선다. 제복을 입은 또다른 경찰이다. 모니터를 주시하던 경찰이 기지개를 켜며 일어난다. 그는 동료에게 확인해야 할 사항들을 일러준 다음 모자를 탁탁 털며 지구대를 나가버린다. 캐리어를 잃어버린 내 사정은 동료에게 언급조차 않는다. 나는 볼펜을 쥐고 그곳을 나와버린다.

이봐요. 접수 안 해요?

경찰이 부르지만 돌아보지 않는다. 나는 엄지손가락으로 뾰족한 볼펜 끝을 만지작거리며 다시 걷기 시작한다. 기필코 여자를 찾을 것이다. 찾아내서 죽여버릴 것이다. 이를 꽉 문다. 여자를 향한 맹렬한 분노가 솟구친다. 이게 정말 여자 때문인지 알 수 없으면서도 나는 부서질 정도로 힘껏 볼펜을 움켜쥔다.

이제 나는 항복하듯 두 손을 들고 저 광장 한가운데로 걸어들어가야 할지도 모른다. 체념과 포기를 받아들여야 하는 순간이 오고만 것이다.

캐리어가 있었다면. 캐리어를 지킬 수 있었다면.

나는 중얼거린다. 그러나 기껏해야 옷가지나 지폐 몇 장, 이젠 필요하지도 않은 잡동사니가 담긴 캐리어 따위를 끌고 다닌다고 해서 달라질 게 없다는 걸 누구보다 잘 아는 나는 내내 이런 순간을 예상해왔는지도 모른다. 예상했으나 언제나처럼 대비하지 못한 나 자신에게 느끼는 무력감을 이런 식으로 표출하고 있는지도 모른다. 더운 손 안에서 플라스틱 볼펜이 반으로 툭 부러진다.

여자를 떠올린다. 분노와 적의, 복수 같은 성난 단어들을 중얼거려보지만 그건 캐리어와는 무관한 감정일지도 모른다. 어쩌면 내가 생각하는 것은 여자와 함께 보냈던 지난밤일지도 모른다. 그 밤의 기억은 지워지지 않는다. 그 모든 것들이 다만 내 캐리어를 훔치기 위한 것이었다는 생각이 나를 괴롭힌다.

나는 지원센터 사무실 주변을 기웃거리지만 끝내 들어가지 못한다.

*

퇴근 시각이 가까워진다.

길 건너편 빌딩 위로 레이저 그림이 떠오른다. 사람들이 바쁘게 걷고, 꼬마 열차가 연기를 뿜으며 달린다. 도시의 마스코트가 두 팔을 벌리며 웃을 때도 있다. 나는 알록달록 떠가는 그림들을 멍하니 올려다본다. 중앙 차로에 버스가 정차할 때마다 사람들이 한 움큼씩 타고 내린다. 지하철역 출입구에서 사람들이 한꺼번에 빠져나오고, 몇 분 간격으로 기차가 오갈 때마다 광장이 가볍게 진동한다.

그러나 자정을 넘기면 불빛이 꺼지고 광장 위로 적막이 내려앉을 것이다. 모든 것이 활기를 잃고 숨을 죽일 것이다. 어둠이 이곳을 장악하는 시간이 오고 말 것이다. 이제 나는 그 어둠을 견디는 법을 배워야 한다. 그럴 수 있든, 없든 해야만 한다. 이제 모든 것은 내 선택의 영역 밖으로 물러나고 있다.

아침이 되면 나는 역사를 중심으로 원을 그리며 돈다. 그런 뒤엔 조금 더 넓게 원을 그리며 돈다. 그런 식으로 범위를 조금씩 넓히며 지칠 때까지 주변을 살피는 것이다. 지상과 지하로 구분된 역사 내부를 훑고, 공원과 빌딩숲으로 이어진 지하도 내부를 확인하고, 매일 조금씩 더 범위를 넓히는데도 여자는 보이지 않는다.

낮에는 도시 전체가 요란한 공사 소음에 포위된다. 멀리서 보면 도시는 죽어가는 환자 같다. 사람들은 정체를 알 수 없는 병의 원인을 찾아내기 위해 도시의 폐부를 열고 들추고 헤집는 일을 그치지 않는다. 새로운 것이 나타나면 기존의 것들은 금세 낡고 더러워진다. 그러므로 사람들이 벌이는 이런 짓은 끝나지 않을 것이다.

나는 맹렬히 걷고 또 걷는다. 더운 땀이 온몸을 타고 흘러내린다. 허기가 차오른다. 나는 그 텅 빈 공간에 분노와 노여움 따위를 차곡차곡 밀어넣는다. 어떻게든 그런 뜨거운 감정을 잃지 않으려고 애쓴다. 그럼에도 감정은 살아났다가 꺼지고 타올랐다가 잦아들기를 반복한다.

나는 대형 텔레비전 여러 대가 놓인 역사 로비를 가로질러 정문을 빠져나온다. 그런 후엔 곧장 대형 마트 쪽으로 걷는다. 마트 입구는 여느 때처럼 외국인들과 여행객들로 붐빈다. 나는 간이의자에 잠시 앉았다가 마트 보관함 주변을 서성인다. 낮 동안 거리 사람들이 짐을 보관하는 곳이다. 만일 여자가 이곳에 들른다면 단번에 눈에 띌 것이다. 달짝지근한 음식 냄새와 시원하고 쾌적한 공기가 얼마간 마음을 누그러뜨리지만 그런 것에 동요되지 않으려고 나는 부지런히 눈을 굴린다.

뒤쪽에서 아이들이 튀어나와 나를 밀치고 저쪽으로 뛰어간다.

주인을 잃은 카트가 내 허리를 때리고 멈춘다. 카트에 알록달록한 과자와 우유, 라면과 식용유 따위가 널브러져 있다. 매대를 따라 멀어지는 아이들의 뒷모습을 눈으로 좇다가 나는 그 카트를 밀며 걷는다. 아니, 몸집을 키운 허기가 나를 어디론가 이끌고 있다. 나는 다른 사람들처럼 카트를 밀며 시식대가 보이는 식품 코너 앞으로 다가간다.

따뜻한 두부 서너 개를 집어먹고 갓 튀겨낸 만두를 입에 넣는다. 허겁지겁 먹지 말아야 한다고 생각하면서도 뭐든 씹지 않고 삼켜버린다. 맛을 느끼기도 전에 따뜻하고 물컹한 느낌이 목구멍을 타고 사라진다. 얼굴을 찌푸리거나 주의를 주는 직원은 없다. 그들은 모두 나 같은 사람들에게 충분히 단련된 것처럼 보인다. 나는 쉬지 않고 입으로 음식을 가져간다. 그게 뭐든 처음이 어렵고 다음은 쉽다. 그다음은 더 쉽고 결국 아무렇지 않게 된다. 나는 이쑤시개로 먹을 만한 것들을 닥치는 대로 집은 다음 한꺼번에 삼킨다. 그럴수록 허기는 점점 더 크게 입을 벌린다.

다시는 이곳에 올 일이 없으니 상관없다.

나는 카트에 통조림과 치즈, 즉석식품과 생고기를 던져넣으며 중얼거린다. 샴푸와 치약, 티셔츠와 슬리퍼 같은 것을 마구잡이로 집어넣으며 당장이라도 이곳을 떠날 수 있을 것처럼 군다. 아니, 그 순간엔 정말 그럴 수 있을 것 같다. 조그마한 종이컵에 담긴 요거트를 혓바닥으로 핥고 있을 때 유니폼을 입은 직원이 다가온다.

손님, 계산하실 건가요?

나는 반사적으로 카트에서 손을 떼고 물러난다. 카트엔 생각 없이 던져놓은 물건이 반쯤 차 있다.

계산하실 거면 도와드릴까요?

내가 한 걸음 더 물러나자 직원의 표정에서 웃음기가 가신다. 나는 카트를 그곳에 세워두고 도망치듯 뒤돌아선다. 직원은 나를 붙잡거나 뭔가 더 묻지 않고 카트를 끌며 매장 안쪽으로 사라진다.

*

밤이 되자 거리에 가는 빗방울이 떨어진다.

아주 작은 물방울이 떠다니듯 시야가 뿌옇게 흐려진다. 사람들은 비를 피하지 않고 광장을 지킨다. 머리 쪽에만 비스듬히 우산을 세워놓고, 한 손으로 얼굴만 가린 채 잠든 사람도 있다. 이곳 사람들은 섣불리 움직이거나 당황하지 않는다. 놀라거나 동요하는 일도 없다. 이깟 비는 아무것도 아니라는 듯 그들은 제자리를 지킬 줄 안다.

나는 끈적한 목덜미를 닦아내며 역사 후문 쪽으로 걷는다. 후문을 빠져나오면 공영주차장이 있고 주차장 펜스 아래 자리를 잡은 사람들이 있다. 펜스 바로 아래 매트리스를 깔거나 텐트를 치고, 접이식 의자와 테이블을 갖춘 사람도 있다. 다들 광장 쪽 사람들보다 다부지고 거친 인상이다. 어둑어둑한 펜스 아래서 매서운 눈빛들이 나를 쏘아본다. 나는 횡단보도 두 개를 연달아 건너고 공원을 향해 뛰다시피 한다.

빗방울이 굵어진다.

나는 비를 맞으며 공원 산책길로 접어든다. 수변은 어두컴컴하고 고요하다. 나는 커다란 플라타너스 아래 서서 젖은 머리를 털어낸다. 어둠 속에서 커다란 쓰레기봉투처럼 널브러진 뒷모습들이 선명해진다. 보고 있으면 봉투는 더 늘어난다. 누군가가 쓸모없는 것들을 담아 폐기한 것처럼 그들은 여기저기 몸을 웅크리고 누워 있다.

모두가 하루를 보내기 위해 사투를 벌이는 중이다. 세상의 시간은 이들을 비켜가고 그들은 끝나지 않는 하루 속에 갇혀 있다. 그들은 어떻게든 잠 속으로 기어들어가려고 애쓴다. 그곳에서 하루를, 이틀을, 가능하다면 삶 전부를 흘려보내고 싶을 것이다. 나도 그들과 다를 바가 없다. 점점 그들과 닮아가고 있다. 그런 예감이 나를 불안하게 한다. 불안의 강도는 점점 커지고 세진다. 나 역시 그들 중 하나가 되고 말 것이다. 결국엔 그렇게 될 것이다. 나는 애꿎은 캐리어 탓을 하며 걷는다.

빗줄기는 점점 더 굵어지고 눈을 깜빡일 때마다 앞이 흐려진다. 공원을 지나고 횡단보도 몇 개를 더 건너자 거리가 넓고 환해진다. 사람들은 무리를 지어 오가고 밖이 내다보이는 카페에 앉아 뭔가를 먹고 마시는 중이다. 손을 흔들며 누군가의 이름을 부르고 버스를 놓치지 않으려고 뛰는 사람도 있다.

한밤에도 공기는 뜨겁고 열기는 가시지 않는다. 나는 시청, 은행, 호텔 건물을 지나쳐 좁은 골목으로 진입한다. 거리 사람들은 어디에나 있다. 빌딩 주차장에서, 골목 어귀에서, 전신주 뒤편에서 그들은 가방을 메고, 비닐봉지 여러 개를 든 채 숨바꼭질하듯 나타나고 또 나타난다. 나는 오가는 인파 속에서 이곳 사람들의 실루엣을 정확하게 찾아낸다. 여자도 인파에 섞여 이 거리 어딘가를 헤매고 있을 것이다. 캐리어 하나를 훔쳤다고 해서 이 넓은 거리를 단번에 벗어날 순 없을 것이다.

사람들로 붐비는 시장 골목을 지나 다시 지하도로 돌아오는 동안에도 비는 그치지 않는다. 나는 누군가가 벤치 위에 놓고 간 음료수를 발견하고 그 자리에서 마셔버린다. 플라스틱 컵 안에 붙어 있는 조그마한 얼음 알갱이까지 모두 떼어 먹어도 갈증은 좀처럼 가시지 않는다.

역사 광장이 바로 보이는 지하 출구를 빠져나왔을 때 번쩍하는 빛이 지나가고 몇 차례 천둥이 친다. 그러고 나자 앞이 보이지 않을 만큼 세찬 비가 쏟아지기 시작한다. 나는 지하도 입구에 멈춰서서 바닥을 때리는 빗방울들을 내려다본다. 그것들은 바닥을 딛고 어딘가로 달아나는 것 같다. 아니, 그것들은 계속 제자리만 때리고 있다.

*

쥐 사내가 보살피는 쥐들은 하루가 다르게 자란다.

처음에 열두 마리였던 쥐는 이제 일곱 마리뿐이다. 사내는 종일 철망 안에 넣어둔 쥐들과 눈을 맞추고, 그것들을 쓰다듬으며 시간을 보낸다. 식사를 하기 전에 밥과 반찬을 조금씩 넣어주고 생각날 때마다 물그릇을 갈아준다.

사내는 쥐를 돌보고 나는 쥐를 돌보는 사내를 관찰하며 오전 시간을 보낸다. 누군가는 그런 나를 구경하면서 시간을 흘려보낼 것이다. 그중에 여자가 있을지도 모른다. 나는 수시로 광장 구석구석을 살핀다. 여자를 찾아내고야 말겠다는 오기가 머릿속을 떠나지 않는다. 캐리어를 되찾겠다는 의지가 사라진 후에도 여자에 대한 분노는 식지 않는다. 나는 그 분노를 꺼뜨리지 않으려고 하루에도 수십 번씩 마음을 다잡는다.

포기해. 가방은 못 찾아.

쥐 사내가 심드렁하게 말한다.

어차피 그 여자는 돌아오게 되어 있어. 미친년. 오면 반 죽여버려.

그렇게 말하고 낄낄거리기도 한다. 어쩌면 쥐 사내는 여자의 행방을 알고 있는지도 모른다. 누군가의 가방이나 지갑을 훔친 여자가 주로 어디에서 시간을 보내는지 훤히 꿰고 있는지도 모른다.

그러나 며칠이 지나도록 사내에겐 수상한 점이 발견되지 않는다. 추궁하고 닦달하고 윽박지르고 사정해봐도 사내는 한결같다.

시계탑의 시침과 분침이 정오에 가까워진다. 사내가 시계를 가리키고 내가 몸을 일으킨다. 나는 계단을 두서너 개씩 한꺼번에 뛰어내려간다. 어쩌면 오늘은 여자를 찾을 수 있을지도 모른다. 사내가 알려준 피시방이나 여인숙을 뒤지면 여자의 행방을 좇을 수 있을지도 모른다.

나는 역사 뒤편, 좁고 긴 골목을 따라 다닥다닥 붙은 여인숙과 쪽방부터 훑는다. 그곳엔 믿을 수 없을 만큼 많은 집이 썩은 이빨처럼 버티고 서 있다. 막다른 골목이라 생각한 곳에서 샛길이 나고 비좁은 지름길이 나타난다. 미로 같은 그곳에서 나는 자주 길을 잃는다. 사람들은 방문을 활짝 열어놓고 거리에 나와 있다. 창 하나 없이 온갖 잡동사니가 쌓인 그들의 방은 동굴처럼 캄캄하고 그들은 곧 무너져버릴 동네를 떠받치고 있는 것처럼 힘겨워 보인다.

여기 새로 들어온 사람 있어요?

나는 아무에게나 이렇게 묻는다.

최근에 여기 캐리어 끌고 들어온 여자 본 적 있으세요? 키가 작은 여자예요. 마른 편이고요.

조금 더 구체적으로 설명할 때도 있다.

그런 사람이야 널렸지.

부채질을 하던 노인들은 이렇게 대꾸한다. 뜨거운 허공의 한 지점을 노려보며 혼잣말처럼 중얼거리기도 한다.

우리는 누가 들어오고 나가는지도 몰라. 그걸 누가 일일이 다 기억하나.

여인숙 주인이나 젊은 사람들은 한심하다는 투로 충고한다.

아이고, 그린 사람이 한둘인가요. 하루에도 들고 나는 사람이 얼마나 많은데. 그 정도로는 못 찾아. 사진이라도 보여주면 모를까.

어쩌면 오늘은 여자를 찾을 수 있지 않을까. 그런 기대는 어제와 똑같이 나를 배반하지만 나는 이 골목을 헤매는 일을 그만두지 않겠다고 다짐한다.

광장으로 되돌아오기 전 드림시티에 잠깐 들른다. 이곳에서 가장 규모가 큰 피시방. 한낮에도 최소한의 조명만 켜놓은 그곳은 퀴퀴하고 탁한 공기로 가득차 있다. 일곱 대뿐인 컴퓨터를 차지하지 못한 사람들은 카운터 아래 침낭을 깔고 누워 있다.

히야, 이 새끼 이거 또 왔네.

사장이 반팔 셔츠를 어깨 위로 걷어올리며 알은체를 한다. 단단한 팔근육이 도드라진다. 나는 여자의 인상착의를 설명하고 캐리어의 크기와 모양을 묘사한다. 사장은 장부를 펼치고 뭔가를 메모하며 내 말을 듣는 둥 마는 둥 한다. 나는 의자와 책상, 소파 여기저기에 어지럽게 널린 양말이나 팬티 같은 것을 보며 조금씩 목소리를 키운다. 뭐랄까. 그곳은 피시방이 아니라 임시 거처 같다. 컴퓨터를 차지한 사람들도 컴퓨터를 켤 생각은 않고 폭신한 의자에 파묻히듯 앉아 잠이 들어 있다.

씨발, 가방 말고 여자가 필요한 거 아나?

저쪽 소파 끝에 웅크리고 있던 누군가가 이죽거린다.

여자 찾는 새끼가 여긴 왜 기웃거려.

뿌연 담배 연기 속으로 기분 나쁜 웃음소리가 스며든다. 사장이 내 어깨를 잡아끌며 유리문을 연다. 유리문에 파란 시트지를 붙여놓은 탓에 바깥에서는 안이 보이지 않는다.

이봐, 젊은 친구. 여기선 캐리어 하나 잃어버리는 건 일도 아니야. 매일 여기서 얼마나 황당한 일이 벌어지는지 아나? 캐리어는 알아서 찾아. 일찌감치 포기하면 더 좋고.

나는 대꾸하지 않는다. 그는 나를 내쫓듯 밖으로 밀어낸다.

이제 여기 오지 마. 뭐 다른 일이면 도와주겠는데 서로 피곤하잖아. 알아들었지?

그리고 문을 닫기 전에 한마디를 더 한다. 일자리가 필요하면 와라. 일을 해라. 그게 가방을 찾는 것보다 쉽고 빠르다. 나는 사장의 말을 물리치듯 침을 탁 뱉는다. 조롱을 당한 것처럼 얼굴이 화끈거린다.

나는 해가 지기 전 광장으로 돌아온다. 쥐 사내는 가로등 불빛이 닿지 않는 담벼락 쪽에 자리를 잡고 누워 있다. 그는 머리 옆에 놓아둔 철망을 손가락으로 두드리며 히죽거린다. 쥐들은 좁은 철망 안을 부지런히 오간다. 나는 말없이 근처에 가 앉는다. 사내도 나도 아무런 말이 없다.

시간이 더 지나자 역사 주변을 도는 직원들이 알은체를 하며 다가온다. 그들은 매일 저녁 역사 주변을 돌며 사람들의 안부를 묻는다. 필요한 약품과 물품을 가져다주고 도움이 될 만한 정보를 알려줄 때도 있다. 종일 뙤약볕 아래서 허탕만 친 나는 그들과 대화할 기운이 남아 있지 않다.

캐리어 잃어버리셨다면서요?

이곳에 온 첫날 구름다리에서 만났던 여직원이 내게 말을 건다. 그녀가 다가오자 쥐 사내가 호들갑을 떤다.

아, 이선생. 내 쥐는, 내 쥐는 어떡할 거야. 이 개새끼들이 자꾸 쥐를 훔쳐간다니까.

그 사람들 앞에서 쥐 사내는 어린애가 된다. 유독 여자 직원 앞에서는 말투도 행동도 눈에 띄게 유치해진다.

선생님, 쥐를 누가 훔쳐간다고 그래요. 누가 쥐를 좋아한다고. 도망간 거겠지. 그러게 그냥 맛있는 거나 사드시지 쥐를 왜 키워요. 사람들 싫어해요.

맛있는 거 먹어봐야 똥 싸면 끝이잖아. 애들은 항상 내 옆에 있지. 이렇게 바라봐주고 예쁘다고 해주고. 사랑이 뭐 별건가. 이런 게 사랑이지. 이선생도 사랑해봐서 알잖아. 그지?

직원은 눈을 흘길 뿐 이렇다 할 대꾸를 하지 않는다.

글쎄요. 아 참, 선생님은 아직 가방 못 찾으셨죠?

직원이 내 쪽으로 돌아서서 나와 눈을 맞춘다. 나는 가볍게 고개를 끄덕인다.

사무실엔 왜 안 오세요? 도움 필요하면 오시라고 했잖아요. 그러지 말고 일자리 한번 알아봐드릴까요? 도와드릴 수 있는데. 캐리어야 돈 벌어서 다시 사시면 되죠.

일을 뭐하러 해, 힘들게. 이 사람들 일은 일대로 시키고 돈은 더럽게 조금 줘. 하지 마. 절대 하지 마.

쥐 사내가 투덜거리며 목소리를 키운다.

그게 힘들면 무슨 일을 해요. 그때 선생님 나오지도 않으셨잖아요. 매일 지각하고. 사무실 청소하고 정리하는 게 뭐 어렵다고. 나봐요. 이렇게 밤늦도록 일하는데 시급 계산하면 그때 선생님 받은 거보다 적다고요.

그 노인네한테는 일 안 시키고 돈 주잖아.

그분은 연세가 많으시잖아요. 장애도 있으시고. 그래서 정부 보조금 나가는 거 다 아시면서.

그래, 나도 힘드니까 그런 보조금 좀 해줘. 나도 아프고 힘드니까 그런 것 좀 해달란 말이야.

제가 할 수 있으면 벌써 해드렸죠. 나라에서 하는 건데 제가 뭘 어떻게 해요. 돈 생겨도 전부 길에 내다버리시면서.

버리다니 내가 뭘 버려. 고양이들 밥 준 거지. 그걸 왜 자꾸 내다버렸다고 말을 해. 딴사람들이 다 그런 줄 알잖아.

나는 잠자코 두 사람의 대화를 듣기만 한다. 두 사람이 하는 말은 나를 스쳐지나가고 나는 어떻게든 여자를 찾겠다고 생각한다. 무슨 수를 써서든 찾아내고야 말겠다고, 찾아야만 한다고 중얼거린다.

*

며칠이 더 지난다.

사방이 환해지면 아침이고 어두워지면 밤이다. 시간개념은 단순해진다. 밤에는 잠을 청하고 깨어나면 다시 밤을 기다린다. 언뜻 보면 시간이 흐르는 것 같지만 실은 같은 하루가 끝없이 반복되고 있을 뿐이다. 시간은 구체적으로 감각되지 않는다. 지금 내겐 그편이 더 나을지도 모른다. 그런 식으로 나는 이곳에 적응하는 중이다. 아니, 이곳이 나를 길들이고 있다.

상상 속에서 캐리어의 크기는 점점 더 커진다. 실제 캐리어의 크기와는 상관없이 상실감은 깊고 넓어진다. 나는 그 빈 공간을 채우려고 애쓴다. 더운 감정을 밀어넣으며 어떻게든 뜨거운 상태를 유지하려 한다. 그러나 그것들은 금세 다 타버린다. 그치지 않을 것처럼 활활 타오르던 감정들이 사라지면 나는 기운이 다 빠진 늙은이처럼 광장을 맴돌며 이곳 사람들과 다를 바 없이 움직이게 된다. 그런 식으로 이들과 내가 다르지 않다는 걸 받아들이게 된다.

아침이 되면 화장실에 가 몸을 닦는 대신 광장 한쪽에 줄을 선다. 순서가 되면 플라스틱 그릇 하나에 밥과 국을 차례로 받은 다음, 인적이 드문 공중전화 뒤편에 앉아 식사를 한다. 허기를 채우기엔 턱없이 모자란 양이지만 나는 허기가 음식들을 순식간에 먹어치우지 않도록 천천히 음식을 씹고 삼킨다.

식사가 끝나면 역 주변을 돌며 쓸 만한 것들을 주워모은다. 한 사람이 생활을 유지하는 데는 너무나 많은 것이 필요하다. 그러나 이제 나는 그것들이 정말 필요한지를 더 꼼꼼하게 따져야 한다. 이 거리에서 내가 소유할 수 있는 물건은 제한된다. 모든 것을 다 짊어지고 다닐 수 없기 때문이다. 그럼에도 좀처럼 물건을 버리고 없애는 일에 익숙해지지 않는다.

살대가 부러진 우산 같은 건 비교적 쉽게 구할 수 있다. 누군가가 마시다 버린 물이나 음료도 어렵지 않게 발견할 수 있다. 나는 낡은 배낭 하나와 구멍난 돗자리, 슬리퍼와 야구 모자 같은 것을 줍는다. 옷가지나 이불 같은 걸 구하는 데에는 그보다 더 많은 노력이 필요하다. 나는 부지런히 역사 주변을 돌고 또 돈다. 필요한 것들을 돈으로 구입할 수 없는 나는 이제 버려진 물건들을 찾아 쉬지 않고 움직여야 한다.

가끔은 정신없이 잠든 사람들이나 취한 사람들 곁으로 다가가 담요나 바지 따위를 집어오기도 한다. 거리의 물건들은 끊임없이 돌고 돈다. 그것들은 여러 사람의 손을 거치지만 결코 한 사람의 소유가 될 수 없다. 누구나 그 물건들의 주인이 될 수 있지만 그건 어디까지나 한시적이다. 나는 죄책감 없이 이런저런 물건들을 훔친다. 내 것을 빼앗겼으니 누군가의 것을 뺏는 것은 당연하다.

밤에는 술판을 벌이는 사람들과 어울린다. 취기가 오르면 시간이 성큼성큼 나를 지나쳐간다. 내 시간에도 속도라는 게 생겨난다. 취기가 더 오르면 공기 중을 떠돌며 종일 나를 괴롭히던 냄새와 소음들이 사라지고, 분노와 자책, 부끄러움 같은 내가 홀로 감당해야 했던 감정들도 자취를 감춘다.

이봐, 젊은 친구. 자네는 아직 젊잖나. 마음만 먹으면 뭐든 할 수 있지. 못할 게 뭐가 있어.

혀 꼬인 누군가의 말이 나를 흥분시킨다. 온몸의 세포들이 힘껏 몸을 일으키는 것 같다. 그런 순간 나는 무엇이든 할 수 있는 사람이 된다. 달뜬 자신감이 나를 에워싼다.

나도 십 년 전엔 잘나갔지. 지금은 이래도 내가 공무원 생활만 십오 년을 한 사람이야.

언제나 술값을 내는 사람이 가장 많이 떠든다. 그게 이곳의 법이다. 술값을 내는 사람은 말하고 술을 얻어먹는 사람은 듣는다. 맞장구를 쳐주면 그들은 기고만장해진다. 기고만장해져서 주머니가 바닥날 때까지 밤새도록 술을 산다.

알았으니까 그만 떠들어요. 씨발, 못 들어주겠네.

나는 말없이 술을 삼키며 취기가 오르길 기다렸다가 시비를 걸고 그들과 주먹다짐을 벌인다.

이 새끼가, 이 씨발 새끼가 죽고 싶어?

입으로는 쌍욕을 내뱉지만 그들은 몸도 제대로 가누지 못한다. 휘청거리며 간신히 중심을 잡아도 다시금 쓰러지기 일쑤다. 나는 주먹을 휘두르고 발길질을 하며 그들을 제압한다. 그들은 늙고 쇠약하다. 어쩌면 나는 그런 만만한 사람들만을 고르는지도 모른다.

나는 사람들의 관심을 끌 정도로 목소리를 높이고 소란을 떤다. 사람들의 이목이 집중되는 순간을 놓치지 않고 상대의 얼굴이나 배에 주먹을 날린다. 나뒹구는 몸뚱이를 향해 악을 쓰고 발길질을 한다. 함께 술을 마시던 치들이 이리저리로 물러나면 나는 고개를 쳐들고 주변을 둘러본다.

봐라. 나를 건드리면 죽는다.

어둠 속에서 깜빡이는 눈동자들에게 나는 이렇게 으르렁거린다.

경찰이 출동하고 센터 직원들이 달려오기 전에 나는 남은 술과 안주를 챙겨 그곳을 빠져나온다. 그들도 나를 어떻게 할 수는 없을 것이다. 싸움을 뜯어말리고 내게 이러저러한 당부를 한 뒤 훈방 조치 하는 게 고작이라는 걸 아는 나는 무서울 게 없다.

날이 갈수록 거리의 일상은 편안해진다. 이제 나는 광장이 바로 내다보이는 구역사 근처에 자리를 잡고 누울 수도 있다. 조마조마한 마음은 사라지고 없다. 더는 주변을 두리번거리지도 않는다. 어느 누구도 내게 비키라고 소리치지 못한다. 그렇게 말한다면 누구든 가만두지 않을것이다.

밤에는 훔친 물건들을 머리맡에 두고 눕는다. 모자로 얼굴을 덮고, 박스를 쌓아 벽을 만들어도 쉽사리 잠들 수가 없다. 나는 살대가 부러진 우산, 밑창이 떨어진 슬리퍼, 구멍난 담요 같은 것들을 지키기 위해 끊임없이 적의를 굴린다. 주먹만한 그것이 얼굴만해지고 몸체만해질 때까지. 나는 분노와 두려움, 불안과 공포 위에 그것을 굴리고 또 굴려 어마어마하게 만든다.

그리고 어느 날 밤 광장 한복판에서 여자를 발견한다.

*

오전부터 광장 한쪽에 커다란 천막 두 개가 설치된다.

무료 건강검진이 있는 날이다. 하얀 가운을 입은 사람들이 테이블 앞에 자리를 잡고 앉자, 대학생들이 길 위의 사람들을 불러 모은다. 곧 기다란 줄이 만들어진다. 검진이 끝난 뒤 나눠주는 시원한 음료수와 빵 때문이다.

특별히 불편한 곳 있으세요?

순서가 되고 나도 테이블 앞에 앉는다. 폭이 좁은 테이블 탓에 여자 의사의 얼굴이 닿을 듯이 가깝다. 나는 의자를 빼고 멀찌감치 고쳐 앉는다. 내 몸에서 풍기는 악취가 의사를 불쾌하게 만들지도 모른다. 아니, 그들은 뭐든 아무렇지 않은 척할 것이다. 하지만 나는 나를 견디고 있는 그들의 표정을 확인하고 그것을 모른 척하는 게 싫다.

이를 한번 볼게요. 아, 해보세요. 크게, 아, 해볼게요.

의사가 반쯤 몸을 일으키고 아, 아, 입을 벌리는 시늉을 한다. 그사이 줄을 선 사람들 사이에서 승강이가 벌어진다. 대학생들은 음료수와 빵을 미리 달라고 떼쓰는 사람들을 어쩌지 못하고 발을 구른다. 거리 사람들은 오늘이 지나면 다시 볼 일이 없는 그들을 함부로 대한다. 음료수와 빵이 담긴 박스를 통째로 가져가려는 사람들도 있다.

의사가 다시 말한다.

아, 아, 해보세요.

나는 숨을 참은 다음 입을 벌린다.

충치가 있네요. 하나, 둘, 셋, 넷, 총 네 개인데 알고 계세요?

나는 바보처럼 입을 벌린 채 고개를 젓는다.

얼른 치료하시는 게 좋아요. 하나는 심각한데 계속 놔두면 발치해야 할 수도 있어요. 가까운 치과에 가보세요. 아셨죠?

검사는 십 분 만에 끝이 나고 의사는 내 건강 상태를 간략하게 말해준다. 젊은 편이라 아직까지는 건강하다. 거리에서 먹고 자는 생활을 지속하면 건강을 해친다. 손을 자주 씻어라. 영양소를 고르게 섭취해라. 잠을 충분히 자라. 술과 담배는 끊어라. 정기적으로 치과에 가라. 나는 건성으로 고개를 끄덕이고 건네받은 음료수를 그 자리에 선 채로 다 마셔버린다.

건강검진은 늦은 저녁까지 이어진다. 날이 저물자 사람들은 빵을 안주 삼아 술판을 벌이고 나도 사람들 사이에 끼어 앉는다. 오늘 술을 사는 사람은 자활 근로를 하는 한씨다. 그는 하루 네 시간씩 광장 주변 쓰레기를 줍고 화단을 관리하는 대가로 시로부터 일정한 돈을 받는다. 그 돈으로 쪽방 월세를 부담하고 거리 생활을 벗어나려고 노력하는 것이 지원의 조건이지만 그는 밤이 늦도록 그곳으로 돌아가지 않는다. 하룻밤 만에 방값을 모두 탕진하고 돈이 없다는 이유로 거리에서 잔다.

에이, 거기선 못 자. 이렇게 넓은 데서 자다가 그 좁은 데서 어찌 자나?

술을 얻어먹는 사람들은 그를 한사장이라 치켜세우지만 실은 그가 적막한 어둠을 피해 거리로 도망쳐나왔다는 걸 모르지 않는다. 불빛과 소음, 인파가 그치지 않는 길 위에 익숙해진 사람들은 고요를 견딜 수 없다. 잠들기 직전 혼자가 되어버리는 그 짧은 순간, 스스로와 대면해야 하는 것이 두려운 것이다. 나는 빠르게 술잔을 비우고 사람들의 언성이 높아질 무렵 자리를 털고 일어난다. 셔터가 내려진 쇼핑몰을 지나고 마트 정문을 향해 걷는다.

그리고 거기 여자가 있다.

계단 옆 화단에 상체를 비스듬히 기대고 앉은 사람은 여자가 분명하다. 쓰러진 막걸리병들 주변에 떡볶이와 순대 같은 것들이 짓이겨져 있다. 다가가자 시큼한 술냄새가 진동한다. 여자 주변을 기웃거리던 사내 서넛이 내 눈치를 본다. 여자는 잠이 든 것처럼 보이고, 정신을 잃은 것처럼 보이기도 한다. 높다란 화단 그림자 아래 여자의 모습은 자그마하다. 바람이 여자의 몸을 가볍게 들어 올려 이리저리 데리고 다닐 수도 있을 것 같다.

캐리어는 보이지 않는다. 이미 오래전에 어떤 식으로든 처분한 게 분명하다. 그러니까 저 술과 안주들이 캐리어와 교환되었을 가능성이 크다. 그런 식으로 나는 여자에 대한 분노를 지펴보려고 안간힘을 쓴다. 그러나 분노와 적의 같은 건 좀처럼 되살아나지 않는다.

사내 서넛을 눈짓으로 쫓아낸 뒤 여자 주변을 뒤진다. 짐이라고는 작은 쇼핑백 하나가 전부다. 쇼핑백을 뒤집자 약봉지 하나와 생리대 두 장, 플라스틱 컵과 물통, 치약과 칫솔 같은 것들이 바닥으로 쏟아진다. 나는 여자의 호주머니에서 몇 장의 영수증을 찾아내기도 한다. 모두 술을 산 흔적이다. 나는 영수증 날짜를 확인하고 그것들을 바닥에 내던진다.

그러는 동안에도 여자는 깨어나지 않는다. 아니, 어쩌면 이미 깨어 있는지도 모른다. 나는 한 손으로 여자의 고개를 바로 세운다. 고개는 잠깐 수직으로 섰다가 이내 한쪽으로 고꾸라진다. 젖은 머리칼이 여자의 뺨에 달라붙어 있다. 시큼한 술냄새가 공기 중으로 퍼진다. 나는 여자의 볼을 때리고 어깨를 흔들기 시작한다. 부풀어오른 배를 제외하면 여자의 몸은 나뭇가지 같다. 불씨를 갖다대면 금세 활활 타오를 정도로 메마른 상태다.

씨발, 캐리어는 어쨌어?

나는 심호흡을 하고 목소리를 키운다. 꺼져가는 취기를 되살리려고 막걸리병에 남은 술을 모두 마셔버린다. 어떻게든 분노를 지펴보려고 애를 쓴다. 여자는 내 가방을 훔쳤다. 그건 내 전부였다. 여자가 나를 이렇게 만들었다. 나를 이렇게 광장으로 밀어넣었다. 모든 건 여자 때문이다. 이 여자가 나를 망쳤다. 나는 여자에게 모든 혐의를 씌우고 원망을 퍼붓는다.

일어나. 일어나라고 이 도둑년아!

시동이 걸리듯 내 안에서 뭔가가 꿈틀거리기 시작한다. 목소리가 커지고 열이 치솟는다.

일어나, 일어나라고!

여자의 뺨을 때린다. 고개가 한쪽으로 꺾이더니 여자의 몸이 바닥에 처박힌다.

일어나라고!

목소리를 키우고 여자의 머리채를 잡는다. 꺼진 줄 알았던 분노가 살아나는 게 느껴진다. 이 분노의 정체는 무엇일까. 나를 사로잡은 이 감정은 분노일까. 그런 생각을 하기도 전에 화는 나를 집어삼키고 함부로 굴게 만든다. 여자의 뺨을 때린 내 손바닥이 여자의 턱을 가격하고 머리통으로 옮겨간다. 여자의 얼굴이 뜨겁게 달아오른다.

그날 밤의 기억이 또렷하다. 그 밤의 기억이 이토록 또렷하게 남아 있다는 사실이 나를 못 견디게 만든다. 그 밤 내가 느꼈던 감각들은 그대로다. 여자의 체온과 심장 소리, 머릿기름 냄새와 서늘한 피부의 감촉 같은 것들. 캐리어와 여자를 찾아 헤매는 동안 내가 수없이 떠올리고 또 떠올렸던 순간들. 어떻게든 생각하지 않으려 애쓴 장면들. 여자가 통째로 폐기하고 가버린 그 밤의 기억을 단 하나도 버리지 못한 것이 분하고 억울하다.

여자를 가만두지 않겠다. 벌을 주겠다. 죗값을 치르게 하겠다. 나는 이제 사라지고 없는 캐리어로 다른 생각들을 단단히 억누르려고 한다. 그리고 한참 만에 여자가 눈을 뜬다. 한쪽 눈이 힘겹게 떠지고 다른 쪽 눈은 완전히 떠지지 않는다. 눈두덩이 잔뜩 부어올라 있다.

캐리어 어딨어? 훔쳐간 캐리어 어쨌어? 캐리어 내놔. 가방 내놔!

나는 여자의 머리칼을 움켜쥐고 바닥에 머리를 찧는다. 아니, 찧으려고 한다. 이 순간 여자를 죽일 수도 있을 것 같다. 나는 여자의 한쪽 귀에 입술을 대고 고함을 밀어넣는다. 여자의 얼굴엔 표정이라 할 만한 게 없다. 이미 누군가에게 심하게 얻어맞은 듯 얼굴 여기저기가 울긋불긋하다.

줄게. 주면 되잖아.

그리고 여자가 눈을 깜빡이며 그렇게 중얼거린다.

가방 어딨어? 캐리어 어쨌어? 말해, 말해!

내 물음과 상관없이 여자는 한번 더 말한다. 두려워하거나 불안해하는 기색은 없다. 여자의 목소리는 차분하고 표정은 졸린 듯 나른하다. 여자는 계속 같은 말을 반복하고, 결국 내가 입을 다문다. 여자의 입가에 귀를 갖다대고서야 여자의 말을 정확하게 알아들을 수 있다.

줄게. 줄게. 한 번 줄게. 주면 되잖아.

가까스로 저 혼자 서 있던 여자의 고개가 다시금 푹 꺾인다.

*

나는 여자를 업고 광장을 가로지른다.

곧 역사 내부의 불이 꺼지고 출입이 통제될 것이다. 첫차가 운행을 시작할 때까지 지하도 전체가 폐쇄될 것이다. 나는 불빛이 닿지 않는 쪽을 디디며 속도를 낸다. 여자의 몸이 수수깡처럼 가볍다. 여자의 머리칼이 목덜미와 어깨에 달라붙는다. 나는 자주 걸음을 멈추고 시야를 가린 여자의 머리칼을 넘긴다. 여자는 내 어깨에 얼굴을 처박고 잠이 든 것처럼 고요하다.

가능한 한 역사에서 멀리까지 가야 한다. 후문 뒤편 공원이라면 적당할지도 모른다. 여자를 어떻게 해야겠다고 결정하지 못했음에도 걸음이 빨라진다. 불 꺼진 상점을 지나고 횡단보도를 건너고, 굴다리 아래를 빠져나온다. 숨이 차고 몸이 뜨거워진다. 이마에서 흘러내리는 땀 때문에 나는 자주 눈을 깜빡이고 고개를 흔든다.

어쩌면 모든 건 생각보다 간단하고 쉬울지도 모른다. 어차피 여자의 표정이나 행색은 어둠 속에 파묻혀 보이지 않을 것이다. 여자는 내 캐리어를 훔쳤다. 캐리어 안에 있는 것들을 멋대로 처분하고 술을 마시고 밥을 먹고 즐거움과 쾌적함을 누렸다. 여자에게 받을 수 있는 건 여자의 몸뿐이다. 그건 여자가 제안한 일이고 정당한 대가다. 나는 원하는 결론을 얻기 위해 집요하게 생각하고 또 생각한다. 여자의 입가에서 진득한 침이 떨어진다. 내 목덜미를 타고 흐르는 침에 피가 섞여 있다. 나는 신호등을 무시하고 이차선 도로를 뛰어서 건넌다.

공원은 어둡고 조용하다. 나는 사람들이 있을 만한 곳을 피해 조금씩 더 안쪽으로 들어간다. 한참 만에 여자를 내려놓은 곳은 공원 가장 안쪽 펜스가 쳐진 곳이다. 펜스 너머 열차 선로가 어지럽게 이어져 있고 멀리 역사가 내다보인다. 역사 간판과 이런저런 신호 장치들이 울긋불긋한 불빛 덩어리처럼 보인다. 나는 빗물받이에 닿지 않도록 여자의 누운 몸을 이리저리 움직여본다.

밤이슬에 젖은 잔디와 흙이 축축하다. 여자가 다리를 벌리고 내가 그 사이에 무릎을 세우고 앉는다. 그런 후엔 바지를 내린다. 서두르자고 생각하면서도 어쩐지 나는 우물쭈물하고만 있다. 뾰족한 돌멩이와 굵고 거친 모래가 무릎과 다리 사이를 파고든다. 겁낼 필요는 없다. 모든 건 예상대로다. 공원은 어둡고 인적은 드물다. 여자는 반항하지 않는다. 몇 번이고 나를 받아줄 듯 편안한 자세다.

걷는 내내 달아올랐던 몸이 빠르게 식는다. 나는 서늘해지는 몸의 온도를 예민하게 알아챈다. 팬티 속에 손을 넣고 성기를 만져본다. 오래 갈아입지 못한 속옷은 눅눅하고, 부지런히 손을 움직여도 축 늘어진 성기는 일어설 기미가 없다. 마음이 급해지지만 그럴수록 몸은 더 말을 듣지 않는다. 젖은 잔디 위에 누운 여자가 느리게 말한다.

괜찮아. 얼른 해.

나는 대답하지 않는다.

캐리어는 잃어버렸어. 못 찾아.

여자는 미안하다고 말하지 않는다. 펜스 너머 마지막 고속열차가 경적을 울리며 지난다. 강렬한 헤드라이트 불빛이 여자와 나를 에워싼다. 여자와 나는 거의 동시에 눈을 감는다. 불빛이 어둠을 뚫고 두 눈을 찌르는 것 같다.

여자가 땅을 짚고 상체를 일으킨다. 나는 땅에 박힌 듯 꿈쩍하지 않는다. 이대로 여자가 가버린다고 해도 어쩔 수 없다고 생각한다. 생각만 하고 있다. 생각 따위로는 아무것도 할 수 없다는 걸 알면서도 더운 침만 삼키고 있다. 팬티 속으로 여자의 손이 들어온다. 여자가 천천히 손을 움직인다. 차고 마르고 딱딱한 손이다. 나는 고개 숙인 여자의 머리칼 냄새를 맡는다. 오래도록 씻어내지 못한 거리의 냄새가 여자의 몸을 촘촘하게 둘러싸고 있다. 냄새는 한 겹씩 여자를 에워싸고 마침내 여자의 일부가 된 것 같다.

아랫도리가 뻐근해진다. 숨이 뜨거워진다. 나는 입을 벌린 채 아무런 소리도 내지 못한다. 다만 여자의 손안에서 뻗어나간 기운이 온몸으로 퍼져나가는 걸 느낄 뿐이다. 여자는 기침을 하고 침을 뱉으면서도 그만두지 않는다.

입으로는 못해. 입안이 터져서 피가 나고 아파.

여자는 이렇게도 말한다.

더 못하겠어. 힘들어. 이제 네가 해. 얼른 자고 싶어.

그러면서 다시 젖은 잔디 위에 드러누워버린다. 여자의 손이 빠져나가자 부풀어올랐던 기운이 빠르게 사그라든다. 여자가 아까처럼 다리를 벌린다. 두 팔과 두 다리를 벌리고 누운 여자는 죽은 사람 같다. 아니, 죽음보다 더한 것이 와도 받아들일 것처럼 보인다.

나 잠들지도 몰라. 안 할 거니?

나는 팬티 밖으로 반쯤 나온 성기를 잡고 우물쭈물한다. 그러다가 뒤돌아 앉아 기계적으로 손을 움직이기 시작한다. 더는 열차도 지나지 않는다. 사방은 고요하고 나는 그 고요를 깨트리지 않으려고 숨을 죽인다. 한참 만에 나는 바지를 끌어올린다. 눈을 감고 누운 여자는 잠이 든 것 같다. 나는 피부에 박힌 돌멩이와 모래를 털어내고 천천히 몸을 일으킨다. 그만 이곳을 나가고 싶다. 다시 광장으로 돌아가고 싶다. 이 밤의 일은 다 잊고 싶다. 없었던 일로 하고 싶다.

그리고 여자가 잠꼬대하듯 중얼거린다.

추워.

여자가 몸을 웅크리며 한번 더 말한다.

추워. 너무 추워.

반바지를 입은 여자의 다리가 덜덜 떨린다. 나는 두 손으로 여자의 종아리를 쓸어내리며 다시 주저앉는다. 내 손바닥은 뜨겁지만 여자의 다리는 좀처럼 따뜻해지지 않는다. 나는 한 손에 움켜쥘 수 있을 정도로 마른 여자의 다리를 어루만지며 자리를 지킨다. 여자는 말이 없고 나도 마찬가지다. 여자와 나는 눈 한번 마주치지 않고, 한마디 대화도 나누지 않고, 느리게 지나가는 어두운 밤을 나눠 가진다.

3

여자와 나는 지원센터 앞에서 오전 시간을 보낸다.

나는 사무실로 들어가지 못하고 멀찌감치에 서서 여자를 기다린다. 구름다리 입구에서 서성이다가 사무실 뒤편을 배회하고, 시간이 더 지나자 사무실 앞 벤치에서 여자를 기다릴 수 있게 된다. 거짓말처럼 아무렇지도 않다.

여자는 사무실에서 커피도 가져오고 빵도 얻어온다. 뜨거운 물을 부은 컵라면을 들고나올 때도 있다. 그러나 커피만 조금 마실 뿐 다른 것들은 먹지 않는다. 모두 내게 건네주고 그걸로 그만이다. 오늘 여자가 가져온 것은 비스킷 두 봉지와 두유 한 팩이다. 여자는 두유에 빨대를 꽂아 내게 준다.

조금만 먹어봐요.

안 먹어. 너 먹어.

여자는 비스킷을 씹는 내 모습을 물끄러미 바라보다가 이내 광장 쪽으로 눈길을 돌리고 만다. 낮의 광장은 붐비지만 평화롭다. 그러나 썰물처럼 사람들이 빠져나가면 그곳은 허기진 짐승의 뱃속처럼 사나워진다. 햇빛 아래 여자의 얼굴빛은 생기가 없다. 오래된 빵처럼 탁한 낯빛이다. 턱과 볼 주변에 열꽃처럼 자잘한 반점이 오돌토돌하다.

주변 사람들은 우리를 가만히 관찰할 뿐 섣불리 말을 걸지 않는다. 얼마 전 한 사내가 여자에게 알은체를 하며 히죽거린 일이 있었다. 뒷짐을 지고 고개를 비스듬히 한 채 빙글빙글 웃어 보였다. 사람들과 눈을 마주치지 않으려고 바닥만 내려다보던 나는 고개를 쳐들고, 그의 눈을 똑바로 보고, 멱살을 잡고, 바닥을 뒹굴었다. 그의 얼굴에서 웃음기가 가실 때까지 주먹을 날리고 발길질을 하는 동안 그가 소리쳤던 말을 이제 모두가 다 기억한다. 밤마다 여자와 내가 살을 맞대고, 헐떡거리고, 빈 깡통이나 페트병이 날아와도 그 짓을 멈추지 않는다는 것을 모르는 사람은 없다. 여자와 내가 보낸 밤은 발가벗겨진 채 환한 광장으로 내던져진 지 오래다. 그리고 나는 더이상 그것에 대해 생각하지 않는다. 더는 부끄럽지도 두렵지도 않다.

종일 별다른 것을 먹지 않음에도 여자의 배는 불룩하다. 임신한 것처럼 솟아난 그 배가 거슬리지만 나는 아무것도 묻지 않는다.

묻지 않는 것은 많다. 점점 더 많아지고 있다. 그러나 여자는 스스로 말할 것이다. 그렇게 될 것이다. 나는 확신할 수 있다.

정오가 지나자 공기가 뜨거워진다. 여자와 나는 사무실을 지나 광장을 가로지른다. 역사가 멀어지면 여자가 가만히 내 손을 잡는다. 작고 단단한 여자의 손이 내 손을 꼭 쥔다. 얼핏 보면 내가 여자를 이끄는 것 같지만 목적지를 정하고, 가는 길을 고르고, 걸음의 속도를 조정하는 것 전부가 여자의 몫이다.

덥니?

여자가 땀이 나는 내 손바닥을 만지작거리며 중얼거린다. 질주하는 차들이 여자의 목소리를 잘라먹는다.

괜찮아요.

나는 어깨를 움직여 귀밑으로 흘러내리는 땀을 닦는다. 어쩐지 나는 여자에게 점점 더 순종적이 된다. 우리는 길을 건넌 다음 경찰서 앞을 지난다. 고약한 악취가 번져온다. 누군가가 해태 동상 앞에 무릎을 꿇고 있다. 무더운 날임에도 두꺼운 외투로 온몸을 꽁꽁 싸맨 차림이다. 해태 아래 고개를 처박은 뒷모습은 거대한 바윗덩어리처럼 육중하다.

여자가 말한다.

십사억 여자네. 저 여자 알아?

내가 고개를 젓자 여자는 아무에게나 자신의 십사억을 내놓으라며 소리치는 그 여자에 대해 이야기한다. 어디선가 저 여자를 본 것도 같다. 화를 이기지 못하고 벤치 위로 올라가 하늘을 향해 삿대질을 하던 모습이 생각난다. 십사억을 돌려달라고 행패를 부리던 여자는 이제 경찰서 앞, 해태 동상 앞에 엎드린 채 매일 기도한다. 자신의 십사억을 돌려달라고. 제발 십사억을 찾아달라고. 주문을 외는 듯한 기도 소리는 우스꽝스럽고 애처롭다. 십사억이 아니라 십사만원. 아니, 만사천원도 내겐 없다. 그러나 나는 불행하지 않다. 적어도 해태 앞에 무릎을 꿇은 저 여자보다는 낫다. 지금이라면 저 여자가 십사억을 가졌다고 하더라도 부러워하지 않을 자신이 있다. 나는 말도 안 되는 가정을 하고 혼자 웃는다.

정말 십사억이 있었을까? 저 여자 말이야.

여자가 한쪽 눈을 찡긋한다. 그럴 때 여자는 어린아이처럼 천진하다. 캄캄한 침묵 속에 앉아 고독을 견디는 늙은 여자가 아니라 겁없이 나이를 먹는 소녀 같다. 그런 여자의 모습이 마음에 든다.

진짜이지 않을까요? 백억 천억이 아니고 십사억이잖아요.

여자는 피식 웃고 만다. 그리고 어느새 말이 없는 늙은 여인으로 돌아와 있다. 멍하니 앞만 내다보고 걷는 여자는 차가운 물속에 머리를 박고 흘러가는 기억을 바라보는 것 같다. 나는 결코 볼 수 없는 여자의 먼 과거가 여자의 눈앞을 천천히 지나간다. 아니, 그건 내 착각인지도 모른다. 그럼에도 나는 불안해진다.

우리는 은행 건물을 지나 산책로 입구로 들어선다. 조금 더 걸어올라가자 널찍한 호텔 진입로가 나타난다. 카지노 간판이 번쩍이는 호텔 주변은 한낮에도 쉬지 않고 차들이 오간다. 조금 더 걸으면 도서관이 나오고, 계속 가면 타워에 닿을 수 있다. 내 걸음으로는 한 시간 남짓. 여자가 걷는다면 두 시간 정도 걸릴 것이다. 어쩌면 세 시간 남짓. 아니, 여자는 걸어서는 저곳에 갈 수 없을지도 모른다.

나중에 나 업고 저기 꼭대기까지 올라가.

여자가 타워를 가리키며 윙크한다. 한쪽 눈이 살짝 감길 때 여자의 표정은 장난스럽고 해맑다. 예쁘다거나 귀엽다거나 하는 말을 소리내어 한 적이 없지만 그런 순간에는 문득 그런 간지러운 말들을 해보고 싶다. 그러나 말들은 좀처럼 입 밖으로 나오지 않는다. 나는 다만 여자에게 등을 내민다. 무릎을 굽히고 재촉하듯 팔을 벌린다.

나중에, 나중에.

여자는 등에 업히는 시늉만 하고 바닥으로 내려선다. 장난처럼 등으로 여자를 몇 번이고 막아서보지만 여자는 손사래를 친다. 그러곤 다시금 내 손을 잡는다.

우리는 호텔 뒤편 등나무 아래에 나란히 앉는다. 이따금씩 담배를 피우는 직원들만 들락거리는 한산하고 조용한 곳이다. 산을 타고 내려온 바람이 어깨와 다리를 간질인다. 비가 올 것처럼 날이 흐리고 공기가 무겁다. 고개를 들면 역사 주변을 병풍처럼 둘러싼 아파트 단지와 빌딩들이 울창하다.

저 높은 건물 사이 어디쯤, 그늘이 고인 풍경 속에는 내가 구할 만한 방들이 남아 있을 것이다. 나는 작고 무더운 방들을 떠올린다. 여자와 나란히 누울 수 있다면 어디든 좋을 것이다. 나는 여자의 손끝을 만지작거리고 팔목과 어깨, 목덜미를 주물러준다.

어제 잠을 잘 못 잤나봐.

여자가 뒤척이는 줄도 모르고 깊이 잠들었던 나는 미안함을 느낀다. 여자 곁에서 나는 자꾸 예민함을 잃는다. 여자가 모든 날카로운 감각들을 가져가버린 것 같다. 시끄럽고 더운 한밤에도 깨지 않고 잘 잔다.

몰랐어요. 미안해요.

넌 아직 젊잖아. 잘 자는 게 당연해.

여자가 대꾸한다. 나는 손가락 끝에 힘을 준다.

아파. 조금 더 아래. 그래, 거기.

여자가 등뒤로 손을 뻗어 아픈 부위를 짚는다. 나는 여자의 어깨를 주무르고 등 한가운데를 엄지손가락으로 꼭꼭 누른다. 둥근 뼈가 만져진다. 가능하다면 여자의 모든 뼈를 이렇게 만져보고 싶다. 콧잔등에 땀이 솟아난다.

힘들겠다. 그만해. 그만해도 돼.

나는 그만두지 않는다. 여자가 혼잣말처럼 중얼거린다.

넌 여기 오래 있으면 안 돼. 아직 너무 젊잖아. 얼른 방법을 찾아야지.

지금도 좋아요.

바보처럼 굴면 안 돼.

여자는 몸을 돌리고 나와 눈을 맞춘다. 굳은 표정, 단호한 목소리. 그럴 때 여자는 무서운 선생님 같고, 엄격한 부모님 같다. 나는 대답하지 않는다.

오늘만 자고 내일은 가.

어디로요?

어디든. 넌 일할 수 있잖아. 일할 수 있으면 어디든 갈 수 있지. 너는 나 같은 사람을 만나면 안 돼.

나는 다시 입을 다물어버린다. 여자의 목덜미를 주무르던 내 손이 여자의 가슴 쪽으로 미끄러져들어간다. 여자가 몸을 바로 세우고 내 손을 저지한다. 주변을 살피던 여자가 천천히 내 손을 자신의 티셔츠 속으로 집어넣는다. 여자의 가슴이 손바닥 안에 들어온다. 조심스럽게 손을 움직여본다. 여자의 몸이 미세하게 반응한다. 나는 여자의 그런 미세한 몸짓을 알아차릴 수 있다.

너 정말 괜찮니?

여자가 묻는다. 나는 그 질문을 단번에 이해한다. 이렇게 늙고 볼품없는 내가 괜찮니, 여자는 확인하려 한다.

왜 그렇게 말해요?

내 목소리가 퉁명스럽다. 여자는 티셔츠 속에서 내 손을 살며시 잡아 빼고 딴소리를 한다.

여긴 정말 시원하다, 그지?

한동안 우리는 호텔을 들락거리는 차들과 호텔 출입문 너머로 어른거리는 사람들의 모습을 구경하느라 말이 없다. 딱 하룻밤만 저 호텔에서 여자와 함께 잠들고 싶다. 여자도 비슷한 생각을 할지도 모른다. 우리는 약속이나 한 듯 입을 다물고 각자의 상상에 빠진다. 낮은 길고 여자와 함께 있으면 낮은 더 길어진다.

나는 종일 밤을 기다린다. 얼른 밤이 되기를. 날이 갈수록 애가 탄다. 여자를 향한 감정이 걷잡을 수 없이 커진다. 나는 내 감정이 자라나는 것을 그냥 내버려둔다. 때론 보살피지 않아도 저 스스로 크는 것들이 있다.

몇시쯤 되었을까?

여자가 묻고 나는 커다란 건물의 그림자를 살핀다. 커다란 그림자들이 도로 안쪽으로 길게 허물어지고 있다.

네다섯시쯤 된 거 같아요.

어두워지려면 멀었네.

여자는 남은 낮의 길이를 가늠하는 듯 가늘게 눈을 뜬다. 여자가 기다리는 것은 나와 함께 보내는 밤이 아니라 몽롱한 술기운이다. 오늘밤엔 여자가 술을 마시지 않았으면 좋겠다고 생각하지만 나는 잠자코 입을 다문다. 여자가 벤치 끝으로 발을 뻗고 내 무릎 위에 눕는다. 나는 여자의 동그란 이마를 가만히 쓰다듬는다. 그러다 몸을 숙여 이마 위에 가볍게 입을 맞춘다.

*

여자는 낮보다 밤에 더 많이 말한다.

낮에는 말하지 않고 시간을 견디다가 밤이 되면 움켜쥔 말들을 하나씩 펼치는 것 같다. 눈을 감고 듣는 여자의 목소리는 멀리서 오는 음악소리 같다. 알아들을 수 없는 외국어 같기도 하다. 여자의 목소리는 내 귓가를 따라 돌다가 어느새 흩어져버린다. 주파수가 맞지 않는 라디오 소음처럼 그것은 멀리로 달아나려고만 하고 그럴 때마다 나는 여자 곁으로 더 가까이 다가간다. 나는 여자를 향해 귀를 열고 가만히 손을 뻗는다. 얼굴과 손, 어깨와 배에 손을 갖다댄다. 여자가 거기 있다는 것을 확인하고 싶은 사람처럼 밤새 여자를 어루만진다.

붉은 노을이 깔린다. 여자와 나는 빌딩 사이를 헤엄치듯 빠져나온다. 울긋불긋한 간판들이 환해지고 고소한 기름내와 매콤한 양념냄새 같은 것들이 잠들었던 허기를 깨우고 달아난다. 우리는 문 열린 식당들을 하나씩 지나친다. 그렇게 한 정거장을 더 걷는다.

무료 급식소 마당은 일찍 온 사람들로 북적인다. 저녁 급식을 하는 곳이 서너 군데 있지만 이곳이 역사와 가장 가깝다. 우리는 길게 늘어선 줄 끝에 가 선다. 이 정도면 한 시간은 기다려야 한다. 운이 나쁘면 밥이나 반찬이 바닥나고 말 것이다. 나는 고개를 빼고 사람들의 수를 헤아린다. 눈동자가 빠르게 움직인다.

그냥 광장에 가서 술이나 마실까봐.

여자가 하품을 하며 중얼거린다. 언제든 나처럼 불안해하는 경우는 없다. 어떤 상황에서도 차분한 목소리를 낼 줄 안다. 어쩌면 여자를 불안하게 하는 게 더는 남아 있지 않은 건지도 모른다. 여자는 세상의 모든 불안을 다 경험한 사람처럼 군다. 아무것도 기대하거나 바라지 않는다. 어차피 안 될 거라고 가정하면 하루는 얼마나 평화로운가. 나는 그런 평화를 체득하기 위해 홀로 싸웠을 여자의 시간을 떠올린다.

어제도 술 마셨잖아요. 한끼라도 밥을 제대로 먹어야죠.

나는 부드럽게 여자를 타이른다.

왜, 내가 걱정돼서?

여자가 장난스러운 표정을 짓는다.

술을 너무 많이 마시잖아요.

왜, 술 마시다 죽어버릴까봐?

여자는 짓궂은 데가 있다.

왜 그런 말을 해요.

줄은 빠르게 줄어든다. 식판 위에 밥과 반찬, 국을 떠주는 데는 십 초도 걸리지 않는다. 나는 돌아서려는 여자의 어깨를 잡고 버틴다. 그리고 한참 만에 음식을 받는다. 다른 사람들처럼 우리도 간이 천막 아래 자리를 잡고 식사를 한다. 여자는 내게 자신의 밥을 반 이상 덜어주고 겨우 한두 숟갈 먹는 시늉만 한다. 나는 더 먹으라고 강요하지 않는다. 대신 메추리알 두 개를 여자의 숟가락 위에 올려준다. 짭조름한 음식은 삼키기가 훨씬 수월할 것이다. 여자는 메추리알 두 개를 오래오래 씹어 삼킨다.

광장으로 돌아온 여자는 불 꺼진 마트 앞에 모인 사람들 사이에 주저앉는다. 나는 무리에서 조금 벗어난 곳에 자리를 잡는다. 여자가 나타난 다음부터 나는 그런 술자리가 반갑지 않다. 그럼에도 권하는 술은 단번에 받아 삼킨다. 어쨌든 술이 모두 바닥나야 자리가 파하기 때문이다.

사람들은 매일 약속이나 한 것처럼 돌아가며 술을 산다. 대개는 국가나 시로부터 지원금이나 보조금을 받는 사람들이다. 자립을 약속하고 받은 그 돈을 그들은 사람들을 불러모으는 데에 다 써버린다. 돈이 없으면 없는 대로 살 수 있는 그들은 두려울 것이 없다. 그들은 돈이 바닥날 때까지 술을 사고, 사람들을 불러모으고, 취할 때까지 잔을 비우고, 허약한 취기로 삶과 희망에 대해 떠들어댄다. 무섭게 차오르는 고독을 그런 식으로 얼마간 물리치는 것이다.

둘이 애인인가?

누군가가 히죽거린다. 그런 질문들은 나를 곤두서게 한다. 나는 여자의 애인인가. 우리는 연인인가. 그건 좀 복잡한 문제다.

어떤 면에서 여자와 나는 애인 사이가 맞다. 우리는 밤마다 어둠 속에 몸을 숨기고 서로를 향해 맹렬하게 돌진한다. 내 손이 닿는 여자의 몸은 믿을 수 없을 만큼 부드럽다. 경직되어 있던 근육이 풀어지고 딱딱한 껍질 같은 침묵이 하나씩 떨어져나간다. 완벽한 어둠 속에서 나는 여자의 진짜 모습을 마주할 수 있다.

그날 밤에 나한테 왜 그렇게 말했어요? 왜 내 옆에서 자겠다고 했어요?

그러면 나는 여자의 귓가에 얼굴을 바짝 붙인 채 이렇게 소곤거린다. 여자가 아무에게나 그런 말을 하는 사람이 아니기를 바란다. 설령 아무에게나 그런 말을 해왔을지라도 아니라고 답해주기를 원한다. 아무에게나 다가가 곁에 눕기를 청하고, 선심 쓰듯 몸을 내주는 사람이 아니었으면 한다. 내 손이 여자의 몸을 부드럽게 어루만진다. 허벅지나 겨드랑이 사이를 지날 때 여자는 놀란 듯 몸을 움츠린다.

난 그때 취해 있었어. 내가 모든 걸 기억할 순 없잖아.

여자는 짐짓 냉정한 투로 말한다. 그러나 내가 여자의 귀를 간질이고 옷을 끌어내리면 빗장이 풀리듯 더운 말들이 흘러나온다.

나도 몰라. 그냥 이렇게 안고 싶었나봐.

여자의 몸은 놀라우리만치 유연하고 예민하다. 여자의 미세한 움직임이 잠들어 있던 내 안의 뭔가를 깨운다. 거대한 에너지 덩어리가 몸 끝까지 달음박질친다. 여자는 말하고 또 말한다.

내가 널 알아본 거겠지. 정말 이런 적은 처음이야. 한 번도 없었던 일이야.

여자의 목소리에 물기가 어리고 체온이 담긴다. 빛깔과 온도가 살아난다. 비로소 여자는 살아 있는 것 같고 그 생기와 활력이 나를 끌어당긴다.

말해봐. 너도 내가 좋아? 정말 내가 좋아?

여자는 그런 말도 할 줄 안다. 부끄러워하는 법은 없다. 쭈뼛거리지도 않는다. 살이 맞닿아 있는 순간에 여자는 불이 켜진 것처럼 환하다. 더는 숨거나 물러서지 않는다.

그리고 날이 밝으면 모든 게 꿈처럼 사라지고 없다. 잠에서 깬 여자는 먼 여행을 다녀온 사람처럼 피곤을 머금고 몸을 일으킨다. 두꺼운 권태와 체념을 다시금 껴입는다. 간밤의 일은 하나도 기억하지 못하는 사람처럼 행동한다.

넌 너무 어려.

여자는 단호하게 말하고 내게서 물러선다.

정신 차려. 우리가 뭘 할 수 있니.

차갑게 쏘아붙이며 선을 긋는다. 그러면 나는 또 어쩔 수 없이 여자가 그은 선 밖으로 물러나고 만다. 그러니 우리는 아무것도 아닌 것이다. 밤에는 애인이었다가 낮에는 아무것도 아닌 우리 관계를 어떤 말로 설명할 수 있을까. 그건 거리 사람들을 선생님이라는 호칭으로 부르는 것만큼이나 우스운 일이다.

나는 화가 난 사람처럼 무뚝뚝하게 술만 받아 마신다.

*

　지원센터 사무실은 종일 열려 있다.

　낮에는 공적인 업무를 처리하고 밤에는 응급 상황이 발생하지 않도록 팡장을 시킨다. 사람늘로 붐비던 사무실은 늦은 밤이 되면 눈에 띄게 한산해진다. 성난 사람들의 뒤치다꺼리를 하던 직원들도 그즈음이 되면 의자에 앉아 숨을 돌린다.

　자정이 넘으면 여자와 나는 사무실 가장 안쪽에 있는 샤워실에서 몸을 씻는다. 샤워실은 두 개. 좁은 공간에 샤워기 하나를 달아놓은 게 전부다. 남녀가 구분되어 있지만 지키는 사람은 드물다. 나는 바닥이 미끄럽지 않은지, 비누와 치약 따위가 남아 있는지 꼼꼼하게 살핀 다음 여자를 들여보낸다. 어디까지나 여자가 취하지 않았을 때의 이야기다. 여자가 몸을 가눌 수 없이 취한 밤에는 여자를 부축하고 겨우 얼굴이나 손발을 닦아줄 수밖에 없다. 여자는 거의 매일 밤, 이길 수 없을 만큼 술을 마신다.

　차가워. 너무 차가워.

　여자를 벽에 기대서게 한 뒤 샤워기를 튼다. 한여름인데도 여자의 몸에는 금세 소름이 돋는다.

　조금만 참아요. 금방 끝나요.

　나는 여자를 달랜다. 여자는 내 머리통을 짚고서 넘어질 듯 휘청거린다. 나는 한 팔로 여자의 허리를 감싸고 다른 팔로 빠르게 비누칠을 한다. 여자는 간지러운 듯 발을 꼼지락거린다. 재미있다는 듯 고개를 흔들며 깔깔거릴 때도 있다. 여자의 몸에서 퀴퀴한 냄새가 난다. 그건 나도 마찬가지다. 미끈거리는 손바닥으로 여자의 발과 다리를 문지른다. 발과 다리에 남은 흉터들이 하얀 거품 속에 숨었다가 나타나길 반복한다.

여긴 왜 이래요? 언제 다쳤어요?

여자의 오른쪽 발등에 남은 흉터는 손가락 하나만큼 길고 크다. 여자는 잠시 제 발을 내려다보는가 싶더니 다시금 멍한 표정으로 되돌아온다.

몰라, 그걸 어떻게 다 기억해. 근데 나 추워. 춥다고.

술에 취한 여자는 어린아이 같다. 떼를 쓰고 고집을 피우고 제 멋대로 하려고 한다. 어른스럽게 충고하고 단호하게 주의를 주던 여자는 사라지고 아무것도 모르는 꼬마만 덩그러니 남은 것 같다. 한편으로 그런 순간엔 내가 여자의 전부가 된 것 같은 우쭐함에 사로잡힌다. 여자가 의지할 사람이 오로지 나 하나뿐인 것 같다. 어쩌면 그래서 매일 밤 이 지경이 되도록 여자를 내버려두는 것인지도 모른다.

아파요?

나는 손가락으로 흉터 자리를 가볍게 누른다. 이렇게 환한 실내가 아니면 이런 흉터조차 발견하기 어렵다. 매일 어두운 거리에서 여자의 몸을 만질 뿐 나는 여자의 몸을 제대로 본 적이 없다. 여자의 몸속으로 들어가는 순간에도 여자의 얼굴은 보이지 않는다. 단한 번만이라도 환하고 깨끗한 곳에서 여자를 오래도록 바라보고 싶다.

여자는 힘이 드는지 자꾸만 주저앉으려고 한다. 머리카락과 흙, 돌멩이와 비누 거품이 범벅인 시멘트 바닥에 엉덩이가 닿기 전에 나는 여자를 힘껏 안아든다. 빈 자루 같은 여자의 몸이 내 팔 안에서 반으로 꺾인다. 그런 자세로 나는 여자의 얼굴에 비누칠을 한다. 여자의 얼굴은 내 손바닥으로 다 가려질 만큼 작다. 정수리에 잔디처럼 올라오는 흰머리가 반짝거린다.

잠깐만요. 다 했어요. 다 했다니까요.

내 손을 빠져나가려는 여자의 몸부림이 거세다. 어떻게든 내일은 여자를 만류해야겠다. 이렇게 취하도록 내버려두지 말아야겠다. 그러나 다짐은 지켜지지 않을 가능성이 높다. 어제도, 그제도, 비슷한 다짐을 했지만 여자를 내버려두었다. 내일도 어쩔 수 없을 것이다.

어쩌면 나는 술기운을 빌리지 않고 여자와 밤을 보내는 것이 두려운지도 모른다. 취기는 우리 사이를 부드럽고 유연하게 만든다. 그런 윤활유 없이 맑은 정신으로 우리가 함께 밤을 보내는 일이 가능할까. 여자의 말대로 우리 사이엔 쉽게 넘어설 수 없는 것들이 있다. 한밤엔 서로를 향해 세차게 달려들면서도 한낮이 되면 약속이나 한 듯 입을 다물고 서너 걸음 물러서게 만드는 벽이 있다. 그 벽의 존재를 잊으려고 술을 마시고, 술이 깨면 어제와 다름 없이 버티고 선 벽 때문에 다시금 술을 들이켜는 것이다.

이 벽은 여자와 내 힘으로는 어떻게 할 수 없는 것인지도 모른 다. 매일 이 벽을 단단하고 견고하게 만드는 것은 여자와 나일지 도 모른다. 아니, 이 광장일지도 모른다.

*

날이 밝기 전 인력사무소로 갔던 사람 서넛이 무리를 지어 되돌 아온다.

비 때문에 허탕을 친 게 틀림없다. 그게 아니라도 일정한 주거 지가 없는 그들에게 일을 주는 곳은 많지 않다. 그들은 언제나 이 광장에 있다. 여기서 먹고 자고 하루를 시작하고 끝낸다. 그렇다 면 여기가 그들의 집이 아닌가. 그럼에도 주거지 없는 사람 취급 을 받는 건 이해할 수 없는 일이다.

비는 내리다 말다를 반복하며 역사 주변을 맴돈다. 변덕스러운 비 때문에 사람들은 역사 내에 자리를 잡고 꼼짝하지 않는다. 우 산을 들고 빗속으로 뛰어들어야 할 이유가 없는 나도 몇 시간째 같은 자리를 지킨다. 공기가 물먹은 담요처럼 무겁다. 환한 전광 판 위로 열차 번호와 플랫폼, 출발과 도착 시각이 숨가쁘게 떠오 른다. 저렇게 많은 열차가 오갔는데도 아직 정오를 넘기지 못했다는 게 화가 난다.

이른아침 센터 직원과 함께 나간 여자는 돌아오지 않는다. 한 시간이면 충분하다고 했지만 벌써 세 시간째다. 여자는 그저 볼일이 있다고 잘라 말했고 나는 더 묻지 못했다. 늘 이런 식이다. 여사가 선을 그으면 나는 더 따지지 못하고 물러선다. 내가 여자에게 아무것도 아니라는 절망감이 나를 덮치는 건 순식간이다. 어떻게든 태연해지고 싶지만 불쾌함과 서운함 따위의 감정은 매번 여자에게 빠짐없이 들킨다.

별일도 아니잖아. 도대체 왜 그러는 거니?

오히려 따져 묻는 쪽은 여자다. 나는 아무 말도 하지 않는다. 궁금하다고, 알고 싶다고, 요구하지 못한다. 그렇게 물으면 여자는 이렇게 되물을 게 뻔하다.

이대로 충분하잖아. 도대체 뭘 더 바라는 거니?

나는 벌떡 일어나 역사 안을 휘적휘적 걸어다닌다. 문 열린 햄버거 가게에서 달콤한 냄새가 빠져나온다. 입을 벌리고 햄버거를 베어 무는 사람들이 보인다. 혓바닥을 내밀어 아이스크림을 핥아 먹는 사람들도 있다. 나는 햄버거 가게와 베이커리, 편의점과 식당을 지나 계속 걷는다. 이렇게 걷다가 눈먼 돈을 주우면 좋겠다. 배가 고프지 않다고 중얼거리면서도 나는 그런 요행을 바란다. 아니, 한 걸음 만에 십 년씩 늙으면 좋겠다. 휠체어를 끌고 다니는 노인처럼 늙고 병들면 지나가던 누군가가 선뜻 오만원짜리 한 장을 던져줄지도 모른다.

이곳은 젊고 건강한 내게 가장 인색하고 야박하게 군다. 내가 가진 것들이 대단하다고 여기기 때문이다. 이곳에 머무르는 사람이나 지나가는 사람이나 나를 부러워하긴 마찬가지다. 마치 굉장한 걸 가진 것처럼 생각한다. 소진해야 할 젊음이 버겁도록 남았다는 게 얼마나 막막한 일인지 이해하는 사람은 아무도 없다.

당신은 늙었고 나는 젊다. 그러나 이곳에 있는 한 결국은 똑같은 게 아닌가. 차라리 살아갈 날이 적은 당신이 나보다 낫지 않은가.

나는 여자에게 하지 못한 말을 중얼거린다. 여자는 사무실로 돌아왔을지 모른다. 그럼에도 나를 찾지 않고 벤치에 앉아 멍하니 밖을 내다보거나 곁에 앉은 사람들과 잡담을 주고받을지도 모른다. 나는 수없이 많은 가정을 하고 점점 더 곤두선다. 그러다 결국 후문 뒤편의 둘러앉은 사람들 틈에 주저앉는다. 먹구름이 깔린 하늘은 저녁처럼 어둑어둑하다.

오늘 술을 사는 사람은 정실장이다. 이곳 사람들은 그를 그렇게 부른다. 그는 내게 고개를 숙이며 명함을 건넨다. 깍듯한 태도다. 지난번에도 받고 그 이전에도 받은 명함이지만 나는 처음 받은 것처럼 명함을 요리조리 돌려본 뒤 호주머니에 넣는다.

색시는 어디 가고 혼자 있어?

목발 노인이 묻는다. 노인의 눈은 풀어지고 있다. 나는 말없이 노인의 잔에 술을 가득 따라준다. 처마끝 쪽에 앉은 노인의 어깨가 젖고 있지만 아무도 자리를 바꿔주겠다고 나서지 않는다. 그녀가 움직이려면 목발을 잡아야 하고, 굳은 다리를 세워야 하고, 여러 사람이 부축을 하고 자세를 옮기며 부산을 떨어야 할 것이다. 몇 겹의 바지 속에 감춰둔 노인의 다리는 이제 돌처럼 굳고 있다. 아니, 썩은 바나나처럼 흐물흐물해지고 있다. 어느 쪽이든 당장은 술을 잔뜩 마시고 취하는 수밖에 없다.

색시는 어디다 버리고 혼자 와?

색시는 무슨. 그런 거 아니에요.

나는 반사적으로 그렇게 대꾸한다. 바람이 불면 주차장 쪽에서 종이 비린내가 밀려온다. 마트에서 내놓은 종이 상자들이 젖고 있는 게 분명하다. 저녁이 되기 전에 그곳에서 마른 상자 몇 개를 골라놔야겠다. 그 순간에도 나는 계속 여자를 생각하고 있다. 아직 하루의 반도 지나지 않았는데 여자와 나란히 누울 수 있는 밤을 기다리는 내가 한심하다.

할멈. 색시는 무슨 색시야, 애인이지. 요즘엔 애인이라고 해야 돼. 맞지?

곁에 앉은 누군가가 거든다. 팔다리가 나무젓가락처럼 마른 영감이다. 정실장이 눈을 동그랗게 뜬다. 그는 아무것도 모르겠다는 천진한 표정을 짓는다.

오, 정말이에요?

나는 술을 따르고 단숨에 잔을 비운다.

진짜요? 애인이 있어요? 이야, 부러운데요?

그는 빙글빙글 웃기까지 한다. 불쑥 누군가가 여자에 대해 말할 것 같다. 나는 정실장이 여자를 형편없는 사람이라고 오해할까봐 불안하다. 아니, 여자가 늙고 병들었다는 게 들킬까봐 조마조마하다. 나는 쏘아붙이듯 말한다.

근데 진짜 돈을 주긴 주는 겁니까?

누군가가 어깨를 들썩거리며 기침을 한다. 정실장은 종이에 적힌 글을 읽어내려가듯 차분하고 침착한 어조로 대답한다. 나는 식은 라면을 건져 먹으며 그의 이야기를 듣는다.

그는 도시 외곽에 위치한 공장 이야기를 한다. 그는 천사백 도가 넘는 유리 가마를 다루는 방법에 대해 설명하고, 몸이 녹을 것처럼 뜨거운 열기를 뿜어내는 가마에 대해 떠들어댄다. 그애들마저 없으면 거기도 문을 닫아야겠지요. 그가 말하는 애들이란 외국인 노동자를 가리킨다. 며칠 전 일하던 녀석 둘이 도망가는 바람에 공장 운영이 어려워졌다는 말도 한다. 그는 염전이나 대규모 축사 운영에 대해서도 언급한다.

우리나라 사람들은 그런 데서 일 안 하려고 하잖아요.

그는 외국인 노동자들을 위해 명의를 빌려달라고 말한다. 그렇게만 해주면 매달 월급에서 십 퍼센트를 떼주겠다고 약속한다. 명의를 빌려주겠다고 사인만 하면 이 자리에서 당장 사례금을 지급할 수 있다고도 한다.

개네는 그렇게 해서라도 일을 하고 싶어해요. 자기네 나라로 돌아가봐야 뾰족한 수도 없고, 딸린 식구도 많고. 딱하잖아요.

정실장은 안됐다는 듯 중얼거린다.

매달 그 돈을 어떻게 받을 수 있나? 정실장이 매달 여기 올 것도 아니잖나?

목발 노인이 손으로 입가를 훔치며 묻는다.

통장은 제가 만들어드리지요, 어르신. 제 이름으로 만들어도 되고요. 못 미더우면 일 년 치를 당겨 드릴 수도 있습니다.

정실장이 두 번 세 번 못을 박는다.

거짓말 아닙니다. 진짜예요. 저 사기치는 그런 사람 아니에요.

지폐가 가득한 지갑을 열어 보이기도 한다. 그러나 선뜻 하겠다고 나서는 사람은 없다. 다만 지갑을 빼곡하게 채운 지폐를 신기한 듯 바라볼 뿐이다. 술병이 넘어지고 바닥이 흥건해진다. 정실장이 얼른 몸을 일으킨다.

술을 좀더 사오겠습니다.

그는 한 손으로 머리를 가린 채 빗속으로 뛰어든다. 그가 멀리까지 갔다는 걸 확인한 다음 목발 노인이 소곤거린다.

웃기는 이야기지. 세상에 공짜가 어디 있어. 공짜는 없는 법이야.

나는 동의하지 않는다. 정실장 말이 사실이라면 이름 석 자를 빌려주는 게 대수인가. 아무 도움도 안 되는 이름 따위를 빌려주고 얼마든 대가를 받을 수 있다면 나쁘지 않은 일이다. 나는 한 달에 한두 번만이라도 여자가 좋아하는 음식을 사주고, 비와 바람이 들지 않는 곳에서 함께 잠들고 싶다고 생각한다.

요행을 바라면 안 돼.

노인은 스스로에게 경고하듯 중얼거린다.

요행을 바라는 것조차 금지한다면 나는 무엇을 바랄 수 있나. 노인이 우그러진 종이컵에 담긴 술을 들이켠다. 하체는 그대로 두고 상체만 요리조리 움직이는 노인의 모습은 잘못 조립된 인형처럼 우스꽝스럽다. 이제는 누구도 노인에게 병원에 다녀왔느냐고 묻지 않는다. 노인은 두 다리가 썩어 없어질 때까지 병원에 가지 않을 것이다. 병원에 다녀왔다는 거짓말을 늘어놓으며 쓸모없어진 두 다리를 지키려고 할 것이다. 나는 말없이 굵어지는 빗줄기를 올려다본다. 여자가 없는 하루는 이틀이나 사흘, 한 달이나 일년처럼 길고 길다.

*

여자는 자주 역을 떠났다가 되돌아온다.

직원의 차를 타고 갈 때도 있고 여자 혼자 움직일 때도 있다. 두세 시간 만에 돌아올 때도 있지만 반나절이 지나도록 오지 않는 때도 많다. 여자는 그저 볼일이 있다고만 잘라 말한다.

여자는 내가 싫어졌는지도 모른다. 가진 거라곤 젊음뿐인 철없는 내가 버겁고 부담스러운 건지도 모른다. 아는 것도, 가진 것도 없는 내게 의지할 수 없다고 판단한 건지도 모른다. 여자처럼 볼일이 있다고 말하고 어디로든 가버리지 못하는 스스로가 한심스러워 견딜 수가 없다. 나보다 더 중요한 것들이 많은 여자에게 서운함을 느끼면서도 아무것도 따져 묻지 못하는 스스로가 짜증스럽다.

이따가 세시에 만나.

일곱시에 마트 앞에서 기다려.

저녁에 센터로 와.

여자는 일방적으로 통보하고 돌아선다. 돌아서고 나면 한 번 돌아보지도 않는다. 간밤의 기억들은 깡그리 잊은 사람처럼 군다. 여자의 기분을 종잡을 수가 없다. 아침에는 물먹은 솜처럼 가라앉았다가 낮에는 화가 난 사람처럼 말이 없고 밤에는 순한 양이 된다.

세상의 모든 경계가 허물어진 어둠 속에서만 여자는 내게 집중한다. 여자의 모든 것이 오롯이 나를 향한다. 여자는 내 얼굴을 제 얼굴 쪽으로 끌어당기며 속삭인다.

나 버리지 마. 나 버리면 안 돼.

여자는 내게 매달리고 애원한다. 그러면 기분이 좋아진 내가 되묻는다.

나 좋아요?

한밤중에만 그렇게 물을 수 있다. 비겁하지만 어쩔 수 없다.

여자는 내 입술에 가만히 입을 맞추고 말없이 나를 꼭 껴안는다. 여자의 심장은 느리게 뛰지만 여자의 몸속을 도는 피가 점점 더워지는 것을 느낄 수 있다. 그런 순간에 나를 향한 여자의 마음을 확신할 수 있다. 그런 확신은 나를 들뜨게 하고 지치지 않게 만든다.

우리는 공원 가장 후미진 곳에 자리를 잡고 밤을 보낸다. 마트 주차장이나 굴다리 아래로 자리를 옮겨보기도 한다. 그러나 불빛과 소음을 피할 수 있는 곳은 없다. 얼마 지나지 않아 어디에도 서로에게 완전히 몰입할 수 있는 장소 같은 건 없다는 것을 깨닫는다. 이곳에서 그런 건 가능하지 않다는 것을 받아들이게 된다.

그럼에도 우리는 밤새 서로에게 집중하려고 애쓴다. 짧은 순간 여자의 가장 깊은 곳에 가닿기 위해 나는 점점 더 필사적이 된다. 조바심을 내고 자꾸 서두르게 된다. 그러나 좀처럼 만족할 만한 데까지 다다르지 못한다.

괜찮아.

여자는 그렇게 말하며 땀으로 흥건한 내 등을 부드럽게 쓸어내린다.

조금 더 천천히.

내 어깨를 가볍게 밀어내며 주의를 주기도 한다. 그럴 때 여자는 아주 노련하다. 무작정 덤벼드는 나를 섬세하게 다룰 줄 안다. 나는 여자에게 길든다. 여자의 목소리와 몸짓에 익숙해진다. 들을 수 없었던 것들을 듣게 되고 볼 수 없었던 것들을 보게 된다. 나는 온몸의 감각을 곤두세우고 여자를 읽어내려고 애쓴다. 그러나 여자를 다 안 것 같은 만족감은 날이 밝으면 흔적도 없이 사라진다.

저녁 챙겨 먹어. 밤에 돌아올게.

어느 날 환한 광장 한가운데서 여자는 또 그렇게 말한다. 역사 주변에 플래카드가 나부끼고 검은색 티셔츠를 입은 사람들이 스피커와 앰프를 설치하느라 분주하다. 나는 바쁘게 움직이는 사람들을 골똘히 노려본다.

도대체 어딜 그렇게 가요?

어디든 같이 가고 싶다고 말하는 대신 나는 퉁명스럽게 묻는다.

가볼 데가 있어. 나라고 할일이 없는 줄 아니?

여자는 나를 물리치듯 냉랭하게 말한다. 당신이 무슨 할일이 있느냐. 그렇게 빈정거리고 싶지만 나는 또 반사적으로 물러난다. 나는 여자에게 아무것도 아니다. 아무것도 해줄 수 없다. 그런 무력감이 순식간에 나를 꽉 붙든다.

여자는 누군가를 만날 것이다. 어쩌면 이곳을 떠나려 하는지도 모른다. 나는 그것을 막을 수 없다. 그럴 자격이 없다. 손에 쥘 수 없는 마음 따위가 자격을 만들어주진 않는다. 이따위 감정은 공중에 떠다니는 먼지처럼 하찮고 쓸모없다. 여자의 뒷모습이 어두운 지하도를 따라 한 칸씩 한 칸씩 가라앉는다.

여자를 기다리지 않기 위해 나는 무엇이든지 하려고 한다. 그러나 만날 사람도, 해야 할 일도 없는 나는 어떻게 시간을 보내야 하는지 알 수 없다.

나는 개찰구를 뛰어넘어 지하철을 타고 멀리까지 간다. 낯선 역에 내려 플랫폼 주변을 어슬렁거리고 아무 곳에서나 잠들고 엉뚱한 곳에서 깨어난다. 어차피 어디서 잠들고 깨어나는가는 중요하지 않다. 내가 돌아갈 수 있는 곳은 광장뿐이다. 여자가 있는 곳으로 돌아갈 수밖에 없다. 아니다. 여자의 말대로 그곳으로 돌아가지 않는 편이 더 나을 수도 있다. 그럼에도 나는 졸음을 물리치고 내가 어디에 있는지 알아내려고 애쓴다. 몸을 일으키면 누군가가 던져두고 간 동전이나 지폐를 발견할 때도 있다. 흔하지 않지만 드문 일도 아니다. 나는 바닥에 떨어진 돈을 신속하게 줍는다. 운이 좋으면 그렇게 돈을 줍는 동안 누군가가 동전을 더 던져줄 때도 있다. 그게 뭐든지 나는 일단 주머니에 집어넣는다.

나는 폐지를 모으는 빡빡머리와 함께 번화가를 떠돌며 나머지 시간을 보낸다. 몰려나온 인파 탓에 리어카를 끄는 것은 점점 더 어려워진다. 빡빡머리는 가로수에 리어카를 매어두고 다시 걷는다. 걸으면서 수첩을 펼치고 메모를 확인한다.

오후에는 행사가 두 개. 민속박물관에서 오색 인절미와 약과로 늦은 점심을 해결하고 대형 서점에서 외국 요리와 음료를 맛보기 위해 줄을 선다. 줄은 지하 서점 입구부터 지상 계단까지 이어져 있다. 빡빡머리와 나는 차례를 기다리는 데에 오후 시간을 다 보낸다. 행사가 밤새도록 끝나지 않으면 몇 번이고 줄을 다시 설 수도 있을 것이다. 나는 주먹만한 타코 하나를 입안에 집어넣고 카레향이 나는 얇은 빵 한 조각을 종이컵에 담는다. 어쩌면 여자의 입맛에 맞을지도 모른다. 쩝쩝거리며 음식을 씹던 빡빡머리가 말한다.

소용없는 짓이야.

바지 위에 손을 문지르며 이렇게도 말한다.

그 여자는 헤퍼. 자고로 여기 여자들은 믿을 게 못 돼. 그걸 알아야 해.

여자가 아무에게나 몸을 내주고 그 대가로 돈을 받는다는 소문을 나도 들은 적이 있다. 그러나 사람들이 여자에 대해 수군거리는 말을 나는 믿지 않는다. 할일이 없고 굶주린 사람들은 악의적인 소문을 퍼트리기 좋아하는 법이다. 그들은 그런 식으로 주변 사람들의 관심을 끌고 시간을 때운다. 그러면서도 양심의 가책을 느끼지 못한다. 남자가 절대다수인 이곳 사람들은 여자를 업신여기고 홀대한다. 나는 그들과 다르다.

해가 지고 술집들이 영업을 시작하는 무렵엔 폐지와 재활용품을 제법 수거할 수 있다. 빡빡머리는 리어카 내부를 정리하고 목장갑을 낀다. 벌이가 별로라는 이야기를 여러 차례 들었음에도 나는 또다시 묻는다.

이거 하면 얼마나 벌어요?

그건 왜?

열심히 하면 얼마나 벌 수 있어요?

열심히, 라고 말한 뒤 나는 곧장 후회한다. 빡빡머리가 열심히 하지 않아서 돈을 벌지 못하는 것은 아니기 때문이다.

왜, 돈 벌어서 여기 뜨려고?

나는 대답하지 않는다. 빡빡머리는 리어카 손잡이를 만지작거리며 대답한다.

중고로 사도 이게 십만원도 넘어. 그래도 이거 있고부터는 벌이가 괜찮지. 악착같이 하면 좀 나아지겠지, 그런 심정으로 하는 건데, 좆같이 돈 안 돼.

그리고 손잡이를 움켜잡았다가 놓으며 한마디 더 보탠다.

뭐, 나야 여기 뜰 생각이 없으니까. 근데 너는 좀 떠야 되지 않겠냐? 아직 젊은데. 몇 년 더 썩으면 여기 늙은이들처럼 되기 십상이야.

뜰 생각도 없으면서 일은 왜 해요?

일이야 죽어라고 하지. 놀면 뭘 하냐? 남아도는 게 시간인데. 뭐, 하다보면 나도 언젠가 여기 뜰 수 있겠지.

언제요?

씨발, 폐품 모아서 중고 트럭이나 한 대 살 정도 되면. 됐냐? 너도 인마 정신 차려. 얼른 뭐라도 해서 늙어빠진 그런 여자 말고 저런 여자들을 만나란 말이야.

빡빡머리가 멀리 걸어가는 여자들의 뒷모습을 가리킨다. 무리를 지어 걷는 여자들의 옷차림이 화사하다. 건강하고 당당해 보인다. 나는 남루하고 더러운 여자의 행색을 떠올린다. 저 여자들과 여자를 나란히 세운다면 아무도 여자를 거들떠보지 않을 것이다. 여자를 사랑한다고 믿는 나도 마찬가지다.

여자와 나는 서로를 선택한 게 아니다. 우리를 만나게 한 것은 거리의 삶이다. 역사 안에 고인 시간이다. 나는 여자의 주름진 얼굴과 거친 피부를 떠올린다. 그런 식으로 여자가 이제 가질 수 없는 내 젊음을 두둔하려고 해보지만 나 역시 여자와 다를 바 없다. 여자 역시 이곳이 아니라면 나 같은 인간을 만날 이유가 없을 것이다.

나는 빡빡머리와 헤어져 광장으로 돌아온다. 여자는 약속 장소에 없다. 나는 원을 그리듯 역사 주변을 돌며 여자를 찾는다. 광장을 순찰하는 경찰을 지나치고 막바지 시위 행렬 사이를 통과한다. 대형 앰프에서 음악소리가 폭죽처럼 솟구친다. 나는 받은 전단지를 내던지고 사람들의 어깨를 거칠게 떠밀기도 한다. 누구든 어떤 식으로든 시비를 걸면 가만두지 않겠다. 다시금 뭔가가 터질 듯 끓어오르기 시작한다. 나는 입술을 잘근잘근 씹으며 걷는다. 언제나 그렇듯 여자에겐 나와 했던 약속 같은 건 중요하지 않다. 여자는 약속을 까맣게 잊고 누군가를 만나고 어디서 술을 퍼마시고 있는 게 틀림없다.

예상은 빗나가지 않는다. 여자는 구름다리 입구에서 한 무리의 사람들과 술을 마시고 있다. 여자는 곁에 앉은 사내에게 머리를 기댄 채 반쯤 눈을 감고 있다. 멀리서 보면 잠이 든 것도 같고 몽롱한 기분에 흠뻑 취한 것 같기도 하다. 당장이라도 여자를 끌어낼 기세로 달려가지만 나는 멀찍이 떨어진 곳에서 걸음을 멈춘다. 한 번쯤 여자가 고개를 들어 주변을 둘러보길 바라지만 그런 일은 일어나지 않는다. 나는 여자에게 어깨를 내어준 사내의 얼굴을 본다. 여자를 향한 분노가 순식간에 사내에게로 옮겨붙는다.

나는 분노가 활활 타오르도록 내버려둔다. 그것이 내 전부를 태우고 역사를 태우고 이 광장 전체를 집어삼키면 좋을 것이다. 흔적도 없이 모든 게 재가 되어버리면 좋을 것이다. 나는 바쁜 용무가 있는 사람처럼 이리저리 쏘다니기 시작한다. 그럼에도 광장 근처를 벗어나지 못한다. 같은 자리를 맴돌기만 한다. 이 궤도를 벗어나 먼 바깥으로 나가는 것은 이제 불가능한 일인지도 모른다. 나는 주머니에 넣어뒀던 종이컵을 바닥에 내던진다. 행사에서 받은 빵은 금세 더러워진다.

*

어느 날 나는 여자에게 벼르던 것을 물어보기 위해 초저녁부터 술을 마신다.

수급비와 보조금 지급이 몰려 있는 월말은 사람들의 인심이 가장 넉넉해지는 시기다. 나는 광장을 돌며 부지런히 술을 얻어 마시고 곧장 취한다. 잠이 들 무렵에는 공중으로 푸푸 더운 숨을 뿜어내며 돌처럼 누워 있다.

누구랑 이렇게 술을 마셨니?

곁에 누운 여자가 내 티셔츠 속에 손을 넣어 가슴과 배를 문지른다. 아침에 광장을 떠났던 여자가 언제 돌아왔는지 모르겠다. 어디서 누구와 무슨 짓을 하고 다녔던 건지 모르겠다. 여자의 손이 내 얼굴을 쓰다듬고, 귓불을 만지작거리고, 머리칼을 쓸어내리는데도 나는 화가 난 사람처럼 공중만 노려본다. 높다란 건물 꼭대기에서 빨간 점멸등이 깜빡깜빡한다.

뭐했어요, 오늘?

나는 여자의 눈을 피하며 묻는다.

그냥 이것저것 좀 바빴어.

여자가 태연하게 대답한다. 픽 웃음이 새어나온다. 도대체 네가 바쁠 일이 뭐가 있냐. 내 웃음 속에는 그런 비아냥거림과 이죽거림이 묻어 있다.

말했잖아. 나도 나름대로 할일이 있어. 나라고 만날 여기에 찌그러져 있으란 법이 있니?

여자의 손이 내 티셔츠를 쑥 빠져나간다. 공격적인 말들이 금방이라도 입 밖으로 나올 것 같다. 나는 날 선 말들이 곧장 튀어나와 여자와 나를 베지 않도록 숨을 고른다.

내가 아무것도 모른다고 생각하지.

그런 노력에도 불구하고 나는 끝내 빈정거리고 만다.

무슨 말이니?

여자가 몸을 일으키고 나를 똑바로 내려다본다. 나는 앞니를 움직여 입안의 살들을 조금씩 떼어 먹는다. 다 엉망이 되어버렸다는 생각이 든다. 여자의 성난 얼굴을 올려다보며 다른 방식으로 묻지 못한 것을 후회한다. 그러나 한편으로 여자가 화를 내는 것은 그만한 이유가 있어서라는 확신이 든다.

다 알아. 나도 다 안다고.

나는 몸을 일으키고 그렇게 말해버린다.

물론 내가 사람들의 말을 전부 믿는 건 아니다. 여자가 이곳의 다른 여자들처럼 몇 푼 안 되는 돈을 위해 몸을 내주고, 이제껏 그런 식으로 지내왔다는 것도 믿을 수 없다. 악취가 진동하는 화장실에서, 후미진 공원 벤치와 빈 상가 계단에서, 누군가와 몸을 섞고 있는 여자를 상상하기도 어렵다. 광장을 벗어나서 낯선 남자들과 어울리고, 그 대가로 얼마간의 돈을 쥐고 돌아온다는 가정도 하고 싶지 않다. 하지만 그렇지 않다면 여자에게 늘 얼마간의 돈이 있는 것과 시도 때도 없이 자리를 비우는 것을 어떻게 이해해야 하나. 여자는 그런 의혹들에 대해 해명할 생각조차 없다.

나는 사람들에게 전해들은 이야기를 쏟아놓기 시작한다. 나도 믿고 싶진 않아요. 그렇게 운을 떼고, 여기저기서 주워들은 이야기에 살을 붙여 뾰족하게 만든 다음 여자를 겨냥한다. 나도 이런 말 하기 싫어요. 단서를 달 때마다 강도는 심해진다. 나중엔 그게 사람들의 말인지 내 생각인지조차 구분하기 어렵다. 스스로가 비겁하고 치졸하다고 느끼지만 나는 멈추지 않는다. 멈출 수가 없다.

너 정말 그렇게 생각하니?

여자가 묻는다.

정말 그런 게 알고 싶어? 궁금해?

동요하거나 당황하는 기색은 없다. 이번에도 허둥거리는 쪽은 내가 된다. 그렇다고 하든 아니라고 하든 어차피 나는 알 수가 없다. 온통 소문만 무성할 뿐 직접 확인할 수는 없다. 여자는 나에게 비수를 꽂듯 그렇다고 말해버릴지도 모른다. 나는 내 속을 훤히 꿰뚫어보는 여자를 노려본다.

내가 한 번이라도 너에 대해 물은 적이 있어?

어둠 속에서 여자의 눈이 반짝인다.

여자는 내 이름도 나이도 묻지 않았다. 어디에서 왔고 무엇을 했는지 궁금해한 적도 없다. 나는 그런 것이 서운하다. 당신은 왜 나를 알고 싶어하지 않는가. 당신은 왜 자신이 누구인지 말해주지 않는가. 내 요구는 애원에 가까운 것이지만 여자는 다시는 나를 보지 않을 것처럼 냉랭하게 군다.

언젠가 여자가 어린시절 이야기를 한 적이 있다. 파란 대문과 아끼던 강아지. 죽은 참새와 세발자전거. 여자에게서 들은 이야기는 지금으로부터 너무 멀고 멀어서 더이상 여자에게 아무런 감흥도 일으키지 못하는 고작 그런 것들뿐이다.

그런 게 다 무슨 소용이니?

뭔가를 물으면 여자는 그렇게 선을 긋고 번번이 입을 다물어버린다. 나는 알고 싶다. 나보다 훨씬 오래 산 여자가 누구를 만나고 무엇을 했고 어쩌다가 이곳으로 오게 되었는지. 이곳에 와서 어떻게 지냈는지. 왜 이렇게 되어버렸는지. 내 나이로는 가늠할 수 없는 여자의 지난날을 떠올리는 것은 쉽지 않은 일이다. 어차피 다 알 수도 없는 일이다. 그럼에도 나는 점점 더 집요해진다. 어떻게 해도 여자의 전부를 알 수는 없을 거라는 생각이 나를 불안하게 한다.

여자는 소리치고 화내는 내 모습을 물끄러미 바라보며 혼잣말을 한다.

도대체 그런 것들이 왜 중요한지 나는 모르겠어.

이렇게도 말한다.

나도 너를 몰라. 네가 왜 여기 있는지, 무슨 범죄를 저질렀는지, 사기를 당했는지 아무것도 모른다고. 그래도 이렇게 같이 있잖아. 그거면 된 거 아니야?

여자의 말은 핵심을 피해 그 주변을 빙글빙글 돈다. 나는 어떤 것도 명쾌하게 답하지 않는 여자에게 화가 난다. 입으로는 내가 중요하다고 말하면서도 제멋대로 구는 여자를 믿을 수가 없다. 나는 입을 다물고 여자를 노려본다.

난 아무 관심 없어. 네가 어디서 도망 나왔는지, 누구를 때렸는지 죽였는지. 그런 건 진짜 궁금하지도 않아. 인생은 아주 짧아. 나한테는 지금이 전부야. 과거도 미래도 없어.

내가 아무 반응을 보이지 않자 여자는 지친 듯 한숨을 내쉰다. 그러나 나는 그만할 생각도, 이쯤에서 문제를 대충 덮을 마음도 없다. 나는 알고 싶다. 그러나 내가 알고 싶은 것이 진실이라고 확신할 수는 없다. 때로 진실이 베고 지나간 자리는 영원히 아물지 않는다.

그래서 그 쓰레기 같은 새끼들과 술도 마시고 잠도 자고 하는가 보죠?

나는 끝까지 이죽거린다.

그 순간엔 마치 다 살아버린 사람처럼, 내일 당장 죽을 사람처럼 말하는 여자를 견딜 수가 없다. 고작 돈 몇 푼을 위해 아무에게나 몸을 내주는 여자가 모든 욕심과 욕망을 다 내려놓은 듯 구는 것이 역겹고 끔찍하다. 여자는 나를 달래듯 내 손을 쥐고 팔뚝을 쓰다듬으며 머뭇거린다. 무슨 말을 해야 하는지, 어떻게 말해야 하는지 고민하는 듯하다.

그래, 난 네가 생각하는 그런 사람이 아니야. 도대체 이런 곳에서 내가 어떻게 살길 바라니?

한참 만에 여자가 고개를 들고 나와 눈을 맞춘다.

난 그냥 살았어. 그게 다야. 이제 와 그 모든 걸 너한테 사과할 필요는 없는 거잖아.

오래 말을 고르던 여자가 애원하는 투로 말한다. 여자의 말이 맞다. 여자가 어떻게 살아왔든 그건 나와 무관한 일이다. 그렇게 생각하면서도 억울함과 서운함은 가시지 않는다. 무엇이든 해명을 듣고 싶다. 납득하고 싶다.

그만하자. 어차피 다 지난 일이잖아.

여자의 목소리가 조금 커진다.

여기 있다고 해서 모두가 다 그렇게 살진 않아요.

나는 여자를 비난하듯 말한다. 여자는 굳은 표정으로 입술을 깨물고 있다가 말한다.

너한테 그럴 자격이 있다고 생각하니?

나는 반사적으로 자리를 박차고 일어난다. 여자가 얼른 내 손을 잡는다. 나는 여자에게 손이 잡힌 채로 서 있다. 여자가 말을 잇는다.

너한테도 과거가 있잖아. 다 지난 일이야. 우리도 언젠가 과거가 돼. 그렇게 되어버려. 제발 이렇게 시간 낭비하지 말자.

연일 무더운 날씨가 이어진다.

전력난을 핑계로 역사 내 냉방은 중단된다. 아니, 그건 역사 내
로 몰려드는 거리 사람들 탓일 확률이 높다. 직원들은 기다란 벤
치 의자를 등받이가 없는 일인용 의자로 교체하고, 사람들이 오가
는 통로에 구조물이나 홍보물을 설치한다. 어떻게든 거리 사람들
을 역 밖으로 내보내는 데에 혈안이 된 것 같다. 낮에도 밤에도 대
합실은 거대한 난로처럼 뜨겁다. 그곳에서 할 수 있는 건 땀을 뻘
뻘 흘리며 텔레비전을 시청하는 게 전부다.

사람들은 쫓기듯 밖으로 나와 각자 제 몸만큼의 그늘을 차지하
고 앉는다. 지원센터에서 냉커피와 얼음물을 나눠주는 잠깐을 제
외하면 사람들은 시한폭탄처럼 아슬아슬하다. 짜증과 원망, 분노
가 뒤섞인 감정들을 간신히 억누르고 있는 것 같다. 여차하면 그
날 선 감정들로 누군가를 해칠 수 있을 것도 같다. 한낮의 광장은
평화로워 보이지만 나는 그곳을 에워싸고 있는 위태로운 분위기
를 느낄 수 있다.

오후 세시가 되자 지원센터 앞으로 사람들이 몰려든다. 예고한
대로 주거 지원 대상자와 수급 대상자 명단이 사무실 앞에 나붙는
다. 앞으로 몇 달간 그 사람들에겐 고시원이나 쪽방이 제공되고
생활비도 지원될 것이다. 거리 사람들의 자립을 돕는 정책이지만

대부분의 사람들은 다시 이곳으로 되돌아온다.

오전 내내 센터 주변을 기웃거리던 여자는 늙수그레한 사람들 틈에서 명단을 확인하고 있다. 열 명 남짓한 이름 중 여자의 이름은 없다. 그제야 나는 여자가 수급 지원을 신청했다는 사실을 알게 된다. 그걸 위해 요 며칠 혼자 분주했다는 것도 비로소 짐작하게 된다.

어차피 떨어질 건데 말하면 뭐해.

여자는 아무렇지 않은 듯 대꾸하지만 사무실로 들어가 이것저것 따져 묻는다. 직원들을 향해 불만을 터트리는 사람들 틈에서 목소리를 높이고 있다. 나는 그런 소란과 무관한 사람처럼 사무실 밖 벤치에 앉아 시간을 죽인다. 결과와 상관없이 내가 알지 못했던 여자의 결정에 서운함을 느낀다. 여자는 나를 버려두고 여길 떠나려 한 거다. 떠나고 싶은 거다. 수급과 주거 지원 따위의 혜택으로 이곳 사람들이 광장을 벗어날 수 없다는 걸 알면서도 나는 미운 감정들이 살아나도록 내버려둔다.

다른 사람들과 함께 사무실 밖으로 떠밀리듯 쫓겨난 여자는 말이 없고 나는 겨우 이렇게 묻는다.

왜 안 된 거래요?

난들 아니, 왜 안 됐는지?

그런 식으로 대꾸하는 여자가 못마땅하지만 나는 더 말하지 않는다. 따져 묻고 싶은 건 오히려 내 쪽이지만 목소리를 높이고 불

필요하게 상처를 주고받는 일은 피하고 싶다. 여자가 명단에 포함되지 않았으니 그걸로 그만이다. 그것이 여자에게 좋은 일인지, 나쁜 일인지 알 수 없음에도 나는 다행이라고 결론 내린다.

그리고 일은 한밤에 터진다.

길고 긴 한낮의 무더위를 견딘 한 무리의 사람들이 목발 노인을 둘러싼다. 발단은 노인의 두 다리다. 바지 여러 개를 덧입고도 노인은 다리에서 흘러나오는 악취를 막지 못한다. 퀴퀴하고 역한 냄새가 위태롭게 유지되던 광장의 평화를 깨트린다. 멀리서 봐도 자그마한 노인의 체구에 비해 노인의 다리는 시멘트 기둥처럼 크고 두껍다.

이봐, 할멈. 병원에 가라니까 왜 말을 안 들어. 수급도 됐겠다, 돈도 나오겠다, 왜 병원을 안 가고 피해를 주느냐 이 말이야!

누군가가 고함친다. 그게 신호가 된다. 노인은 커다란 가방 위에 주저앉은 채 가쁜 숨을 내쉬고 있다. 내 허벅지를 베고 누워 있던 여자가 티셔츠 속에 손을 넣어 옆구리를 가볍게 꼬집는다.

그만 다른 데로 갈까?

여자가 불안한 듯 몸을 떤다. 나는 노인에게서 눈을 떼지 못한다. 계단을 서너 개씩 밟고 내려가면 금세 닿을 만한 거리다. 여자가 내 손을 힘껏 쥔다. 남자들이 노인을 둘러싸고 욕을 쏟아낸다. 어쩌면 그들은 종일 저렇게 욕을 퍼부을 누군가를 찾아 헤맨 건지도 모른다. 그리고 그들이 고른 건 제대로 대거리할 수도 없는 늙고 병든 노인이다. 비겁한 일이다. 그러나 나는 구경만 한다. 모두 구경만 하고 있다.

노인의 목소리는 들리지 않는다. 노인의 모습은 건장한 남자들의 뒷모습에 가려 보였다가 말다가 한다. 누군가가 노인의 목발을 빼앗아 내동댕이친다. 이어 몇 사람이 달려들어 노인의 바지를 벗기려 든다. 주저앉은 노인이 몸부림치지만 역부족이다.

그만 가자. 다른 데로 가.

몸을 일으킨 여자가 내 손을 잡아끈다. 이런 소란을 한두 번 목격한 것도 아니면서 여자는 또다시 불안해한다. 나는 잠자코 여자가 이끄는 대로 걷는다. 소란은 곧 잠잠해질 것이다. 누군가가 신고를 하고, 역 주변을 도는 센터 직원들이 달려올 것이다. 우리는 남자들의 고함이 들리지 않을 때까지 걷는다.

불 꺼진 빌딩 주차장 한쪽에 자리를 잡고 누웠을 때 여자가 말한다.

나도 언제 저렇게 될지 몰라.

여자의 목소리가 서늘하고 축축한 주차장 벽면을 때리고 되돌아온다. 여러 겹의 목소리가 간격을 두고 파도처럼 밀려왔다가 밀려난다. 화가 난 사람처럼 입을 다물고 있던 여자는 비로소 긴장을 내려놓은 눈치다. 나는 몸을 세워 여자의 등과 허리를 쓰다듬는다. 이마 위를 덮은 머리칼을 넘겨주고, 동그란 어깨뼈도 꼭꼭 눌러준다.

뭐가요?

그 노인네 말이야. 나도 나이가 더 들면 그렇게 되겠지.

나는 불룩한 여자의 배를 조심스럽게 어루만진다. 가슴 바로 아래부터 솟아오른 배는 날이 갈수록 조금씩 더 부풀어오른다. 풍선처럼 커진 배 때문에 우리는 밤마다 애를 먹는다. 내가 여자 위로 올라가는 자세도, 여자가 내 위로 올라오는 자세도 힘들긴 마찬가지다. 여자가 앉은 채 비스듬히 상체를 젖히면 나도 적당히 몸을 젖혀 여자에게로 들어가는 수밖에 없다. 그때마다 축축한 박스 표면이 피부에 달라붙어 몸을 움직이기가 쉽지 않다. 나는 여자가 힘들지 않도록 배려하면서 어떻게든 만족할 만한 상태에 도달하기 위해 애를 쓰지만 여자는 오래 버티지 못하고 누워버리기 일쑤다.

그래서 나는 선뜻 여자를 안지 못하고 다만 여자의 배만 어루만지고 있는 것이다.

왜 그런 말을 해요, 쓸데없이.

이제 너도 알잖아. 여기 여자들이 어떤 취급을 받는지.

여자는 체념한 듯 중얼거린다. 나는 듣고 싶지 않다고 잘라 말한다. 여자는 내 귓불을 만지작거리며 이야기한다.

이곳 여자들에겐 남자가 필요해. 그건 연애도 뭣도 아니야. 그냥 여기 광장 때문이지.

누군가가 찬물을 들이부은 것처럼 가슴속이 선득해진다. 어쩌면 여자에겐 내가 하나의 생존방식에 불과할지도 모른다. 아니,

지금껏 그런 방식으로 여자가 이곳의 남자들을 만나왔다고 가정하는 것이 더 괴롭다. 여자가 그들과 살을 섞고 몸을 맞대고 했다는 것이 견딜 수가 없다. 그런 생각은 나를 가라앉게 하고 더이상 움직일 수 없게 만든다. 그건 슬픔의 빛깔과 묘하게 닮아 있다.

그만 말해요.

나는 먼지처럼 떠오르는 생각들을 가라앉히려고 애쓴다.

말해봐. 정말 이런 곳에서 연애 같은 게 가능할 거라고 생각해? 그런 게 있을 거라고 생각하는 거니, 응?

여자가 내 머리칼을 부드럽게 쓰다듬는다. 그러면서도 두 눈은 컴컴한 허공 어딘가를 향해 있다. 아무것도 담기지 않은 여자의 텅 빈 눈앞에 내 얼굴을 갖다댄다.

또 무슨 말을 하려고?

여자가 간지러운 듯 이리저리 고개를 움직인다.

모른 척하지 마. 너도 다 아는 거잖아.

여자는 내 귓가에 입술을 대고 소곤거린다.

우리라고 뭐 별다를 게 있겠니. 이렇게 젊은 네가 나처럼 늙고 병든 여자를 만나는 게 이상하다고 생각한 적 없어?

여자는 나를 밀어내고 새우처럼 웅크린 뒤 내 쪽으로 돌아눕는다. 불룩한 배 때문에 반듯한 자세로 누워 있기가 힘든 탓이다. 나는 한 팔로 여자를 감싸안는다. 여자에겐 제대로 된 치료가 필요할지도 모른다. 더러운 것들을 걸러내지 못하는 여자의 간은 이미 손쓸 수 없을 만큼 망가진 것인지도 모른다. 나는 여자의 배를 손가락으로 꾹꾹 누른다.

아파요?

화제를 다른 곳으로 돌리려 해보지만 여자는 그럴 생각이 없다.

말해봐. 이상하지 않아? 이상하다고 생각한 적 없어?

여자가 내 손을 밀어내며 묻는다. 이 거리에서 도대체 이상하지 않은 게 어디 있느냐고 나는 되묻고 싶다. 그래서 원하는 대답이 무엇이냐고 따져 묻고도 싶다. 그러나 나는 여자의 어깨를 지그시 누르며 반쯤 몸을 일으킨다. 여자에게 입을 맞추고 가슴과 허벅지 사이를 어루만진다.

몰라요. 난 그런 거 몰라.

나는 중얼거린다. 여자는 더 말하지 않는다. 다만 눈을 감은 채 살아나는 온몸의 감각에 집중할 뿐이다. 나는 여자의 배를 누르지 않도록 조심하며 천천히 몸을 움직인다. 여자를 위해 무엇이든 해야겠다는 생각이 살아난다. 나는 소음과 불빛, 더위와 추위, 비와 바람을 피할 수 있는 작은 방을 떠올린다. 오직 여자와 내 숨소리만 허용되는 아늑한 밤을 상상한다.

내가 일을 할게요. 병원도 가고, 맛있는 것도 먹고, 방도 구하고. 그렇게 할게. 어때요, 좋지?

나는 떠오르는 대로 말한다. 함부로 지껄이고 겁없이 다짐한다. 적어도 여자와 살을 맞대고 있는 이 순간에는 뭐든 할 것처럼, 뭐든 할 수 있을 것처럼 군다. 여자의 두 손이 땀으로 끈적한 내 등을 가만히 쓸어내린다.

두고 봐요. 내가 정말 그렇게 할 테니까.

괜찮아. 지금 이대로도 좋아.

여자가 내 머리를 감싸안는다.

*

여자를 만난 뒤부터 내 시간은 오로지 여자를 향해 있다.

여자를 제외한 모든 것은 배경으로 물러난다. 왜? 그런 질문은 가능하지 않다. 그건 인과관계로 정리할 수 있는 문제가 아니다. 어쩔 수 없이 그냥 그렇게 되어버리는 거다. 나는 계속 비슷한 말을 중얼거리고 있다. 나조차도 알 수 없는 것들을 설명하라고 다그치는 사람들 탓이다.

내 말 알아들었어? 알아들었느냐고 묻잖아.

강동호 팀장의 목소리가 점점 더 커진다.

그의 호출을 받고 달려온 나는 큰 잘못을 저지른 사람처럼 고개를 숙이고 있다. 구름다리에서 나를 처음 발견했던 그는 이제 선생님이나 아버지처럼 군다. 문밖에 상담을 기다리는 사람들이 줄지어 서 있는데도 그는 막무가내다. 누군가가 문을 열고 고개를 내밀면 나가라는 식으로 손을 내젓고 만다. 오늘 그는 뭔가 단단히 결심한 사람 같다.

왜 대답이 없어?

그는 여자에 대한 내 생각을 묻고 있다. 처음엔 나에 관한 것을 묻고 나중엔 여자에 대한 것을 묻다가 이젠 우리에 대한 이야기를 하고 있다. 아무것도 모르는 여자는 저 문밖에서 나를 기다리는 중이다. 여자를 생각하면 뭔가를 말하는 게 미안하고 죄스럽다. 서둘러 이 방을 나가고 싶다.

제가 일을 할 겁니다.

내가 말한다. 강팀장이 허탈하게 웃는다.

일을 하면? 일해서 뭐하려고?

돈을 벌겠죠.

돈을 벌면?

방을 구할 겁니다.

방은 왜? 같이 살림이라도 차리려고?

언제나 말은 쉽고 간단하다. 준비한 것도, 계획한 것도 없으면서 나는 겁없이 말한다. 뭐든 다 할 것처럼 척척 대답한다. 그게 단순히 이 순간을 모면하려는 것일지라도 당장은 어떻게든 답해야 한다. 강팀장이 숨을 고르고 다시 묻는다.

정말 같이 살 거니? 너 번 돈을 다 방값에 처박을 수 있어?

차분하지만 서늘함이 느껴지는 목소리다. 내가 대답한다.

할 수 있어요.

그리고 한번 더 말한다.

할 겁니다.

강팀장은 의자를 당겨 내 쪽으로 바짝 다가온다. 그러더니 무슨 말을 해야 나를 설득할 수 있을지 고민하는 표정으로 내 눈을 한참 들여다본다. 긴 침묵이 이어진다.

그는 목발 노인에 대한 이야기를 한다. 나는 강팀장의 입을 통해 노인의 이름을 처음 듣는다. 노인의 나이와 고향, 직업과 병명에 대한 정보도 듣게 된다. 나는 그녀가 겨우 육십이 조금 넘었다는 사실에 놀란다. 강팀장은 지난주 노인이 두 다리를 잘라내는 수술을 받았다고 말한다.

왜 그렇게 된 줄 알아?

강팀장의 목소리가 가라앉는다.

여기 있다간 결국 다 병에 걸리고 말아. 제때 치료도 받을 수 없고 그럴 필요도 못 느끼거든. 너, 그래도 저 여자를 책임질 수 있을 것 같아? 그게 말처럼 쉬운 일 같아?

나는 찜통더위에도 여러 개의 바지를 덧입어 두 다리를 감추던 목발 노인을 떠올린다. 그러나 노인은 결국 두 다리를 잃게 되었다. 노인은 이제 어떻게 되는가. 강팀장은 달라지는 건 아무것도 없다고 잘라 말한다. 그런 사람이 한둘이 아니라고도 한다. 나는 앞을 못 보거나 팔다리를 못 쓰게 된 사람들이 절룩거리며 광장을 배회하는 모습을 떠올린다. 머지않아 노인도 두 다리 없이 광장에 머무는 방법을 터득하게 될 것이다. 모든 걸 몸으로 배워야 하는 그들을 기다려주는 것은 이 광장이 유일할지도 모른다. 그러나 나는 그 모든 일이 나와는 상관없다고 여긴다.

여자와 함께 이곳을 떠날 것이다.

나는 나시막하게 그런 다짐을 읊조리고 있다. 강팀장은 내가 여자를 책임질 수 없다고 선을 긋는다. 그래선 안 된다고 충고한다. 나는 멍하니 책상에 놓인 두유를 만지작거린다.

잘 들어. 필요하면 너한테 자활 근로 자리를 줄 거야. 주거 지원도 보장해줄 수 있어. 단, 그 여자는 병원에 보내야 해. 아픈 사람이잖아.

제가 알아서 해요.

뭘 알아서 해? 네가 어떻게 할 수 없는 문제잖아. 입원을 해야 해. 며칠에 한 번씩 병원에 들락거린다고 나아질 상태가 아니야. 어쨌든 치료는 해야 할 거 아니니?

강팀장이 답답하다는 듯 크게 한숨을 내쉰다. 그는 당장이라도 무슨 일이 벌어질 것처럼 전전긍긍한다. 응급실에 실려간 사람이 노인 하나뿐이 아니라는 건 나도 모르지 않는다. 응급실로 실려간 사람들 대부분이 반나절이나 하루 만에 광장으로 되돌아오지만 영원히 돌아오지 못하는 경우도 있다. 강팀장은 내게 그런 일이 일어날 수 있다고 경고하고 싶은 것이다. 그런 일이 일어나지 않도록 미리 손을 쓰고 싶은 것이다. 그게 강팀장의 일이라는 걸 알지만 나는 아무 말도 하지 않는다.

저 사람이 왜 수급이 안 되는지 아니?

마침내 강팀장이 오래 별렀던 것처럼 입을 연다.

그는 여자에게 남편이 있고 아들과 딸도 있다고 말한다. 침착한 목소리로 그들이 멀지 않은 지방 소도시에 산다는 이야기까지 한다. 강팀장의 의도대로 나는 단번에 복잡한 기분에 휩싸인다. 충분히 예상한 일이었음에도 여자와 나 사이를 흐르는 세월에 압도당하고 만다. 나로선 결코 다 알 수 없는 여자의 과거가 순식간에 나를 덮쳐버린다.

그래서요?

그래서라니? 저 사람한테는 네가 중요한 사람이 아니야. 너도 봤잖아. 수급 신청한 거. 저 사람한테 너는 그냥 지나가는 사람일 뿐이야. 너 그런 사람에게 네 젊음을 다 허비할 거야?

상관없어요.

강팀장은 복잡한 얼굴로 내 눈을 한참 들여다본다. 그런 후엔 나에 대해 이것저것 더 묻기 시작한다. 고향은 어디냐, 부모님과 형제는 어디에 있냐, 무슨 일을 했었냐. 겨우 그런 질문들로 나를 다 파악할 수 있을 것처럼 군다. 아직 젊으니까 하나씩 바로잡으면 된다, 뭐든 하면 된다, 그렇게 충고하기도 한다. 어려운 형편이나 곤란한 처지 때문에 내가 이곳에 머무는 거라고, 그래서 저런 여자를 만나는 거라고 확신하는 투다. 나는 잠자코 강팀장의 말을 듣기만 한다.

왜 아무 말이 없어? 내가 하는 말이 너랑은 아무 상관이 없어? 내 말이 무슨 말인지 몰라?

강팀장이 다그친다. 나는 두유 팩 모서리를 톡톡 두드린다. 강팀장이 어쩔 수 없다는 표정을 지으며 내 어깨에 손을 올린다.

오늘은 그만 가봐라. 생각해보고 다시 와. 뭐가 더 너한테 좋은 일인지 잘 생각해보고. 무슨 말인지 알지?

그리고 생각난 듯 두유 하나를 더 내민다. 나는 양손에 두유 하나씩을 들고 바보같이 묻는다.

이 근처에는 여자가 갈 만한 병원이 없어요?

강팀장은 캐비닛에서 물티슈 서너 개를 꺼내주며 말한다.

병원이 있어도 거긴 수급자나 보호 대상자만 받아. 저 사람은 지방 병원으로 빠질 수밖에 없지. 차라리 멀리 떨어진 곳으로 가는 게 낫다. 여기 있으면 알코올 문제를 해결할 수가 없으니까. 술 안 끊으면 뭐든 다 소용없는 일이다.

저는요? 저도 같이 갈 수 있어요?

너? 네가 왜? 네가 거길 왜 가.

강팀장은 더 말하려다가 그만 입을 닫아버린다. 그러곤 한참 만에 차분한 목소리로 한마디를 더 보탠다.

넌 아직 젊어. 너만 생각해라. 저 사람은 너한테 도움이 되는 사람이 아니야.

강팀장이 한 손으로 내 어깨를 꽉 붙잡았다가 놓는다. 그가 무슨 말을 하고 싶은지 안다. 여자는 내게 아무것도 해줄 수 없다. 그렇다면 나는 여자에게 무엇을 줄 수 있나. 매 순간 여자와 함께 할 수 있는 미래를 떠올리지만 동시에 그 모든 게 불가능하다는 것을 나도 모르지 않는다.

어떻게 하더라도 여자와 내 미래는 같은 무늬와 속도로 나아갈 수 없을 것이다. 그러나 또 한편으로 나는 그런 게 다 무슨 소용인가 생각한다. 지금 내 미래는 무늬도 속도도 없이 멈춰 서 있고 그건 여자도 마찬가지다.

너희 두 사람의 관계는 이 광장에서만 유효하다. 강팀장은 그런 말이 하고 싶은지도 모른다. 이곳을 벗어나는 즉시 너희 두 사람은 서로에게 쓸모없는 존재가 될 것이다. 그렇게 단언하고 싶은지도 모른다. 그러나 이 광장에 속하지 않은 그는 절대 알 수 없을 것이다. 이곳에 있는 내게는 이 여자가 전부일 수 있다는 사실을 결코 이해할 수 없을 것이다.

4

드림시티 사장의 도움으로 구한 일자리는 역 인근 철거 예정지
를 돌며 쓸 만한 것들을 주워모으는 일이다.

예정지는 역사 후문에서 바로 내다보이는 곳에 있다. 높이 뻗
어나간 건물들 사이에서 그곳은 푹 꺼진 웅덩이처럼 보인다. 나는
이른아침부터 밤늦게까지 빈집을 들락거리며 되팔 수 있을 만한
가재도구며 가전제품 따위를 운반하고 돈이 되는 자재나 부속품
을 정리한다. 가파른 오르막길을 따라 집들은 무너질 듯 아슬아슬
하게 붙어 있다.

이런 일 해본 적 없지?

이렇게 묻는 사람은 고물상에서 일하는 석씨다. 형이라고 부르
기엔 나이가 꽤 많아 보이지만 나는 그가 시키는 대로 형이라고

부른다. 그는 기다란 파이프로 땅을 탕탕 때리며 걷는다. 파이프
는 망가진 대문이나 휘어진 문을 뜯어낼 때 요긴하다.

전단지와 홍보물들이 담벼락을 뒤덮고 있다. 대부분 부동산 업
체나 이삿짐센터 광고다. 담벼락 여기저기 스프레이로 전화번호를
남겨둔 흔적도 있다. 수수께끼 같은 숫자들이 적힌 대문도 어렵지
않게 발견할 수 있다. 부서진 거울, 망가진 피아노와 자전거, 유아
차와 빨래건조대 같은 것들이 골목 한쪽에 쌓여 있다. 한낮인데도
사방은 고요하기만 하다. 개 짖는 소리조차 나지 않는다.

아직 젊은데 뭐 이런 일을 해봤겠어. 너 역에서 자냐?

그렇게 말하는 건 트럭 운전을 맡은 황구다. 황구가 판자 더미
에서 커다란 액자 하나를 잡아 뺀다. 어느 집의 가훈이었을 법한
글자를 그는 소리내어 읽는다. 뜻이 있는 곳에 길이 있다. 그는 조
롱하듯 액자를 요리조리 돌려보곤 그대로 내던진다. 사방으로 유
리 파편이 튄다.

미친놈. 그런 건 왜 묻고 지랄이야.

나도 잘 아니까 그러는 거 아니오. 씨발, 역에서 잘 때가 좋았
지. 때 되면 밥 줘, 방세 낼 필요가 있나, 누구 눈치볼 필요가 있
나, 그렇지? 맞잖아.

역사를 떠난 그는 함부로 말한다. 그곳이 그렇게 좋았다면 떠
날 필요가 없었을 것이다. 그러나 나는 사람들이 대수롭지 않게
내뱉은 말에 예민하게 반응하지 않으려고 한다. 불필요하게 분노

를 드러내고, 밉보이고, 어렵게 구한 일자리를 잃는 건 바보 같은 짓이다.

미친놈, 지랄하고 자빠졌네. 그건 그렇고 드림시티 그 새끼가 얼마 달라던?

석씨가 다세대 건물의 나지막한 담을 넘으며 목소리를 키운다. 그들보다 키가 크고 덩치도 좋은 나는 아무것도 모르는 아이처럼 서 있다.

만원이요.

만원? 완전 날강도 새끼네, 그거.

하루 일당 칠만원. 그중 만원은 드림시티 사장에게 줘야 한다. 나머지 만원으로는 여자에게 시원한 국수 한 그릇과 슬리퍼를 사줄 것이다. 그래도 매일 오만원씩 모은다면 일주일에 삼십만원 정도를 손에 쥘 수 있다. 그 정도면 뭐든 시작하기 나쁘지 않을 것이다. 나는 뙤약볕이 내리쬐는 길가에 서서 그런 희망을 품어보기도 한다. 석씨가 잠긴 대문을 뜯어내고 들어오라는 손짓을 한다. 황구가 먼저, 내가 뒤따라간다.

우리는 오층 꼭대기에서부터 건물을 훑고 내려온다. 사람들이 떠난 집은 이십 년, 삼십 년 넘게 방치된 것처럼 스산하다. 아주 오랜 세월이 한꺼번에 그곳을 휩쓸고 가버린 것 같다. 집안은 용도와 쓸모를 알 수 없는 살림살이와 쓰레기들로 어수선하다.

나는 전선과 조명을 떼어내고, 싱크대와 샤워기를 분해하고, 가스 배관을 해체하는 작업을 맡는다. 문고리를 뜯고 현관 잠금장치를 분리하는 것도 내 몫이다. 석씨는 옥상에서 안테나를 수거하고 쇠로 만들어진 대문을 절단한다. 그러는 동안 황구는 주변 집들을 살피고 사방을 감시한다.

아직 여기 사는 사람이 있을까요?

내가 물으면 창밖으로 고개를 빼고 있던 황구가 중얼거린다.

사는 사람이야 있겠지. 근데 뭐 얼마나 살겠어. 전부 때려부술 텐데. 기다려봐. 역에 곧 뉴 페이스들이 나타날 테니까.

전기와 수도는 오래전에 끊긴 게 분명하다. 한때 사람들로 북적였을 건물은 무덤처럼 서늘하고 어둡다. 나는 전선을 둥글게 말며 집안을 두리번거린다. 내가 절실히 원하는 방 한 칸에 비해 이런 집들은 얼마나 크고 좋은가. 이런 집들을 깡그리 부수고 없애야 한다는 게 이해가 되지 않는다.

내가 벨을 누르면 여자가 현관문을 열고 나온다. 우리는 함께 밥을 먹고 나란히 누워 잠을 청한다. 여자가 뱉은 숨을 내가 들이 마시고 내가 뱉은 숨을 여자가 들이마신다. 우리 두 사람의 숨과 체온이 뒤섞인다. 소음과 매연, 불빛과 악취를 피할 수 있다면 어디라도 괜찮다. 어떻게든 내 힘으로 그런 곳을 마련할 것이다. 나는 두꺼운 전선을 힘껏 말아 풀어지지 않게 움켜쥔다.

광장에서 걸으면 이십 분, 늦어도 삼십 분이면 도착하는 거리지만 나는 여자에게서 아주 멀리 있다고 느낀다. 내가 없는 동안 여

자가 낮시간을 어떻게 보내는지 걱정스럽다. 밤마다 한기나 복통
이 여자의 얼굴을 조금씩 더 구겨놓는다. 여자를 먼 지방 병원에
보내지 않으려면 당장 무엇이라도 해야 하고, 그 무엇을 하는 동
안 여자와 떨어져 있어야 하는 것이 속상하다.

빈집을 출입하는 것은 불법이므로 우리는 종일 긴장을 놓지 않
는다. 점심은 석씨가 준비한 빵과 우유로 간단히 때우고 저녁은
근처 식당에서 해결한다. 일이 끝나자마자 곧장 광장으로 되돌아
가고 싶지만 나는 석씨가 식사를 마칠 때까지 기다린다. 내일 일
을 할지 말지 결정하는 사람이 석씨이기 때문이다.

내일은 하루 쉬고 모레 다시 와.

꼬박 이틀을 일한 다음 그는 그렇게 말한다. 하루치 일당이 날
아갔다는 아쉬움이나 실망감은 들지 않는다. 내일은 여자와 종일
시간을 보낼 수 있다는 기대가 목 끝까지 차오른다. 나는 거의 뛰
다시피 광장으로 간다. 역사가 가까워질수록 피곤에 짓눌렸던 몸
이 가벼워진다. 겨우 한나절인데 며칠은 보지 못한 것처럼 여자의
얼굴이 어른거린다.

멀리 여자의 뒷모습이 보인다. 다행히 여자는 혼자다. 아니, 역
사 정문을 빠져나오자 여자를 둘러싼 사람들의 실루엣이 또렷해
진다. 여자는 또 누군가의 어깨에 비스듬히 머리를 기대고 있다.
그걸 보는 순간 내부를 채운 감정들이 순식간에 분노로 바뀐다.
나는 그 자리에 멈춰 선다. 거기 서서 화가 걷잡을 수 없이 살아나

도록 내버려둔다. 그런 후엔 사람들 사이로 뚜벅뚜벅 걸어가 여자의 팔을 잡는다.

으음. 여기 앉아. 너도 여기 와서 앉아.

여자의 눈엔 초점이 없다. 여자의 몸이 흔들흔들한다. 나는 여자 곁에 앉은 사내를 밀치고 여자를 일으켜세우려고 한다.

정신 차려요. 얼른 일어나요, 얼른!

내 목소리가 커진다. 이 상황을 어떻게 받아들여야 할지 결정하지 못한 사람들이 허둥거린다. 그들은 내게 시비를 걸 수도 있고, 조용히 자리를 뜰 수도 있다. 만약 시비를 걸어온다면 누구든 가만두지 않겠다. 나는 이를 악문다.

자꾸 왜 이래. 가긴 어딜 가, 여기가 집인데 어딜 가재.

여자는 내 손을 뿌리치며 도로 주저앉는다. 여자의 다리 사이에서 종이컵 몇 개가 우그러진다. 나와 여자의 실랑이를 지켜보던 한 사내가 몸을 일으키고 내 앞을 가로막는다. 공격적인 몸짓은 아니다. 어떻게든 내 흥분을 가라앉히려는 것 같다. 알면서도 나는 그 사내에게 주먹을 날린다. 주먹이 사내의 얼굴 정중앙을 가격한다. 사내가 고꾸라지면서 술병 여러 개가 사방으로 구른다.

그래, 때려라, 때려. 실컷 때려라.

여자가 종이컵에 남은 술을 들이켠다. 나는 엎어진 사내를 향해 발길질을 하고 여자가 쥔 종이컵을 빼앗아 내동댕이친다. 컵라면이 쏟아지고 시큼한 술냄새가 퍼진다. 일을 마치고 돌아오면 여자가 이보다는 더 다정하게 나를 맞아줄 거라고 믿었다. 내가 없는 여자의 시간이 여자가 없는 내 시간과 비슷하게 흐를 거라고 생각했다.

술 안 마시기로 했잖아. 술 안 마시겠다고 약속했잖아요.

나는 거의 애원하듯 밀한다.

왜? 네가 뭔데? 내가 술을 먹든 말든 네가 왜 간섭이야.

여자가 나를 올려다보며 시퍼렇게 날을 세운다.

간섭이 아니라 아프잖아요.

여자의 기침이 터지고 내 목소리가 커진다.

아프잖아. 조심해야 되잖아요.

그래, 아파. 종일 아파. 죽을 만큼 아프다고. 그럼 어떡해. 네가 이 통증을 없애줄 거니? 그럴 거야? 네가 뭘 해줄 건데.

일하고 왔잖아요. 돈 벌어 왔다고!

나는 바보처럼 소리친다. 왜 여자와 이런 말들을 주고받아야 하는지 이해할 수가 없다. 그럼에도 나는 여자를 이기기 위해 악을 쓴다.

그게 나랑 무슨 상관이야.

무슨 상관이냐니. 몰라서 물어요?

몰라, 난 몰라. 돈 벌어서 여길 뜨든지 말든지 네 맘대로 해.

여자는 두 손으로 땅을 짚고 일어난다. 나는 휘청거리는 여자를 보고만 있다. 겨우 이따위 말이나 듣자고 종일 땀을 흘린 게 아니다. 여자에 대한 원망과 분노, 자책과 실망이 마구잡이로 뒤섞인다. 나는 여자가 저 혼자 걸어가게끔 내버려둔다. 그 순간 무슨 일이 있어도 이곳을 떠나고 말겠다는 오기 같은 게 살아난다.

나는 여자와 반대 방향으로 걷기 시작한다. 뒤돌아보지 않으려고 보폭을 넓혀 숨이 차도록 걷고 또 걷는다. 건물과 길이 사라지고 생각과 감정 같은 것들이 증발한다. 누군가가 버튼을 누른 것처럼 모든 것들이 일시에 꺼져버린다. 머릿속이 새하얘진다. 아무것도 보이지 않는다.

*

며칠이 지나도록 여자는 나를 찾지 않는다.

종일 빈집에서 쓸 만한 것들을 줍고 옮기는 일도 얼마 안 가 마무리된다. 여자가 있는 광장으로 되돌아가지 말자고 다짐하면서도 나는 역사 주변을 빙글빙글 돈다. 습관처럼 여자의 흔적을 찾는 것이다. 밤에는 함께 잠들던 곳으로 오지 않을까, 일찍부터 여자를 기다리기도 한다. 여자도 어딘가에 숨어 나를 찾고 있지는 않을까, 주변을 살피기도 한다. 그러나 여자는 번번이 나를 실망시킨다.

감정은 종일 제멋대로 날뛴다. 하나의 감정을 잠재우면 또다른 감정이 고개를 쳐든다. 나는 이름 붙일 수 없는 모호한 기분에 휩싸여 이리저리 걸어다닌다. 감정들이 덜그럭거리며 서로 부딪히고 그것들의 날 선 모서리가 내 마음에 상처를 내는 것을 또렷하게 느낄 수 있다. 나는 역사를 벗어나 아주 멀리까지 가기도 한다. 신문사 게시판 앞에서 신문을 읽고 문 열린 상점 안을 기웃거린다. 그러면서 나는 단 하나의 감정이 다른 모든 감정을 압도하기를 바란다. 허약한 감정들이 다 스러진 다음 끝까지 남을 감정 하나를 기다린다. 결국 사라지고 마는 것들이 아니라 마지막까지 남는 진짜를 찾는 것이다.

며칠 후 나는 다시 일을 구한다.

그건 분노의 힘일지도 모른다. 그것은 나를 몰아세우고 다그치고 윽박지르며 여길 벗어나라고 닦달한다. 그것에 기대 나는 뭐든 할 수 있을 것처럼 자신만만하다. 아니, 자신만만한 것은 분노다. 나는 다만 분노에 사로잡혀 있을 뿐이다.

이른아침부터 일이 시작된다. 나는 황구와 같은 팀이 되어 가파른 골목을 오른다. 황구를 포함한 세 사람이 앞장서고 나는 무리 중 가장 나이가 많아 보이는 사내와 뒤처져 걷는다. 어이, 최선생. 이봐, 최선생. 모두가 그를 그렇게 부른다. 그러나 예의를 보이는 사람은 없다. 나는 그가 별 볼 일 없는 사람이라는 걸 금방 알아차린다. 최선생은 주변을 둘러보며 동네 역사와 지리 따위를 자꾸 말해주려고 한다. 알 필요도 없고, 궁금하지도 않은 자신의 사연을 길게 늘어놓을 때도 있다.

낮 동안 우리는 맡은 구역을 돌며 아직 이주하지 않은 가구를 정확히 파악한다. 그런 후엔 그들이 하루빨리 이곳을 떠날 수 있도록 돕는다. 도움의 방법은 다양하다. 우리는 통행이 불가능하도록 길 한가운데 폐자재를 쌓고 망가진 세간을 늘어놓을 수 있다. 빨간 스프레이로 담벼락과 대문에 섬뜩한 그림을 그릴 수도 있다. 욕설이 섞인 경고 방송을 틀고, 벽돌이나 유리병을 던져 창문을 깨는 일도 가능하다. 그러나 우리는 며칠째 별다른 소득을 올리지 못하고 있다.

그들이 되어야 한다. 그들이 되지 않고는 절대 알 수 없다.

나는 우리를 고용한 사람이 했던 말을 곱씹는다. 어떻게 하면 이곳에 사는 사람들이 공포와 두려움을 느낄 수 있는지 상상해야 한다. 어떻게 하면 당장 이곳을 떠나겠다고 결심할지 상상해야 한다.

황구가 커다란 드럼통에 불을 지른다. 휘발유를 붓고 불이 붙은 종이를 던져넣자 둥근 입구로 불길이 치솟는다. 나는 종이 뭉치와 판자 조각 따위를 충분히 던져넣는다. 그런 후에는 적당히 물러서서 솟구치는 불꽃을 바라본다. 불꽃 너머로 골목을 채운 풍경들이 묘하게 일그러진다. 시커먼 연기가 솟아나고 반짝이는 불티가 공중으로 날아오른다.

도심의 한낮은 한증막처럼 뜨겁다. 나는 물고기처럼 입을 벌리고 눈을 감는다. 온몸을 타고 흘러내리는 땀을 느끼기 위해서다. 와, 하고 매미 소리가 귓속으로 돌진해 온다. 나는 폭우처럼 쏟아지는 맹렬한 울음 속에서 잠깐씩 여자를 떠올린다. 그뿐이다. 눈을 뜨면 아무 일도 없었다는 듯 걷고 이야기하고 먹고 마실 수 있다. 그런 순간엔 여자를 향해 질주하던 마음 같은 건 다 사라진 것 같다. 마음이 무슨 소용인가. 그런 회의감에 휩싸일 때도 있다. 어쨌든 여자와 나 사이는 하루씩 멀어지고 있다. 더 멀어지고 계속 멀어지고 결국엔 없는 것처럼 될 것이다. 그것이 정말 내가 원하는 것인지 알지 못하면서도 나는 그렇게 중얼거린다.

몇 집이나 남았습니까?

최선생이 묻는다. 아직 서너 집이 떠나지 않고 버티는 골목 안쪽으로 매캐한 공기가 스며든다.

이 집, 여기 아래 집. 저기도 아마 안 나가고 있을걸요?

귀찮다는 듯 황구가 침을 뱉는다. 큰길에 위치한 빌라며 단독주택이 모조리 빈 뒤에도 골목 안쪽에 사는 사람들은 아랑곳하지 않는다. 우리 팀의 일이 늦어지는 건 다 이들 때문이다. 일찌감치 일이 끝난 다른 구역의 사람들은 일당과 수고비를 챙긴 뒤 새로운 구역을 배정받았다. 똑같은 시간을 일하지만 우린 그들만큼 돈을 벌지 못하고 있다.

황구와 사내 둘이 골목 안쪽으로 걸어들어간다. 그들이 기다란 지렛대로 대문을 개방하는 동안 나와 최선생이 주변을 감시한다. 사람들이 떠난 집은 속을 훤히 내보인 채 방치되어 있다. 길 위를 떠다니는 악취나 소음이 이제 그곳을 자유롭게 드나든다. 안과 바깥의 경계를 만들던 집들은 이제 거리 쪽으로 조금씩 허물어지는 중이다. 대문이 열리자 황구가 바닥에 나뒹구는 유리컵 하나를 집어던진다. 가스 배관을 지탱하던 지지대의 나사가 툭 떨어진다.

이 일은 생각보다 힘이 많이 든다. 없는 걸 만들고 생산하는 것보다 이미 있는 걸 없애는 쪽이 더 어렵다는 걸 알게 된다. 아무 노력 없이 무언가를 만들 수 있다면 그걸 부수고 망가뜨리는 데는 훨씬 더 큰 힘이 필요하다. 어마어마한 수고와 노력으로도 이전처럼 되돌리는 것은 불가능하다. 어떻게 하더라도 아무것도 없는 처음의 상태로는 다시 돌아갈 수 없다.

우리는 창문을 깨고 문을 두드리며 소란을 떤다. 사층짜리 낡은 빌라는 작은 소음에도 폭삭 무너져내릴 것처럼 위태롭다. 한참 만에 문을 닫아걸고 숨을 죽이고 있던 여자가 밖으로 나온다. 우는 아이를 무기처럼 품에 안은 채다. 아이의 울음소리 탓에 여자의 숨바꼭질은 번번이 실패한다. 우리는 여자를 에워싸고 위협한다. 황구가 가장 많이 말하고 최선생은 거의 말이 없다. 나는 적당한 때에 화분을 내려치거나 잡동사니를 걸어찬다. 여자는 내일이라도 당장 나갈 것처럼 화를 내다가 사정하고 마침내 애원한다. 땀에 젖은 아이가 여자의 가슴에 매달려 악을 쓴다.

제발요. 곧 애아빠가 올 거예요. 그 사람이 오면 금방 떠날게요. 지금 당장은 연락이 안 되고 있어요. 저도 답답한 상황인데. 제발, 며칠만.

여자의 사정을 귀기울여 듣는 사람은 없다. 세상에 사정이 없는 사람이 어디 있나. 모두가 난처한 각자의 사정을 끌어안고 버틸 뿐이다. 나는 제 괴로움과 어려움을 우리와 나누려고 하는 여자가 이 기적이라고 느낀다. 궁지에 몰린 사람이 오직 자신뿐이라는 듯, 자신보다 더 불행한 사람은 없다는 듯 구는 여자에게 분노가 인다.

나는 여자를 밀치고 집안으로 성큼성큼 들어간다. 켜켜이 쌓인 박스들을 쓰러뜨리고 신발장 문을 박살낸다. 시커먼 발자국을 찍으며 좁은 집안을 휘젓고 다닌다. 화장실 문을 열어젖히자 변기 옆에 웅크리고 앉은 아이가 벽 쪽으로 물러나며 겁에 질린 눈으로 나를 빤히 올려다본다. 나는 소리나게 문을 쾅 닫고 경고하듯 문을 여러 번 걷어찬다. 화장실 안에서 아이가 울음을 터트린다. 여자는 절망적인 표정으로 현관 앞에 서서 그 모든 것을 다 본다. 보고만 있다.

우리는 낮 동안 그런 식으로 맡은 구역을 청소한다. 정말이지 그건 청소에 가깝다. 이백사십 번지 노인과 이백팔 번지 학생, 이백구십오 번지 가족에게도 우리는 비슷한 위협을 가한다. 그러나 그들은 쉽게 겁먹지 않는다. 그들은 우리가 던져주는 공포와 두려움에 빠르게 적응한다. 내일이 되면 반드시 어제보다 더한 것들을 던져야 한다. 그러지 않으면 그들을 쫓아낼 수 없다.

나는 이처럼 끈질긴 싸움 속에서 단순히 혼자 힘으로 광장을 벗어나겠다고 자신한 스스로가 얼마나 순진했는지 깨닫는다. 이곳

136

을 벗어나 저곳으로 가겠다는 건 저기 있는 누군가의 자리를 차지해야 한다는 뜻이다. 그건 투쟁이다. 빼앗은 사람들은 남고 빼앗긴 사람들은 떠난다. 예외는 없다. 어디나 마찬가지다.

며칠이 지나도 상황은 바뀌지 않는다. 이른아침부터 자정 무렵까지 소란을 피워도 사람들은 징그럽게 버틴다. 결국 우리는 새벽에도 짝을 지어 교대로 동네를 돌기로 한다. 저녁 무렵 황구와 사내 둘이 골목 쓰레기 더미에 불을 붙이고 다니는 동안 최선생과 나는 비교적 말끔해 보이는 빈집에 박스를 깔고 눕는다.

나는 혀끝으로 입안의 물집을 만지작거리며 잠을 청한다. 이따금씩 여자의 혀끝이 앞니와 송곳니에 와닿던 느낌이 살아난다. 하루 중 여자를 떠올리는 것은 잠깐이지만 모든 기억은 강렬하고 생생하다. 나는 부드럽고 따뜻한 여자의 입속을 떠올리고, 그곳에 머물러 있는 말들을 떠올리고, 말들을 길어올리는 여자의 심장 소리를 떠올린다. 여자 곁에 누워 다만 심장 소리에 감동하던 나는 이제 그곳을 떠나려고 안간힘을 쓰고 있다. 여자의 심장 박동만으로 충분했던 광장으로부터 멀리 달아나려 하고 있다.

여자가 있는 광장에서 나는 더 바랄 것이 없다고 생각했다. 모든 게 이대로 충분하다고 믿었다. 그런 마음은 결국 사람을 상하게 하고 망가뜨린다. 무엇이든 만족하지 못할 때 그곳을 벗어날 수 있다. 넘어설 수 있다. 그러나 한편으로 나는 스스로에게 정말 그런 것을 원하는가 묻는다. 나는 대답할 수 없는 수많은 질문 사이에 끼여 쪽잠을 잔다.

최선생과 나는 자정부터 동이 틀 무렵까지 동네를 돌며 소란을 피운다. 새벽엔 도사견 한 마리가 지원된다. 나는 한 손으로 목줄을 잡고 다른 손으로 쇠파이프를 쥔다. 담벼락과 대문 따위를 탕탕 때리기 위해서다. 최선생은 봉지에 담아온 오물을 현관이나 창쪽으로 던지는 일을 맡는다. 우리가 하는 일은 더 있다. 사료와 캔으로 유인한 길고양이와 비둘기의 사체를 수거하는 일이다. 독이 든 음식을 먹고 죽은 동물들의 사체는 빠르게 부패한다. 우리는 역한 내를 풍기는 사체를 이주하지 않고 버티는 집 주변에 놓아둔다. 현관 바로 앞에 두거나 문고리에 걸어둘 때도 있다.

우리는 날이 갈수록 더 잔인해지는 셈이지만 우리를 이렇게 만드는 건 끈질기게 버티는 저들이다. 저 사람들의 집념이 이쪽의 살기를 키우고 있다.

정말 꼭 이렇게까지 해야 합니까?

최선생은 뭔가를 할 때마다 이렇게 되묻는다. 언젠가 황구가 다른 구역 거주민과 시비가 붙었을 때에도 그는 조마조마한 표정으로 황구를 막아서기만 했다.

그냥 갑시다. 어차피 우리 구역에 사는 사람도 아니잖아요.

최선생이 없을 때 황구는 아, 그 새끼라고 부르고, 등신 새끼 하면서 낄낄거리기도 한다. 어떤 의미에서 그 말은 맞다. 최선생은 자신이 그들을 동정할 만한 처지인지 아닌지 알지 못한다. 그 사람들보다 자신이 더 불쌍한 처지라는 걸 받아들이려 하지 않는다. 나는 그가 오래전 고등학교에서 학생들을 가르치며 많은 사람의 존경을 받아왔다는 이야기를 듣는다. 그런 이야기를 할 때 그는 신이 난 아이처럼 즐거워 보인다. 그러니까 그런 기억을 떠올리는 것이 자신에게 도움이 되는지 아닌지조차 생각하지 못한다. 나는 그가 역 주변 쪽방에 거주한다는 것과 돈이 없을 땐 하루짜리 여인숙을 전전한다는 것을 알지만 모른 체한다. 낮고 부드러운 그의 목소리는 선량하지만 나약하고 무능하다.

나는 누군가가 길 한쪽에 던져둔 고양이 사체를 젖먹이 아이가 있는 여자의 집 쪽으로 던져버린다. 죽은 고양이가 현관문을 턱 때리고 떨어진다. 한쪽으로 고개를 돌리고 있던 최선생이 중얼거린다.

정말 이건 못할 짓이에요. 참 못할 짓입니다.

나는 달려나가려는 개를 저지하려고 손목에 목줄을 여러 번 감고 말한다.

다들 돈이 필요하니까요.

그래요, 다들 돈이 필요하지요. 그래도 이건 참 너무합니다. 정말 너무해요.

그는 끝까지 고상한 사람으로 남으려고 한다. 품위나 고상 따위를 지킨다고 해서 돈이 생겨나는 게 아니라는 걸 받아들이려 하지 않는다. 이곳에 남은 사람들이 가장 두려워하는 게 무엇인지, 어떻게 하면 그들을 내보낼 수 있는지 상상할 줄도 모른다. 나는 그들이 애원하며 했던 말을 기억한다. 단어나 문장은 조금씩 달라도 마지막에 이르면 대부분의 사람들이 이렇게 사정한다.

그럼 저희는 길바닥에 나앉게 됩니다.

그런 말이 우리 마음을 움직일 수 없다는 걸 그들은 알지 못한다. 가난과 빈곤은 유리한 협상 조건일 수 있지만 그런 것이 전혀 통하지 않는 사람들이 있다는 것을 그들은 생각할 줄 모른다. 동정과 자비를 베푸는 대가로 우월감을 살 필요가 없는 사람들. 가난이나 빈곤 따위에 호기심을 느끼지 않는 사람들. 길바닥에 나앉게 된다는 그들의 하소연은 나에게 아무런 감흥도 일으키지 못한다.

*

몇 사람이 옥상 난간에 올라서서 소리를 지르는 중이다. 고함을 칠 때마다 사람들의 몸이 휘청휘청한다. 벌써 두 시간째다.

나는 삼층 건물 입구에서 엄지손톱만한 사람들의 얼굴을 올려다본다. 강렬한 햇살 탓에 얼굴들은 까만 얼룩처럼 보인다. 안전모를 뒤집어쓴 머리에서 쉴새없이 땀이 흐른다. 온몸이 땀으로 젖은 지 오래다. 그러나 모자를 벗고 잠시 숨을 돌릴 여유도 없다. 언제든 신호가 떨어지면 신속하게 저곳으로 돌진해야 한다.

동네 입구에 위치한 상가 임대인들이 조직적으로 저항할 기미를 보이자 우리를 고용한 관리자는 눈에 띄게 불안해한다. 작업을 시작하기 전 모두를 불러놓고 이 일을 서둘러 정리하지 않으면 곤란해질 거라는 말을 몇 번이나 반복한다. 다들 이렇다 할 반응이 없자 관리자는 이렇게 바꿔 말한다.

그들을 내쫓지 못하면 돈을 주지 않겠다.

여자를 못 본 지 일주일이 넘었다. 나는 빈집에 누워 잠깐씩 눈을 붙이고 나머지 시간엔 종일 일에 매달린다. 황구와 최선생이 대단하다고 치켜세울 만큼 일에 몰두한다. 곧 역을 벗어나 조그마한 방을 얻을 수 있을 것이다. 밤이 되면 내 작은 방에서 잠들게될 것이다. 손가락질받는 거리의 삶에서 탈출할 수 있을 것이다. 나는 매일 조금씩 더 분명해지는 그런 가능성에도 전혀 기쁨을 느끼지 못한다. 오히려 정말 그렇게 될까봐 겁을 내는 것 같다. 여자가 없다면 모든 게 다 무슨 소용인가. 여자를 떠올리면 계획도, 목표도, 의지도 모두 물거품이 되기 일쑤다.

어느 오후에 나는 작업 현장을 빠져나와 광장을 향해 걷기도 한다. 머뭇거리며 걷다가 작정한 듯 속도를 내고 나중엔 숨이 차도록 달린다. 그 순간엔 여자를 보고 싶다는 마음 하나뿐이다. 딱 한 번만 더 여자를 만나고 싶다는 생각만 한다. 그러나 여자를 만나는 것도, 만나지 않는 것도, 후회할 것이라는 생각이 발목을 잡는다. 어차피 후회할 거라면 원하는 쪽을 택해야 하지 않을까. 아니다. 늘 원하는 쪽을 선택했기 때문에 나는 이 지경이 되고 말았다. 결국 나는 역까지 가지 못하고 번번이 일터로 다시 되돌아오고 만다.

황구와 남자 서넛이 건물 안으로 진입한다.

난간 너머로 고개를 내민 사람들이 야유를 퍼붓는다. 나는 그들을 올려다보며 파이프를 힘껏 움켜쥔다. 소란스러운 저쪽에 비해 이쪽 사람들은 말이 없다. 저들은 가진 걸 잃지 않으려고 투쟁하지만 이쪽 사람들은 가진 것도, 지킬 것도 없는 사람들이다. 대부분은 나처럼 거리를 떠돌거나 최선생처럼 여인숙이나 쪽방을 전전하는 치들이다. 우리 같은 사람들이 이 일에 동원된 건 그 때문이다. 지켜야 할 것이 없는 사람들은 무엇이든 한다. 무엇이든 할 수 있다.

신호가 떨어진다. 나를 포함한 나머지 사람들이 건물 안으로 진입한다. 그들을 내보낼 수 있다면 뭐든 해도 좋다는 관리자의 말을 떠올린다. 어린아이처럼 굴지 말자. 정신을 차리자. 뭐든 하자. 제대로 하자. 나는 중얼거린다.

잠긴 옥상 문을 뜯어내자 문 앞을 지키던 사람들이 주춤주춤 물러난다. 널찍한 옥상을 차지하고 있는 건 네댓 명의 남자와 여자다. 우리와 맞설 준비를 단단히 했을 거라고 예상한 나는 눈앞에 펼쳐진 풍경이 믿기지 않는다. 고작 나무 작대기와 빈병 따위를 가져다놓고 목숨을 걸겠다며 엄포를 놓던 그들의 나태함에 실소가 난다. 이런 식이라면 아무것도 바꿀 수 없다. 나는 빼앗으려는 사람들보다 제 것을 지키지 못하는 사람들의 무능함에 분노를 느낀다.

한 남자가 구호를 외친다. 사람들이 구호를 복창한다. 그러나 더위에 지칠 대로 지친 그들의 목소리엔 어떤 결의도, 의지도 느껴지지 않는다. 구호 같은 걸로는 아무것도 바꿀 수 없다는 걸 이미 다 알아버린 얼굴이다. 그럼에도 그들은 그만두지 않는다. 이제 남은 건 그것뿐이라는 듯이. 더는 할 수 있는 게 없다는 듯이. 그리고 이쪽 사람들이 달려들자 이내 몸을 웅크리고 눈을 감아버린다. 달려오는 우리를 똑바로 마주보는 것은 나이가 아주 많은 여자 둘뿐이다.

우리는 사람들을 강제로 끌어내기 시작한다. 나는 한 늙은 남자의 팔을 꺾고 강제로 주저앉힌다. 남자가 비명을 지르며 몸부림을 친다. 한쪽에 세워둔 빈병들이 쓰러지며 요란한 소리를 낸다.

도대체 지난 이틀간 뭘 했던 겁니까?

나는 묻고 싶다. 옥상을 점거했던 이틀 동안 도대체 무엇을 하고 있었던 거냐고 다그치고 싶다. 먼저 제압된 여자들이 건물 밖으로 끌려나간다. 남자들의 저항은 끈질기고 거세다. 우리는 버티는 남자들을 향해 닥치는 대로 휘두른다. 파이프로 정강이를 가격하고 서너 명씩 달려들어 정신없이 구타를 가할 때도 있다. 그들은 바닥에 널린 병이나 물통 따위를 던지며 저항할 뿐이다.

죽여라, 죽여라, 이 개새끼들.

한순간 난간 위로 우뚝 올라선 남자가 고함을 친다. 우리 쪽을 바라보고 선 그의 모습이 깃발처럼 펄럭인다.

저 새끼 저거 골치 아프게 하네.

곁에 선 누군가가 투덜거린다. 남자의 등뒤로 텅 빈 공중이 펼쳐져 있다. 나지막한 지붕과 반듯한 건물 꼭대기가 남자의 발끝에 아슬아슬하게 닿아 있다. 옥상 밖으로 끌려나가던 여자 하나가 울음을 터트린다.

이봐요. 일단 거기서 내려와요. 내려와서 이야기합시다.

저쪽에서 최선생의 목소리가 건너온다. 그는 겁도 없이 남자에게 다가가려 한다. 남자가 다가오지 말라는 몸짓을 하며 악을 쓰는데도 최선생은 아랑곳하지 않는다. 남자의 몸이 몇 차례 앞으로 고꾸라질 듯하다가 어렵게 중심을 되찾는다.

최선생이 말한다.

진정해요. 지금 너무 흥분했어요. 내려와서 차분히 이야기합시다. 어떻게든 살 방법을 찾아야지. 아직 살날이 많잖아요.

마치 제 학생을 타이르는 것처럼 차분한 목소리다. 최선생이 손을 뻗은 채 난간 쪽으로 걸어간다. 사람들을 끌어낼 땐 머뭇거리던 그가 지금은 우쭐해져 있다고 나는 느낀다. 또박또박 하는 말들도 자신에 차 있는 것 같다. 그러나 나는 그런 최선생의 말과 행동이 우습게 여겨진다. 교과서에나 나올 법한 말들로 저 남자를 설득할 수 있다고 믿는 것도, 난간 밖으로 뛰어내리지 말고 어떻게든 삶을 끌어안고 버티라고 충고하는 것도, 동의할 수 없긴 마찬가지다.

다가오지 말라고 경고하던 남자가 말한다.

다, 당신들은 몰라. 여기 있는 사, 사람들이 어떤 상황인지 모, 모른다고. 여, 여기서 쫓겨나면 우, 우린 다 길바닥으로 나앉는 거야. 이, 이제 갈 데도 없어. 우린 갈, 갈 데가 없다고!

그래, 그런 이야길 해보자고요. 일단 내려와서 이야기합시다.

다, 당신들. 여, 여기 있는 사람들이 부, 불쌍하지도 않아?

알아요. 압니다. 그런데 살다보면 말입니다.

살다보면, 살다보면. 나는 충분히 예상 가능한 최선생의 다음 말에 구역질을 느낀다. 모든 불행과 비극의 책임을 삶에 전가하는 건 얼마나 쉽고 비겁한 일인가. 저런 식이라면 그는 절대 이곳을 벗어날 수 없을 것이다. 이보다 더한 것들도 당연하게 받아들이게 될 것이다. 살다보면 그럴 수 있다고 위로한다면 삶은 어디까지 추락할 수 있을까.

이게 젤 밑바닥인 거 같지? 아냐. 바닥 같은 건 없어. 바닥이라고 생각하는 순간 또 바닥으로 떨어져버려.

여자가 했던 말을 떠올린다. 나는 최선생을 힘껏 떠밀고 난간에 서 있는 남자를 잡아당긴다. 기우뚱하던 남자의 몸이 옥상 바닥으로 고꾸라진다. 남자는 웅크린 채 제 발목을 감싸쥐고 비명을 지른다. 조금 전 죽음을 각오했던 순간은 다 잊은 것처럼 발목 통증 하나에 어쩔 줄 몰라 한다. 나는 그런 남자에게 발길질을 퍼붓는다.

그만해요. 왜 이래요. 도대체 왜 이럽니까?

곁에 서 있던 최선생이 나를 만류한다.

어수선하던 옥상에 다시 긴장감이 감돈다. 이 상황을 신속하게 정리하기 위해 사람들이 다시 바쁘게 움직이기 시작한다. 나는 최선생의 손을 뿌리치고 남자를 끌어내기 시작한다. 남자는 이제 별다른 저항을 하시 않는다. 어떻게든 발목 통증을 줄여보려고 끌려오면서도 요리조리 자세를 바꿀 뿐이다.

살살 해요. 발목을 다친 모양인데, 일단 좀 봅시다. 보고 끌어내든지 합시다.

내가 아무런 대꾸를 하지 않는데도 최선생은 계속 내 앞을 막으며 성가시게 군다. 결국 내가 최선생의 얼굴에 주먹을 날린다. 최선생이 바닥에 엎어진 남자 위로 쓰러진다. 나는 뒤엉킨 두 사람을 향해 발길질을 한다. 멈출 수가 없다. 사내 서넛이 달려들어 남자를 끌어내는 동안에도 최선생에 대한 분노가 사그라들지 않는다.

사람들한테 충고 같은 거 하지 마. 니 인생이나 똑바로 살아! 알겠어? 알아들었냐고!

최선생의 터진 입술에서 피가 흐른다. 그는 피를 닦을 생각조차 하지 못한 채 멍하니 나를 바라보며 고개를 끄덕거린다.

*

응급실로 실려갔던 목발 노인이 돌아온다.

바지 여러 겹 속에 숨겨두었던 다리가 잘려나가고, 한 뼘 정도 남은 다리가 휠체어에 얌전히 놓여 있다. 휠체어 손잡이와 등받이 여기저기에 노인의 짐과 가방이 어지럽게 매달려 있다. 나는 노인의 휠체어를 밀며 여자가 없는 광장을 지킨다. 시간은 휠체어 바퀴를 타고 느리게 돈다. 며칠 전 근처 병원으로 이송되었다던 여자는 오늘 올 수도 있고 내일 올 수도 있다. 어쩌면 다시는 돌아오지 않을지도 모른다. 여자를 기다리고 싶지 않지만 그건 쉽지 않은 일이다.

그냥 병원에 계시지. 여긴 뭐하러 왔어요?

말이 병원이지 거기가 얼마나 삭막한지 알아? 사람 구경도 못하고 돌아다니지도 못하게 해.

내가 말하면 노인은 볼멘소리로 투덜거린다.

무덤 속에 들어앉아 있는 거나 다름없지. 뭐가 좋다고 거기 있어. 죽어도 여기서 죽어야지. 망할 것들. 내가 살면 얼마나 산다고 다리를 잘라내고 지랄이야.

지원센터를 향해 험한 말을 쏟아내기도 한다. 나는 휠체어를 밀며 광장을 이리저리 걸어다닌다. 그러다가 노인이 손짓을 하면 잠깐씩 그 자리에 멈춰 선다. 노인은 간이매점이나 구역사 내부, 시계탑과 마른 가로수들을 찬찬히 살핀다. 커다란 광장의 풍경이 노인의 작고 까만 눈동자를 가득 채운다.

이제 나는 눈을 감고도 광장의 모습을 정확하게 떠올릴 수 있다. 역사 내부로 밀려드는 아침과 저녁, 일찍 깨어나고 늦게 잠드는 광장의 시간. 펄럭거리는 현수막 소리와 거리를 오가는 사람들의 발소리도 구분해낼 수 있다. 아주 무더웠던 한낮, 여자와 나를 어루만지던 바람의 감촉과 세차게 내리던 빗줄기의 무늬도 기억해낼 수 있다. 이 거리 어디서든 여자와 함께 있던 내 모습을 찾아낼 수 있다.

며칠 뒤 늦은 밤, 나는 술에 취해 광장을 어슬렁거리는 여자와 재회한다. 여자는 나를 알아보지 못한다. 가까이 다가오는 나를 반쯤 풀어진 눈으로 멍하니 바라보고만 있다.

언제 왔어요? 뭐해요, 여기서.

내가 그렇게 묻고 나서야 여자의 눈에 초점이 생긴다.

네가 뭔데 이래라 저래라야. 무슨 상관이야. 저리 가. 저리 가라고.

그런 뒤에는 온몸으로 나를 밀어낸다. 내 멱살을 잡고 뺨을 때리고 그래도 분이 풀리지 않는지 사방에 흩어진 술병과 쓰레기들을 닥치는 대로 집어던진다. 그 순간 여자는 눈앞에 아무것도 보이지 않는 사람 같다. 모든 걸 다 부수고 망가뜨릴 것처럼 군다. 여기저기 흩어져 있던 사람들의 이목이 우리에게 집중된다.

네가 뭔데 간섭이야? 너는 있잖아, 나한테 아무것도 아니야. 사랑? 웃기지 말라고 해. 그런 게 가당키나 하니? 내 꼴을 봐. 니 꼴을 보라고!

여자가 내뱉는 말들이 나를 베고 지나간다. 여자가 부정하는 건 내가 아니라 나와 보냈던 시간 전부다. 내가 견딜 수 없는 건 바로 그것이다. 여자는 무엇이 나를 가장 아프게 하는지 잘 안다. 돌이킬 수 없는 상처를 주는 사람들은 늘 이처럼 가장 가까이 있는 사람들이다. 결국 이렇게 될 줄 알면서도 매번 여자에게 끌려다녔던 스스로가 원망스럽다.

자, 어디 한번 때려봐. 너 그날 밤에 날 죽도록 팼지? 때려, 또 때리라고!

여자가 나를 노려본다. 거대한 뭔가가 내 안의 모든 걸 휩쓸고 지나가는 것 같다. 여자는 악을 쓰고 날을 세운다. 지금은 어떻게 해도, 무엇으로도 여자를 막을 수 없을 것 같다.

여기까지 왔다면 너나 나나 뻔한 거 아니야? 인생 막장 아니야? 나 같은 쓰레기와 네가 다를 게 뭐야. 정신 차려. 얼른 니 살길이나 찾으란 말이야.

나는 돌아서서 걷는다. 나를 만류하려고 다가오는 사람들을 밀치고 뿌리치며 앞만 보고 걷는다. 여길 떠나고 말겠다. 무슨 수를 써서든 여길 벗어나겠다. 마치 여자를 위해 이곳에 머물렀던 것처럼 나는 중얼거린다. 여자가 내 등에 대고 고함을 지른다. 나는 악에 받친 그 고함이 나를 따라오도록 내버려둔다.

어차피 우리에겐 희망이 없다. 여자는 내게, 나는 여자에게 아무런 도움이 되지 못한다. 우리는 서로를 망칠 것이다. 죽일 것이다. 광장이 아주 멀어져서 보이지 않게 된 후에야 오기와 적의로 이글거리던 내부가 조용해진다. 힘이 빠지고 나른해진다. 그건 슬픔의 감정과 비슷하다. 때로 슬픔은 피로와 무기력의 모습을 가장하는 법이다.

불이 꺼진 빌딩 앞에 자리를 잡고 앉았을 때에야 나는 여자가 나를 뒤따라왔다는 걸 눈치챈다. 멀찌감치 서서 내 쪽을 바라보기만 하던 여자가 묻는다.

말해봐. 너도 나를 떠날 거 아니니?

여자의 목소리엔 기운이 없다. 차들이 오갈 때마다 여자의 앙상한 몸이 환한 불빛 속에 드러났다가 잠기길 반복한다. 여자는 말없이 내 대답을 기다린다. 이런 순간엔 무슨 말을 해야 하는지 모르겠다. 무슨 말이든 해야 하지만 바로 그 때문에 나는 어떤 말도 할 수가 없다.

*

나는 가진 돈을 털어 술을 산다.

분노와 원망의 감정이 사라지고, 서운함과 서글픔 따위의 감정도 사라지고, 뭐든 감정이라 할 만한 것들이 느껴지지 않을 때까지 술을 마신다. 어제와 내일, 기대와 희망 따위가 모두 지워질 때까지 마시고 또 마신다. 한참 만에 취기가 오르고 그 값싼 취기에 기대 나는 간신히 이렇게 말한다.

난 아무데도 안 가요.

그래.

버스 정류장에 앉은 우리를 피해 사람들이 먼 쪽으로 물러선다. 우리는 언제나 위험한 상태이고 피해야 할 무엇이다. 버스 서너 대가 더 지나가자 정류장은 적막해진다. 오토바이를 나눠 탄 십대들이 도로를 점거하고 떠들어대는 모습을 여자는 바라보고만 있다. 얼마쯤의 시간이 더 지나자 거리 전체가 고요해진다.

취한 여자를 업고 광장으로 되돌아갈 자신이 없는 나는 마땅한 장소를 찾아 여기저기를 기웃거린다. 여자를 재울 만한 곳은 보이지 않는다. 한참 만에 자리를 잡은 곳은 대형 교회 주차장이다. 대형 버스 뒤쪽에 여자를 눕히고 나도 곁에 눕는다. 시멘트 바닥에서 냉기가 올라온다. 그럼에도 나는 다시금 세상을 다 가진 것만 같은 기분에 휩싸인다. 이대로 봄과 여름이 가고, 가을과 겨울이 가고, 모든 게 흔적도 없이 사라지면 좋겠다. 이대로 죽어버렸으면 좋겠다.

나는 세계가 모조리 무너지는 장면을 상상한다. 차라리 그런 비극 속에 있다면 절망감과 무력감을 떨쳐낼 수 있을 것 같다. 우리도 다른 사람들과 다를 바 없다는 걸 증명할 수 있을 것 같다. 소리지르고, 고통을 느끼고, 죽어가면서 우리도 여기 이렇게 살아있었다는 것을 보여줄 수 있을 것 같다. 아니, 그런 게 다 무슨 상관인가. 여자와 나는 이미 오래전에 다 무너졌는데. 이토록 또렷하게 망가진 서로의 세계를 들여다볼 수 있는데. 여자와 나는 스스로를 가리고 숨길 얇은 거짓 하나조차 걸칠 수 없다. 언제나 모든 게 발가벗겨진 상태로 서로를 향해 각을 세우고 할퀴고 흉터를 남긴다.

여자는 내 팔을 베고 누워 천천히 숨을 들이쉬고 내뱉는다. 병원에 가야 해. 검사도 받고 약도 먹어야 해. 여자는 그간의 일들을 정리하듯 말한다. 어느 날 밤에 술을 먹다가 쓰러져 응급실에 실려갔다는 이야기를 남의 일처럼 말한다. 출동 대원이 내 고개를 이렇게 받치고 이렇게 들고. 간이침대가 기다란 복도 불빛 아래를 빠르게 통과해가는 장면을 이야기할 땐 흥흥 웃기도 한다.

입원해야 하는 거 아니에요?

여자를 흥분시키려고 이리저리 몸을 움직이던 나는 여자의 불룩한 배 위에 손을 올려놓는다. 여자가 내 손을 제 가슴 쪽으로 끌어올리며 되묻는다.

입원하면?

치료도 받고 몸도 낫고 그러잖아요.

그럴까, 정말?

여자는 오래전 입원했던 이야기를 꺼낸다. 겨울 내내 네모난 창을 채우던 앙상한 풍경과 휘파람 같은 바람소리에 대해 말한다. 한밤엔 모든 빛과 소리가 꺼져버렸다고. 모든 게 죽은듯 고요했다고. 이 거리가 얼마나 그리웠는지 모른다고 말한다. 나는 천천히 여자의 가슴을 어루만진다. 이제 밤에는 선선한 바람이 분다. 이불이나 담요 같은 걸 구해봐야겠다고 생각한다.

저 상태로 이번 겨울을 나긴 어렵다.

강팀장이 여자를 두고 했던 말이 떠오른다. 지금 여자에게 필요한 건 이불이나 담요가 아니라 따뜻하고 안전하게 잠들 수 있는 방 한 칸인지도 모른다. 나는 쓰러져가는 동네에서 벌어들인 돈을 셈한다. 돈은 턱없이 부족하다. 게다가 나는 약속한 일당조차 모두 받지 못했다.

어떤 남자가 죽어버렸어요.

나는 난간에서 몸을 던진 남자에 대해 이야기한다. 다친 발목을 쥐고 한심하게 바닥을 뒹굴던 남자는 며칠 후 보란듯이 그곳에서 몸을 던졌다. 그들을 쫓아내기 위해 뭐든 해도 좋다고 했던 관리자는 이렇게 말을 바꿨다.

이것 봐요. 내가 그렇게까지 하라고 말한 적은 없잖아.

기자들이 몰려오고 짤막하게 뉴스가 보도되자 동네 사람들의 증언 속에서 우리는 잔인하고 흉악한 범죄자가 된다. 철거 작업이 중단되고 우리는 쫓겨난다. 나는 한동안 경찰서에 이리저리 불려다니기까지 한다.

아무래도 도의적인 책임이 있으니까 말인데 서로 조금씩 책임져야지. 그렇잖아.

업체 관리자는 죽은 남자의 가족에게 전달할 위로금 명목으로 일당의 반 이상을 제한다. 그러는 동안에도 나는 경찰서를 들락거리며 사건을 진술하고 상황을 설명하느라 곤욕을 치른다. 결국 불법 폭력 혐의로 벌금형을 선고받는다. 벌금을 낼 수 없는 이들은 열흘간 노역장 신세를 져야 한다. 나는 네댓 명의 사람과 한 방을 쓰며 하루종일 쇼핑백을 접고, 장갑과 양말 따위를 포장한다. 정해진 시각에 일어나고 같은 시각에 밥을 먹고 매일 같은 방에서 잠들며 비슷하게 흘러가는 하루를 지켜본다. 역에서 아주 멀어진 것 같은 기분이 든다. 삶이 비로소 내가 쥐고 만질 수 있을 만큼 작아진 것 같다. 뭐든 어떻게 해볼 수 있을 것 같은 자신이 생긴다. 그런 생각은 나를 편안하고 고요하게 만든다. 그리고 노역이 끝나자마자 나는 다시 광장으로 되돌아오고 만다.

그 모든 걸 다 이야기할 수 없는 나는 다만 여자에게 일이 잘 마무리되었다고 말한다. 여자가 속상해하는 걸 보고 싶지 않다.

그래서 그 사람 어떻게 됐니? 죽었어? 대단한 사람이네.

여자가 말한다.

뭐가 대단해요. 바보 같은 거지.

내가 대꾸한다.

그래도 죽으면 다 끝나잖아.

여자가 내 쪽으로 돌아눕는다. 불룩한 배 때문에 여자는 숨쉬는 것조차 힘들어한다. 나는 여자의 뱃속을 채운 더러운 피와 걸러지지 않은 독소 같은 것들을 떠올린다. 그것들이 여자를 망칠 것이다. 남은 건 육체뿐인 여자를 기어코 벼랑으로 내몰 것이다. 여자에겐 아픔이나 고통을 견뎌낼 기력이 남아 있지 않다.

병원에 가요. 치료를 해요.

그럼 술을 못 마시잖아.

치료할 때까지만 참아요.

그럼 사는 낙이 없는데?

여자가 내 볼을 꼬집으며 한쪽 눈을 찡그린다. 내가 뭔가 더 말하려고 하자 여자가 내 어깨를 잡고 소곤거린다.

그냥 나 좀 안아줘.

여자의 부드러운 말투가 나를 금세 순종적으로 만든다. 다시금 여자가 시키는 대로 움직이게 된다. 각오나 결심 같은 것들은 여자의 한마디에 또다시 무너지고 만다. 여자의 몸은 언제나처럼 뜨겁게 달아오르지만 이제 우리의 행위는 아픈 여자의 몸을 배려하려고 전전긍긍한다.

여자가 숨을 몰아쉬며 나를 힘껏 끌어안는다. 어떻게든 이 행위에 집중하려 애쓰지만 시멘트 바닥 여기저기 버려진 캔과 빈병, 구겨진 종이나 담배꽁초 따위에 수시로 마음이 상한다. 내게는 사랑이 이토록 끔찍한 모습이라는 게 속상하다. 이 감정이 우리를 얼마나 더 끔찍하고 구차하게 만들 수 있나. 나는 눈을 감아버리고 만다.

5

새벽이다.

이제 곧 날이 밝을 것이다. 나는 사람들 틈에서 조바심을 느낀다. 여기저기 널린 빨래에서 퀴퀴한 냄새가 올라온다. 드림시티 사장은 환기를 하려는 듯 출입문을 활짝 열어둔 채 전화를 받는다. 하루 삼천원으로 이용할 수 있는 이곳은 피시방이라기보다는 임시 숙소에 가깝다. 안쪽에는 아직 깨지 않은 사람들이 몸을 말고 잠들어 있다.

사장이 전화를 받을 때마다 일을 구하러 온 사람들이 통화 내용에 귀를 기울인다. 전문적인 기술이 있는 사람들은 비교적 쉽게 일을 구한다. 전기와 수도 배관을 만질 수 있는 사내 서넛이 사장이 일러준 곳으로 서둘러 떠난다. 이제 나를 포함해 세 사람이 남왔다. 쥐 사내와 나, 홍영감이다.

추운데 거기 문 좀 닫아요.

새벽공기는 서늘하고 쥐 사내는 점점 더 예민하게 군다. 병들어 죽은 쥐들 때문이다. 그는 한밤에 죽은 쥐들을 역사 내 화단에 묻었다. 젖은 화단을 맨손으로 팠던 그의 손톱엔 새까맣게 흙이 끼어 있다. 그리고 이제 그는 떠돌이 개를 품에 안고 어쩔 줄 몰라 한다. 털이 수북한 개는 기운 없이 축 늘어져 있다. 쓸모없는 것들은 모두 이 거리에 버려진다. 병들고 늙은 개도 누군가에게 버림받은 게 틀림없다. 사장은 담배에 불을 붙이며 쥐 사내가 끌어안은 개를 내려다본다.

그건 또 어디서 주운 거야? 나 참. 그걸 어떻게 키우려고 그래.

아, 글쎄 얼른 일이나 줘. 애가 아프다니까. 병원에 가야 한다고 말했잖아.

사장은 기가 찬다는 듯 허허 웃고는 홍영감에게 말한다.

영감은 오지 말라니까 왜 자꾸 와. 요새 주민증 없는 사람한테는 일 안 준다니까.

그래도 마땅한 자리가 있을 수도 있잖나?

아, 글쎄 자리가 없다니까. 그러지 말고 가족한테 가서 사정이라도 좀 해봐. 딸내미 요 근처 어디에 산다며? 나이도 많은데 어쩌려고 그래. 날도 점점 추워지는데.

누구한테 사정을 하나? 가족이 뭐라고.

해가 떠오르고 일곱시가 지난다. 일할 사람을 구한다는 전화는 오지 않는다. 아무런 기술도 없고, 새파랗게 젊기만 한 나를 써주겠다는 곳은 많지 않다. 젊은 사람은 다루기 어렵고 성가시다는 편견 때문이다. 이 거리에선 오히려 나이가 많은 것이 더 유리하다. 일정 나이 이상이 되면 센터를 통해 수급을 신청할 수 있고, 최소한의 생활비를 지원받는 것도 가능하다. 너무 어리지도, 너무 늙지도 않은 나는 그런 혜택들과 거리가 멀다.

자네는 마음만 먹으면 일할 데가 많지 않나?

광장으로 되돌아가는 길에 홍영감이 묻는다.

나는 역 근처 중국집에서 배달을 할 수도 있고, 먼바다에 나가 몇 달씩 고기를 잡을 수도 있다. 변두리 공장이나 농장에서 먹고 자며 돈을 벌 수도 있을 것이다. 어쩌면 내가 생각하는 것보다 훨씬 더 많은 기회가 있을지도 모른다. 그러나 나는 이곳으로 돌아오지 못할까봐 겁이 난다. 이제는 이 광장이 없는 하루를 상상하기 힘들다.

어느 날 지방 간이역 철로 보수공사를 마치고 돌아온 나는 여자가 사라졌음을 알아차린다. 꼬박 반나절을 헤맨 뒤에야 나는 여자가 먼 지방의 요양원으로 보내졌다는 소식을 전해듣는다. 전국의 요양원은 셀 수 없이 많고 그중 어디로 갔는지 알 수 없을 거라는 말도 듣는다. 광장 사람들은 그게 무슨 큰일이냐는 듯 한마디씩 거든다.

아무래도 여기보단 낫지.

요양원도 아무나 갈 수 있는 줄 아나? 거기 들어간 것만 해도 다행이라고 생각해야 해.

좋지 뭘 그래. 밥 나오겠다, 조용하겠다, 깨끗하겠다. 걱정할 게 뭐가 있어?

아무렇게나 지껄이고 아무렇게나 떠들어댄다.

씨발, 그럼 당신이 가. 당신이 가라고!

잠자코 듣던 나는 이죽거리는 누군가에게 주먹을 날린다. 귀가를 서두르던 행인들이 걸음을 멈추고 이쪽을 돌아본다. 사내는 피가 섞인 침을 바닥에 탁 내뱉고는 내 멱살을 거머쥔다. 사흘 내내 야간작업에 동원되었던 나는 이리저리 맥없이 흔들린다. 사내는 한쪽 어깨에 걸친 가방을 내려놓고 본격적으로 싸움을 건다. 소매를 걷어올리자 핏줄이 불거진 두꺼운 팔뚝이 드러난다. 아무도 우리를 말리지 않는다. 멀찌감치 선 사람들 중엔 휴대폰을 들고 사진을 찍는 이들도 있다. 사내의 주먹이 날아오고 나는 중심을 잃고 휘청거린다. 그러면서도 사내와 나를 에워싼 사람들을 끝까지 노려본다.

여기 있는 너희 모두가 여자를 그렇게 만들었다. 봐라. 아무 잘못 없는 여자를 시골 병원에 처넣어버렸다.

나는 사내를 힘껏 떠다밀고 사내 위로 쓰러진다. 사내와 나는 뜨거운 시멘트 바닥을 구른다. 나는 죽을힘을 다해 버틴다. 줄기차게 얻어맞으면서도 달려들고 또 달려든다. 그런 식으로 내게도 잃고 싶지 않았던 단 하나가 있었다는 사실을 아프게 깨닫는다. 사내와 치고받고 뒹구는 동안 호주머니에서 만원짜리 지폐와 동전이 쏟아진다. 팔짱을 끼고 구경만 하던 사람들이 재빨리 다가와 돈을 집어가는 것을 나는 내버려둔다. 내게 발길질을 퍼붓던 사내가 얼른 일어나 흩어진 지폐를 줍는다. 나는 맥없이 바닥에 누워 그 소란이 끝나기만을 기다린다. 사흘 내내 선로를 녹이고 자르고 붙이며 번 돈은 그렇게 순식간에 사라져버린다.

새벽녘 지원센터에서 행패를 부리는 나를 만류하기 위해 강팀장이 달려온다.

너 얼굴이 왜 이래?

나는 직원들이 여자가 간 곳을 알려주지 않는다고 말한다. 강팀장이 내 얼굴 여기저기를 조심스럽게 살핀다. 턱을 쥐고 이리저리 돌려보며 찢어진 눈가와 터진 입술 주변을 자세히 들여다본다.

그래, 지방 갔던 일은 잘 마무리했고?

그런 다음 사무실 선반에서 조그마한 구급함을 꺼내며 모른 척 딴소리를 한다.

나중에 자리 나면 역사에서 일해라. 보관소 일도 괜찮고 철로 점검반에 들어가도 되고.

이 사람 어디 갔어요?

나는 그런 건 안중에도 없다는 듯 집요하게 여자의 행방을 묻는다.

아니다. 그러지 말고 너 아예 지방으로 내려가. 계속 여기 있지 말고. 내 생각에 그게 좋을 것 같다.

어디 갔냐고요!

나는 소독약과 연고를 내미는 팀장의 손을 뿌리친다. 물 한 잔을 따라 마시고, 서류를 뒤적이면서 내 흥분이 가시길 기다리던 강팀장이 타이르듯 말한다.

너도 알겠지만 그쪽도 더는 못 버텨. 치료를 받아야지. 치료받으려면 그런 요양병원에 가는 방법뿐이다.

강팀장은 이곳 사람들이 왜 먼 지방 요양원으로 갈 수밖에 없는지 오래 설명한다. 정부 수급을 받을 수 없는 이들이 치료받을 수 있는 곳은 그런 민간 병원이 유일하다고도 한다. 그들은 환자를 확보할 때마다 정부에서 지원금을 받는다. 아픈 사람들은 치료를 받고, 병원은 지원금을 받으니 서로 좋은 게 아니냐고 팀장이 묻는다.

그래서 병원이 어딘데요?

그걸 알면? 네가 그 사람을 치료해줄 수 있어? 제때 치료 못 받아서 잘못되기라도 하면, 그 책임을 네가 질 거야?

강팀장이 물에 적신 수건을 가져다준다. 나는 먼지와 핏자국으로 엉망인 얼굴을 젖은 수건 속에 푹 파묻는다. 한참 동안 그러고 있다. 강팀장이 다가와 내 등을 쓸어내린다. 나는 눈을 감고 숨을 고른다. 감은 두 눈이 뜨거워진다.

본인이 동의한 일이야. 치료를 받겠다고 했어. 몸이 너무 힘들다고. 아무도 그 사람을 강제로 거기 보내지 않았다고. 내 말 무슨 뜻인지 아니?

그게 왜 강제가 아닌가. 선택지가 없는 사람에게 딱 한 가지 방법밖에 없다고 한다면 그게 강제가 아니고 무엇인가. 나는 잠긴 목을 가다듬고 말한다.

말해요. 어디 있는지.

정말로 이번엔 여자가 돌아오지 않을 수도 있다. 아니, 돌아오지 않는 게 나을 수도 있다. 여자를 찾는다고 하더라도 이곳으로 돌아가자고 말할 수 없을 것이다. 무엇이 최선이고, 무엇을 할 수 있고, 어떻게 해야 하는지 알지 못하면서도 나는 같은 질문을 하고 또 한다.

그래. 네가 그렇게 원하면 며칠 내로 알아봐줄게. 근데 말이다. 그건 서로한테 별로 좋은 일이 아니야.

이곳을 떠도는 늙은이들처럼 순식간에 나이를 먹고 갑자기 병에 걸렸으면 좋겠다. 누군가가 나를 시골 병원에 처넣었으면 좋겠다. 그곳에서 여자와 남은 날을 보냈으면 좋겠다.

지금 알아봐요. 지금 당장 알아보라고요.

알면? 어디 있는지 알면? 너 그 사람한테 뭘 해줄 수 있어? 그건 서로 마찬가지다.

강팀장이 잘라 말한다. 그는 여자와 나 사이를 함부로 판단한다. 여자와 내가 가진 것이 없으므로 서로에게 줄 수 있는 게 없다고 단언한다. 가진 것이 없으면 나눌 수 있는 것이 없나. 서로에게 줄 수 있는 것이 없나. 그렇다면 그건 차라리 공평한 관계가 아닌가. 그는 왜 이 광장에서 우리를 내쫓으려고만 하나. 여자와 내가 광장에서 삶을 허비하는 것이 왜 잘못인가. 여자와 내가 원하는 건 이 광장의 한 귀퉁이에서 다만 더디게 흐르는 시간을 지켜보는 것이 전부다.

나는 차오르는 말들을 순서대로 끄집어내지 못한다.

너 가장 나쁜 사람이 어떤 사람인 줄 아니? 바랄 게 없다고 생각하게 만드는 사람이다. 그게 가장 나쁜 거야. 이대로 충분하다고 생각하면 사람은 아무것도 할 수 없다. 그건 서로를 망가뜨리는 거야.

나는 수건을 반으로 접어 얼굴을 묻는다.

좆같이, 씨발.

들리지 않게 중얼거리는데 꼭 감은 두 눈 새로 더운 눈물이 새어나온다.

*

여자가 없는 광장은 하루씩 더 넓어지고 고요해진다.

시간은 다시 정지한 것처럼 제자리를 돈다. 나는 석씨와 팀장이 소개하는 일을 모두 거절하고 아무것도 하지 않은 채 하루를 보낸다. 허리가 아플 때까지 누워 잠들고 깨어나기를 반복한다. 가능하다면 일 년이고 이 년이고 계속 잠만 잤으면 좋겠다는 생각도 한다. 오로지 생각만 한다.

며칠 뒤 나는 여자가 머무르는 지역 병원의 위치를 알아낸다. 그러나 금방 기차를 탈 것처럼 골똘히 역내 전광판을 올려다보면서, 수시로 출발하는 기차의 행선지와 도착 시간만을 확인할 뿐이다. 겨우 서너 시간이면 여자를 만날 수 있다는 흥분과 설렘은 잠깐씩 살아났다가 금방 잦아든다.

또다른 내가 이렇게 묻는다.

그래서 그다음에 너는 뭘 할 수 있지?

기차를 타고, 여자를 만나고, 내가 상상하는 그런 일들이 지금의 상황을 바꾸지는 못할 것이다. 결국엔 또 이렇게 되고 말 것이다. 내가 원하는 것이 무엇이든, 여자가 바라는 것이 무엇이든, 아무것도 달라지지 않을 것이다.

아무것도 할 수 없을 것이다.

절망감이 내 안의 기대와 바람 같은 것들을 하나씩 쓰러뜨린다. 이대로는 여자를 만날 수 없다. 여자를 만나선 안 된다. 그러나 나는 이렇게 생각해보려고도 한다. 어차피 여자는 늙고 병들었다. 그건 내가 어쩔 수 없는 문제다. 내가 해결할 수도, 그럴 필요도 없다. 나는 젊고 건강하다. 여자보다 나은 사람을 만나야 하고 만날 수 있다.

그러나 여자를 형편없는 사람으로 만들려는 내 노력은 번번이 실패로 끝난다. 스스로에 대한 실망과 부끄러움이 잦아질 때까지 나는 사람들로 붐비는 역사를 지치도록 걸어다닌다.

일요일 아침에 나는 사람들과 교회에 간다. 한 시간 남짓 지하철을 타야 하는 먼 거리다. 한산한 객차는 쾌적하고 창 너머로 싯누런 강이 흐른다. 또다시 여자가 떠오른다. 종일 여자를 생각할 수밖에 없는 이유가 역사를 벗어나지 못하는 데 있다고 여긴 나는 그게 얼마나 어리석은 생각이었는지를 깨닫게 된다.

좆 빠지게 뛰어야 해. 세시면 다 끝난다.

옆에 앉은 빡빡머리가 어깨를 들썩이며 말한다. 나는 고개만 까닥한다. 어떻게 해도 여자에 대한 생각을 떨쳐낼 수가 없다. 어쩌면 내가 그리워하는 건 여자가 아니라 여자의 몸인지도 모른다.

몸이 너무 잘 맞아. 정말 이상할 정도로 좋아. 그렇지 않아?

여자를 껴안고 격렬하게 움직이던 몸의 감각은 언제 어디서고 불쑥불쑥 튀어나와 나를 당혹스럽게 만든다. 종일 유령처럼 돌아다니다가도 여자의 체온이 닿으면 무섭게 피가 돌던 느낌을 지울 수 없다. 때때로 나는 여자가 과장되게 소리를 내고, 몸을 비틀며 좋은 척하는 게 아닐까 의심했었다. 이제 그런 건 중요하지 않다. 다만 그 순간이 얼마나 소중했는지 깨달을 뿐이다. 여자는 나를 살아 있게 하고, 살고 싶게 하고, 계속 살아 있게 했다. 하루 중 그 짧은 순간이 여자에게도 내게도 전부였다는 것을, 그걸로 충분했다는 것을 절감할 뿐이다.

덜컹거리는 객차에서 나는 여자의 말랑말랑한 귓바퀴나 허벅지 안쪽의 부드러운 촉감을 떠올리려고 안간힘을 쓴다. 여자의 체온을 딱 한 번만 더 느껴보고 싶다고 생각한다.

이런 곳에서 사랑이 가능할 거라고 생각해?

어떤 의미에서 여자가 했던 그 말은 맞다. 우리가 나누었던 건 사랑이 아니라 버리고 다 버려도 끈질기게 남아 있는 본능 같은 것인지도 모른다. 뭔가를 먹고 배설하는 것처럼 숨쉬는 동안에는 버릴 수 없는 동물적이고 생리적인 욕구에 불과할지도 모른다. 그런 본능과 욕구는 사랑이라고 말할 수 없나. 그런 것은 사랑이 아닌가. 차창을 떠가는 싯누런 강물 위로 내 얼굴이 잠긴다.

우리는 지하철역에서 가장 가까운 교회로 간다. 성경책도 헌금도 없는 우리는 강당 뒤쪽에 흩어져서 예배를 듣는다. 설교는 한 시간에서 한 시간 반 정도 이어진다. 우리는 예배가 끝나기 직전 그곳을 나온다. 교회 입구에 선 남자 둘이 우리에게 오백원짜리 동전 하나씩을 건넨다. 주는 그들도 받는 우리도 말이 없다.

우리는 다음 교회를 향해 뛴다. 늦지 않으려고 담을 넘고 사차선 대로를 무단으로 건넌다. 교회는 어디나 있고 인심이 후한 곳에서는 천원짜리 지폐를 내밀기도 한다. 종일 대여섯 곳의 교회를 돌며 받은 돈은 적지도 많지도 않다.

기도도 하고, 돈도 벌고, 좋지 뭘 그래.

누군가가 농담처럼 말하지만 아무도 웃지 않는다. 누구도 그것이 대가 없는 돈이라 생각하지 않는다. 모르는 사람 앞에 빈 손바닥을 내밀어본 사람은 안다. 그 손이 얼마나 많은 이야기를 할 수 있는지 절감하게 된다. 그러니까 나는 수치심과 모멸감을 치르고 얼마간의 돈을 쥐는 것이다. 그러다보면 나중엔 그것이 무엇이었는지조차 잊어버리고 만다. 거리에서 한번 잃은 것은 되찾을 수 없다. 그런 것들을 영원히 잃는 대가라면 우리가 받는 돈은 그냥 주어지는 것이 아니다. 잃을 게 없을 때까지 잃고 또 잃고 마침내 다 잃은 내 모습을 상상하는 건 끔찍한 일이다.

*

아침저녁으로 선선한 바람이 분다.

낮에는 햇살이 따갑다가도 날이 저물면 광장이 차갑게 식는다. 지원센터로 헌옷이 들어온다. 이틀간 직원들이 사람들에게 옷을 나눠준다. 나는 긴팔 티셔츠와 트레이닝 바지 하나를 고른다. 속옷은 아직 두어 개가 더 있으니 괜찮다. 나이가 많은 사람들에게는 점퍼와 조끼, 양말과 모자 같은 것들이 더 지급되지만 그들은 들고 다닐 수 있을 만큼만 집어가고 만다. 나이가 많을수록 가방은 작고 단출하다. 센터 입구에 수급 지원과 거주 지원 심사 일정이 나붙어 있다. 짧은 가을이 지나면 곧 겨울이 들이닥칠 것이다.

지난겨울에 광장에서 세 사람이나 죽었어.

강팀장은 사무실 뒤편으로 나를 불러낸 뒤 말한다.

거리에서 겨울을 나는 건 힘든 일이다. 목숨이 왔다갔다하는 일이야.

담배에 불을 붙이며 그렇게 충고하기도 한다. 여자가 요양원에 간 뒤로 나는 강팀장에게 데면데면하게 군다. 어느 날 밤에 나는 사무실의 창을 깨고, 출입문을 부수고, 센터 차량 짐칸에 불을 지르기도 했다. 그게 내가 한 짓이라는 걸 다 알면서도 그는 이렇다 할 말이 없다. 꽁초를 내던진 그가 담배 한 대를 더 피워 문다. 그 담배까지 다 피우고 나서야 용건을 꺼낸다.

너 내가 시키는 일 하나만 해라.

그는 여자애 하나가 임신을 했다고 말한다. 흔하진 않지만 드물지도 않은 일이다. 마땅한 일자리가 없는 여자들이 어떻게 돈을 마련하는지 모르는 사람은 없다. 몸을 주는 대가로 여자들이 받는 돈은 턱없이 적고, 그들은 제대로 피임을 할 줄도 모른다. 그래서 임신을 하고, 감당하지도 못할 애를 낳는 일들이 끊임없이 반복되는 것이다. 강팀장은 여자애의 나이와 처지, 형편과 상황 같은 것들을 설명하며 내 마음을 움직여보려고 애를 쓴다.

모르니? 광장에서 본 적 없어? 왜 본 적이 없어.

답답하다는 듯 그렇게 언성을 높이기도 한다.

고가 다리 밑이나 호텔 카지노 근처를 서성거리는 그애를 본 것도 같다. 언젠가 더벅머리로 광장을 가로지르던 게 그애였나. 함부로 난도질한 것 같은 그애의 머리칼을 향해 여자가 뭐라고 소곤거렸던 것 같기도 하다. 강팀장은 서너 시간 동안만 그애의 남자친구 역할을 하고 다시 광장으로 데려오라고 부탁한다.

벌써 세번째야. 이대로 애를 또 낳게 놔둘 수는 없잖니?

그는 불법인 이런 일에 시청 소속인 직원들이 연루되어 곤혹을 치를까봐 걱정하고 있다. 그래서 그애와 비슷한 또래인 나를 통해 문제를 해결하려고 한다. 강팀장은 센터에 비상이 걸렸다고 하고, 지원 예산이 삭감될지도 모른다는 이야기도 한다. 이전에 여자애가 낳은 아이들이 모두 어디로 보내졌는지 이야기하고, 그애들이 어떻게 자라날 것인지에 대해서도 이야기한다. 어차피 나와는 상관없는 일이다. 누군가는 애를 낳고, 누군가는 떠나고, 누군가는 정신을 잃고, 누군가는 죽고, 죽지 못한 이들이 살아남아 그 모든 것을 모른 척하고 사는 게 이곳의 삶이 아닌가.

너 정말 상관이 없다고 생각해? 왜 상관이 없어? 너는 여기 속한 사람이 아니야?

그가 부드러운 목소리로 타이른다.

세상에 상관없는 일 같은 건 없다. 무슨 일에든 우린 다 조금씩 책임이 있는 거야. 그렇게 생각하지 않으면 아무것도 할 수 없어.

나는 병원에 입원중인 여자와 통화를 하는 조건으로 강팀장의 부탁을 들어주기로 한다. 사무실 한쪽에서 강팀장이 전화를 건다. 병원 안내 멘트가 흘러나오고 누군가가 전화를 받는다. 팀장이 소속과 이름을 밝히고 통화가 시급한 이유를 설명하자 신분과 직위, 여자와의 관계가 틀림없는지를 확인하는 과정이 길게 이어진다. 한참 만에 수화기 너머에서 잠깐만 기다리라는 허락이 떨어진다. 그러나 말과는 달리 아무리 기다려봐도 지금은 통화가 곤란하다는 답변만 되돌아온다.

환자분이 통화를 원하지 않으세요.

사무적이고 신경질적인 목소리가 같은 말을 반복한다. 강팀장이 내 이름을 말하며 상황을 바꿔보려고 하지만 여자와의 통화는 무산된다.

일단 다녀와. 다녀오면 다시 전화해보자.

강팀장이 지갑을 열어 돈을 꺼낸다. 택시비와 여웃돈을 먼저 주고 수술비를 따로 건넨다. 나는 멍청히 전화기만 내려다보고 있다. 겨우 다독여놓았던 감정들이 제멋대로 꿈틀거리기 시작한다. 나는 그것들이 한순간 파르르 일어나지 않도록 숨을 고른다.

강팀장의 긴 설득 끝에 나는 마지못해 그애를 만난다. 막상 마주하니 그리 어린 것 같지도 않고, 자신이 얼마나 곤란한 상황에 처한지도 모르는 얼굴이다. 나는 강팀장이 말한 대로 택시를 잡아타고 예약해놓은 병원으로 간다. 그러나 택시에서 내린 뒤에도 한참이나 그 일대를 헤매고만 있다. 대학교 뒤편에 있다는 병원은 미로 같은 골목을 몇 번이고 오가는 동안에도 보이지 않는다. 대학생으로 보이는 사람들이 우리를 힐끔거린다. 광장을 벗어나면 내 모습은 형편없이 초라해지고 남루해진다. 고개를 돌릴 때마다 누군가가 거울을 들이대는 것처럼 부끄러워진다. 나는 절뚝거리며 내 꽁무니만 따라다니는 그애에게 짜증을 낸다.

나는 몰라요. 여기 한 번도 안 와봤어요.

그애는 겁에 질린 표정으로 고분고분 대답한다. 그런 태도가 나를 더 짜증스럽게 만든다. 저런 순진한 얼굴로 여러 사람에게 이용만 당해온 그애의 멍청함에 화가 난다. 나는 그애의 뽀얀 팔뚝이나 목덜미, 불룩한 배를 노려보며 길 위에 멈춰 선다. 그러다 바로 보이는 편의점 안으로 들어간다. 내가 편의점에서 마실 것을 고르고 계산을 하는 동안에도 그애는 그냥 길 위에 서 있다. 교복을 입은 학생 한 무리가 그애의 어깨와 가방, 팔꿈치를 아슬아슬하게 피해 간다. 그애는 어쩔 줄 모르는 얼굴로 도로에 내려섰다가 인도로 올라오기를 반복한다.

그애에게 음료수 하나를 건네주고 나는 앞장서서 걷는다. 한 걸음 내디딜 때마다 그애의 한쪽 어깨가 아래로 꺼졌다가 솟아오른다. 그래서 한 손에 든 음료수는 마실 엄두조차 내지 못한다. 내가 뭔가를 물으면 그애는 괜찮다거나 모른다는 대답만 한다. 다른 말은 할 줄 모르는 사람처럼 같은 말을 되풀이한다. 다시 보니 자신이 임신을 했다는 것도, 아이를 지우러 간다는 것도 모르는 눈치다. 그애는 내가 했던 말을 금세 잊어버리고, 내 말뜻을 한 번에 알아차리지 못한다. 내가 후미진 골목의 모텔 주차장으로 걸어들어가는데도 잠자코 나를 따라오기만 한다. 내가 안내실 앞에 서서 돈을 내고 열쇠를 받는데도 음료수만 홀짝거릴 뿐이다.

내가 옷을 벗고 그애가 샤워중인 욕실로 들어설 때에도 나를 가만히 내버려둔다. 부끄러운 듯 몸을 움츠리며 벽 쪽으로 돌아서는 게 전부다. 뜨거운 물이 쏟아지는 샤워기 아래에서 나는 그애를 돌려세우고 그애를 감싸안는다. 그애의 볼록한 배가 내 배에 와닿는다. 앙상하지만 부드러운 몸이다.

멍청히 서 있던 그애가 머뭇거리며 자세를 낮춘다. 익숙하고 능숙한 동작이다. 그애는 무릎을 꿇고 앉아 내 사타구니 주변을 부드럽게 문지른 다음 성기를 천천히 입안에 넣는다. 축축하고 따뜻한 느낌이 살갗에 와닿는다. 나는 눈을 감고 입을 벌린다. 한동안은 꼼짝없이 그렇게 서 있다.

하얀 시트가 깔린 침대에 그애와 나란히 눕는다. 그애의 몸에서 향긋한 비누향이 난다. 빳빳한 이불의 질감과 푹신한 매트리스의 촉감, 따스한 공기와 은은한 방향제의 냄새까지, 모두 믿을 수가 없다.

그리고 스위치를 누르자 세상의 모든 빛과 소음이 동시에 꺼진다.

여자와 함께 보냈던 거리의 밤들이 떠오른다. 단 하룻밤도 피할 수 없었던 거리의 소음과 불빛이 되살아난다. 이곳에서 여자와 보냈던 밤들을 생각하는 건 괴로운 일이다. 담담하게 여자를 추억하고 싶지만 더러운 아스팔트 위에서 우리가 몸을 섞고 헐떡거렸다고 생각하면 온몸을 타고 도는 피가 식는다. 맥이 빠지고 더는 아무것도 하고 싶지가 않다.

나는 그애의 가슴을 어루만지고 입을 맞추면서 여자에 대한 기억을 물리치려고 한다. 여자와 보냈던 그 수많은 밤을 지워보려고 한다. 그러나 한순간도 여자에 대한 생각을 멈출 수가 없다. 견디듯 입을 꽉 다물고 나를 받아들이는 그애에게 나는 말한다.

소리를 좀 내봐.

거칠게 숨을 몰아쉬며 이렇게 요구하기도 한다.

몸을 좀 움직여. 움직여보란 말이야.

그애의 몸속에 아이가 있다는 사실은 생각조차 않는다. 나는 그애에게 예쁘다고 속삭이고 좋아한다고 떠들어댄다. 그런 식으로 흥분에 취해 아무렇게나 말하는 나 자신을 내버려둔다. 다른 사람들처럼 어리고 순진하고 약한 그애를 똑같이 이용하고 망가뜨리는 스스로를 모른 척한다.

나는 시커먼 모텔 유리문 앞에 서서 그애에게 지폐 몇 장을 건넨다.

가. 어디로든 가. 절대 돌아오지 마.

그러면서 그애를 걱정하는 사람처럼 이런저런 충고를 늘어놓기까지 한다. 아이를 지워야 한다고 말하고, 거리에서의 삶이 너를 망칠 거라고 말한다. 아직 어리니까 뭐든 할 수 있다고, 어떻게든 방법을 찾을 수 있다고, 포기하지 말라는 당부도 한다.

넌 아직 어리잖아. 이렇게 살면 안 돼. 정신 똑바로 차리고 살아.

그애는 고개를 숙인 채 말이 없다. 내 말을 듣고 있는지 아닌지 알 수가 없다. 속으로 이런 나를 비웃고 있는지도 모른다. 스스로가 역겨워진다. 나는 부끄러움을 이기려고 자꾸 목소리를 높이고 했던 말을 하고 또 한다. 그런 후에는 그애가 한 번도 와본 적이 없다던 그 거리 위에 그애를 내버려두고 광장으로 돌아와버린다.

*

그래서 그애를 그냥 보냈다고?

강팀장이 묻는다. 그는 퇴근도 하지 않고 광장 한가운데 앉아 나를 기다리고 있다. 병원으로 들어가지 않으려는 그애와 실랑이를 벌이다 그애가 가도록 내버려두었다는 내 이야기를 강팀장은 믿지 않는 눈치다. 거리 사람들이 강팀장을 알은체하는 통에 대화는 자주 끊긴다. 강팀장은 그들에게 간단히 손을 들어주는 것으로 인사를 대신한다. 평소처럼 살뜰하게 안부를 묻고 근황을 챙기지 않는 것을 보면 화가 난 것이 분명하다.

그래서 어디로 갔니? 그런 말도 없었어?

그의 목소리가 무겁게 가라앉는다.

그애가 어떤 상태인지 알면서 넌 그냥 보고만 있었다는 거구나.

그가 담배를 피워 물며 중얼거린다. 금방이라도 무슨 말을 쏟아낼 것처럼 숨을 들이켜다가도 연기만 내뿜고 만다.

그래, 그럼 돈은 어쨌어? 병원비 하라고 준 돈 말이야.

돈은 그애에게 다 줘버렸다고 나는 더듬더듬 말한다.

그래? 그애한테 그 돈을 다 줬다는 말이지?

강팀장은 내 말을 곱씹으며 새 담배에 불을 붙이고 한동안 말이 없다.

너, 여기 있는 사람들이 왜 이곳을 못 떠나는지 아니?

담배를 비벼 끄며 강팀장이 묻는다. 나는 강팀장이 하는 것처럼 광장을 오가는 사람들을 눈으로 좇는다. 이곳 사람들은 왜 광장을 떠나지 못하나. 이제 그들 중 하나가 된 나는 그들이 무엇 때문에 이곳에 남아 있는지 알 수 없다. 그런 건 하나로 꼬집어 말할 수 없고 점점 더 알 수 없는 기분이 된다. 이곳에 머무르는 이유는 무수히 많고 머무르지 말아야 할 이유는 그보다 더 많다. 강팀장이 그런 내 생각을 비웃듯 말한다.

돈 때문이지.

그는 혓바닥으로 마른 입술을 적신다.

돈이 없어서가 아니라 돈을 너무 대단하게 여기는 거다. 저 사람들은 자기가 돈처럼 대단한 걸 절대 가질 수 없다고 생각해. 그래서 수중에 돈이 들어오면 어찌할 바를 모르는 거다.

그는 관자놀이를 꾹꾹 누르며 얼굴을 찌푸린다.

대단하다고 생각하거나 우습게 여기거나. 결국엔 같은 거야. 어떻게 해보겠다는 생각을 못하게 만들어버리거든. 그렇지?

강팀징은 동의를 구하듯 나와 눈을 맞춘다. 그 눈빛이 나를 꿰뚫는 것 같다. 나는 호주머니 속에 남은 돈과 그애의 얼굴을 떠올리지 않으려 노력하지만 결국 강팀장의 눈을 피하고 만다. 그가 자리를 털고 일어난다.

어쨌든 그 돈은 내가 너한테 준 거야. 그애한테 돈을 주라고 말한 적도 없고. 그러니 네가 책임을 져야지. 오늘은 여기까지 하자. 내일 아침 일찍 사무실로 와.

나는 아무런 대답도 않은 채 멀어지는 강팀장의 뒷모습을 본다. 어차피 그애가 돌아오면 들통나버릴 거짓말이다. 그렇게 생각하면서도 후회하지는 않는다. 잘못은 처음부터 하지도 못할 일을 내게 부탁한 강팀장에게 있다. 그런 식으로 책임을 떠넘긴다. 가진 것도, 잃을 것도 없는 나를 가장 많이 동정해온 건 바로 나인지도 모른다. 아니, 가진 것도 잃을 것도 없다고 생각한 순간부터 나 자신에게 한없이 너그러워진 건지도 모른다. 유령처럼 광장을 떠도는 저 사람들처럼 나는 스스로를 가여워하고 불쌍해하면서 망가지는 나를 그냥 내버려두는 건지도 모른다. 나는 호주머니에 넣어둔 두툼한 지폐 뭉치를 만지작거린다.

*

신역사를 증축하여 확장하고 몇 가지 시설과 장치들을 추가하는 공사가 마무리된다.

중장비가 철수되고 광장 한쪽에 쌓여 있던 자재들도 말끔하게 정리된다. 에스컬레이터가 완공되고 광장 한쪽에 네모난 흡연 부스가 들어선다. 기다란 벤치는 한 사람이 앉을 수 있는 통나무 의자로 교체된다. 촘촘하게 늘어선 가로등 탓에 밤에는 광장 어디에도 누울 만한 곳을 찾을 수가 없다. 낮에도 적당히 머물 곳을 찾기 어렵긴 마찬가지다.

아침마다 무료 배식을 하는 사람들과 역무원들 사이에 실랑이가 벌어진다.

아니, 여기에다 이렇게 벤치를 갖다놓으면 어떡해요? 여기 차 들어오는 자리인데. 진짜 너무하는 거 아닙니까?

대형 가스레인지를 내려놓고 간이 테이블을 옮기던 사람들은 물건을 어디에 어떻게 놓아야 할지 몰라 허둥거린다. 역무원들은 잠자코 서서 여긴 안 됩니다, 저기도 안 됩니다, 통행에 방해가 됩니다, 물러나세요, 하는 말만 앵무새처럼 반복한다. 강팀장과 파출소 경찰들이 달려와도 문제는 해결되지 않는다.

그럼 저쪽으로 옮깁시다. 차를 센터 앞에 세워요.

모두 어제와 다른 광장의 풍경 속에서 허둥지둥하긴 마찬가지다. 이곳은 하루이틀 만에 전혀 다른 곳이 된다. 거리 사람들이 적응할 시간 따위는 주지 않는다.

역무원들은 안전과 통행을 핑계로 역사 주변에 바리케이드를 치고 접근 금지 구역을 넓힌다. 비를 피하려고, 잠을 자려고, 화장실을 가려고 역사로 향하던 거리 사람들의 발길을 돌리게 만든다. 나는 매일 잠을 자기 위해 역사로부터 먼 곳까지 걸어간다. 환한 광고판과 대형 현수막, 자판기와 표지판 같은 것들이 광장의 좋은 자리를 모두 차지했기 때문이다. 야간에는 눈이 부실 정도로 환한 조명을 켜놓고 한 시간이고 두 시간이고 청소를 해대는 탓에 잠을 이루기 어렵다. 청소업체 사람들은 대형 호스를 사용해 물을 뿌리고 쉴새없이 세척 기계를 가동한다. 낮에도 사정은 마찬가지다. 거리 사람들은 잠깐 머물 곳을 찾으려고 광장 여기저기를 더 오래 서성거려야 한다.

광장 한가운데 조성된 분수는 며칠 뒤 공개된다. 오전부터 알록달록한 가림막이 쳐진 분수 앞에 무대를 설치하는 작업이 한창이다. 플래카드가 내걸리고 경쾌한 음악소리가 커진다. 스피커와 마이크, 조명과 카메라를 옮기고 설치하는 사람들의 분주한 모습을 나는 멀찍이 서서 구경한다.

보이지? 저게 지랄 같은 분수다. 우릴 내쫓으려는 거지. 봐라, 보여? 네 눈에도 보이지?

쥐 사내가 축 늘어진 개를 품에 안고 소곤거린다. 개는 혀를 빼물고 간신히 숨만 쉰다. 거리 사람들이 분수 주변으로 모여드는 모습이 보인다. 그들이 플라스틱 의자에 자리를 잡고, 분수 주변을 기웃거리자 검은 정장을 입은 사람들이 경고한다.

여기 계시면 안 됩니다. 저쪽으로 물러나세요.

그래도 사람들이 꿈쩍하지 않자 스태프로 보이는 남자 서너 명이 사람들을 조심스레 골라내기 시작한다. 유니폼을 입은 사람들과 카메라를 든 사람들, 유아차를 끌고 온 사람들, 풍선을 쥔 아이들, 손을 잡은 커플들. 그들 사이에서 이곳 사람들은 너무나 쉽게 눈에 띈다.

시장의 축사로 행사가 시작된다. 역장이 달라진 역사와 광장의 풍경을 가리키자 박수가 터져나온다. 하나, 둘, 셋. 그렇게 외치자 알록달록한 풍선이 한꺼번에 하늘로 날아오른다. 분수를 감싸고 있던 오색 천막이 걷힌다.

타원형의 분수 가장자리에서 가느다란 물줄기가 솟아오르는 것을 시작으로 굵고 힘찬 물줄기들이 차례로 나타난다. 사람들이 고개를 쳐들고 점점 더 높이 솟구치는 새하얀 물줄기를 올려다본다. 카메라 셔터 소리와 환호성이 뒤섞이고 대형 스피커에서 음악소리가 흘러나온다. 떠들썩한 행사는 저녁 무렵까지 이어진다.

날이 저물면 나는 지원센터에서 강팀장이 남겨둔 일을 한다. 창고에서 헌옷과 신발을 정리하고 후원 물품을 분류한다. 정수기를 세척하고 샤워실 바닥을 빳빳한 솔로 청소하기도 한다. 오늘 나는 부서진 의자에 못을 박고 흔들리는 테이블을 손본다. 사무실 비품은 하루가 멀다 하고 박살이 난다. 쉽게 흥분하는 거리 사람들 탓이다. 일하는 동안에 나는 직원들처럼 노란 조끼를 입는다. 그것 역시 강팀장과의 약속이다. 나는 그애에게 줘버린 돈을 모두 갚을 때까지 하루 서너 시간을 사무실에서 일하기로 한다. 강팀장은 언제까지 일해야 하는지 정확하게 알려주지 않는다.

네가 충분하다 싶으면 그만해라.

다만 그렇게 말할 뿐이다.

야간 응급조만 남은 밤의 사무실은 고요하고 쾌적하다. 사무실 안에서 잠을 자도 좋다는 허락을 받은 몇 사람이 텔레비전 아래 자리를 깔고 눕는다. 내가 바로 옆에서 의자에 망치질을 하는데도 그들은 불평하지 않는다. 그들은 낮 동안 이곳에서 일하는 대가로 얼마간의 돈을 받는다. 그 돈은 모두 직원들이 관리하지만 그들은 불평하지 않는다. 그렇게 하지 않으면 영원히 이곳을 벗어날 수 없다는 걸 모르지 않기 때문이다. 내가 하는 양을 물끄러미 바라보던 왕가가 저쪽으로 돌아눕는 게 보인다.

얼마 전 글을 못 읽는 사내 하나가 난동을 피운 일이 있었다. 왕가가 설득하려고 하자 그는 왕가의 멱살을 쥐고 소리쳤다.

네가 뭔데 이 새끼야. 네가 직원이야 뭐야. 어차피 다 같은 노숙자 주제에, 씨발. 잘난 척하고 지랄이야, 지랄이.

왕가는 체구가 아주 작은 사내다. 왕으로 시작하는 그의 낯선 이름을 외우지 못하는 사람들은 그를 왕가라고 부른다.

더러운 조선족 새끼. 이 새끼야, 네 나라로 꺼져. 여기서 남의 밥그릇 기웃거리지 말고. 씨발, 지금이라도 신고하면 너 같은 건 당장 잡아가버려. 고마운 줄 알아야지.

직원들이 달려와 두 사람을 떼놓고 진정시키는 동안에도 사내의 욕설은 그치지 않았고, 왕가는 잠자코 고개를 숙이고 있다가 자리를 피했다. 이 센터에서 일하는 사람들은 이런저런 지원 혜택의 대상이 될 수 없는 이들이다. 국적이 다르거나 범죄 이력이 있거나 새파랗게 젊거나. 그것 말고도 내가 모르는 이유는 많다. 그런 피치 못할 이유로 그들은 이곳에서 일할 수 있는 특혜를 얻지만 그건 다른 사람들의 분노를 불러온다. 잘잘못을 분명히 가릴 수 없는 일이므로 사람들의 노여움은 쉽게 가라앉지 않는다.

이 정도면 충분하다고 생각한 뒤에도 나는 계속 사무실에 나가 일한다. 노란 조끼를 입고 일하는 동안에는 종일 들끓었던 감정들이 가라앉는다. 불안과 울분, 자책과 후회 따위의 감정들이 잦아들면 나는 망가진 의자에 못질을 하고 판자를 덧대는 것처럼 내 삶을 고치고 바꿀 수 있지 않을까 하는 생각도 한다. 적어도 쓸 만하게 바로잡을 수는 있지 않을까. 그런 가정을 하는 나를 보는 건 기분좋은 일이다. 그런 순간엔 광장으로부터 멀리, 아주 멀리 온 것 같은 기분이 든다.

그때. 여자가 있었을 때. 나는 무엇이든 할 수 있을 것 같았다.

뭐든 당장 할 것처럼 굴었다. 그럴 자신이 있었다. 그런 걸 희망이라고 부를 수 있다면. 나는 주먹만한 그것을 순식간에 눈덩이처럼 커다랗게 만들 수 있었다. 기대와 가능성 따위는 너무나 쉽게 몸집을 부풀렸다. 그리고 여자가 사라진 지금, 그것은 남아 있지 않다.

여전히 그런 걸 희망이라 부를 수 있다면.

이제 혼자가 된 나는 그런 것들을 쉽게 만들 수도, 부풀릴 수도 없다. 하지만 만약 다시 생겨난다면, 오롯이 내 힘으로 가질 수 있다면, 이번엔 쉽게 사라지지 않을 거라고 생각할 뿐이다. 그건 오직 나에게만 속한 것이니까. 누군가가 떠나고 돌아온다고 해서 생겨나거나 없어지지는 않을 것이다.

밤에는 온몸의 감각들이 이제는 없는 여자를 향해 예민하게 곤두선다. 나는 광장 어디에서나 여자와 함께 있던 나를 볼 수 있다. 이곳을 떠나지 않는 한 그 기억에서 벗어나기는 힘들 것이다. 나는 기필코 이곳을 떠나겠다고 마음먹는다. 몸을 일으켜 느리게 광장 한가운데로 걸어들어가면서 스스로에게 몇 번이고 다짐을 둔다.

*

이른새벽 쥐 사내의 거친 목소리가 광장을 깨운다.

첫차를 타려고 걸음을 재촉하던 사람들이 둥그렇게 쥐 사내를 에워싼다. 쥐 사내의 목소리가 커지고, 문 닫힌 쇼핑몰 앞에서 잠을 자던 다른 사람들이 몸을 일으킨다. 화단 아래 웅크리고 있던 나도 느리게 몸을 일으킨다.

분수와 조형물에 가려 쥐 사내의 얼굴은 보였다가 말다가 한다. 계단을 다 내려가고 나서야 택시 기사와 마주서 있는 사내의 모습이 분명해진다. 노란색 택시를 등지고 선 남자가 담배에 불을 붙이며 말한다.

이봐요, 내가 잘못한 게 아니야. 이 개가 갑자기 뛰어들었다니까. 나만 본 게 아니고 여기 다른 기사들도 다 봤어. 튀어나오는 개를 무슨 수로 막아.

기사가 손가락으로 택시 승강장을 가리킨다. 사내는 그쪽으로 고개도 돌리지 않는다. 다만 바닥에 깔린 누런 덩어리를 내려다보며 목소리를 키운다. 조금 더 가까이 다가가고 나서야 나는 그것이 사내가 내내 품에 안고 다니던 개라는 것을 알아볼 수 있다. 개는 혀를 길게 빼문 채 눈을 감고 있다. 힘껏 비틀어 짠 수건처럼 몸통이 기묘하게 뒤틀린 상태다.

아, 아침부터 재수가 없어서, 원.

발을 구르고 소리를 지르고 어쩔 줄 몰라 하며 몸부림을 치는 쥐 사내를 힐끔거리며 기사가 지갑을 꺼낸다. 지갑을 열어 지폐 몇 장을 꺼낸 뒤 사내에게 건넨다. 개를 살려내라고 고함을 지르던 쥐 사내는 금방 잠잠해진다. 돈을 챙긴 다음 죽은 개를 카트에 싣는다. 그럴 줄 알았다는 듯 기사가 담배꽁초를 내던지며 침을 뱉는다.

아, 진짜 여기도 싹 갈아엎든지 해야지. 여기가 역이야, 노숙자 소굴이야. 나 원, 어이가 없어서.

사내는 말없이 카트를 밀고 광장 뒤편으로 걷는다. 주차장을 지나고 비좁은 골목을 빠져나가는 카트를 나는 말없이 뒤따라간다. 한참 만에 멈춰 선 사내는 카트 손잡이에 고개를 처박고 숨을 고른다. 차들이 일렬로 주차된 골목 한가운데, 정지한 사내의 머리 위로 붉은 하늘이 천천히 열리고 있다. 붉은빛이 가시면 연한 청색으로 물들다가 곧 날이 밝을 것이다. 어둑어둑한 사내의 뒷모습이 미세하게 들썩거린다. 내가 다가가려 하자 사내가 중얼거린다.

따라오지 마. 저리 가.

여전히 손잡이에 머리를 박은 채다. 목소리에 물기가 묻어 있다. 나는 더 다가가지 못하고 그 자리에 멈춰 선다.

씨발 새끼들. 내 건 다 뺏어가지. 하나도 그냥 안 두지. 이 개 새끼 한 마리도 결국엔 죽여버리지. 씨발 새끼들! 미친 새끼들!

그는 못 참겠다는 듯 카트 손잡이를 쾅쾅 때린다. 고개를 처들고 고요한 골목 안으로 고함을 마구 밀어넣는다. 그의 목소리가 쩌렁쩌렁 골목을 깨운다. 어차피 개는 얼마 살지 못했을 것이다. 차에 치이지 않았더라도 얼마 안 가 죽고 말았을 것이다. 누구보다 그 사실을 잘 알고 있었을 사내는 악을 쓰며 카트 손잡이에 고개를 처박는다.

나는 언젠가 역 앞 화단에 죽은 쥐를 묻던 사내의 모습을 떠올린다.

묻어줄 거 아니에요? 어디에 묻을 건데요?

내가 묻든 말든 씨발 네가 무슨 상관이야!

화단에는 못 묻어요. 이제 단속한다고요.

내 목소리가 빈 골목을 때리고 되돌아온다.

신역사 공사가 마무리되고 나서 밤에 상주하는 역무원이 늘었다. 그들은 정해진 시간마다 역사 주변을 돌며 시설물을 관리하고 거리 사람들의 출입을 막는다. 얼마 전에는 정문 앞에 부착된 안내문을 훼손했다는 이유로 누군가가 경찰로부터 몇만원짜리 스티커를 발부받은 일도 있다. 돈이 없는 사람들은 노역으로 벌금을 대신해야 한다. 나는 죽은 개를 화단에 묻다가 역무원과 실랑이를 벌이고, 벌금을 내는 일만큼은 피하고 싶다.

그 돈 다 벌금으로 날리고 싶어요? 그건 아니잖아요.

카트에 머리를 처박고 있던 사내가 바보처럼 훌쩍거리기 시작한다.

쥐 사내와 나는 호텔과 도서관을 지나 타워를 향해 걷는다. 길이 점점 더 가팔라진다. 숨이 차고 땀이 난다. 결국 타워가 올려다보이는 산책로 근처에서 사내가 멈춰 선다. 한쪽에 카트를 세워놓고 우리는 조금 더 안쪽으로 걸어들어간다. 내가 단풍나무 옆에 쪼그리고 앉아 땅을 파는 동안에도 사내는 죽은 개를 끌어안고 말이 없다. 나는 서두르지 않으려고 돌멩이를 골라내고 거친 풀을 뜯어내며 꾸물거린다. 충분하다 싶을 만큼 흙을 파낸 뒤에도 사내를 재촉하지 않는다. 사내는 구덩이가 너무 깊다, 자리가 좋지 않다, 해가 들지 않는다, 벌레가 많다, 이런저런 핑계를 늘어놓다가 티셔츠로 죽은 개를 감싼 뒤 말한다.

그냥 역으로 돌아가. 여긴 너무 멀잖아. 와보지도 못한 곳에 애를 어떻게 두고 가.

내가 거듭 설득해도 사내는 고집을 꺾지 않는다. 결국 사내와 나는 왔던 길을 되돌아간다. 개를 품에 안은 사내와 카트를 끄는 내 그림자가 도로 쪽으로 길쭉하게 밀려난다. 단속에 걸려 벌금이 부과되고, 한 달씩 두 달씩 노역을 하는 한이 있어도 사내는 기어코 그 개를 역사 내 화단에 묻을 것이다. 자신이 매일 오가는 광장 한쪽에 개의 죽음을 두려고 할 것이다.

그리고 광장으로 돌아오자 거기 거짓말처럼 여자가 있다.

구부정한 자세로 불룩한 배를 내밀고 앉아 있는 사람은 분명 여자다. 분수 테두리에 걸터앉아 높이 솟구치는 물줄기를 멍하니 올려다보는 여자는 아주 긴 시간을 건너온 것 같다. 가볍고 화사하게 차려입은 사람들 틈에서 여자의 모습이 도드라진다.

광장 한가운데서 여자와 눈을 맞추고, 손을 잡고, 포옹을 하고, 입을 맞추는 재회의 장면을 수없이 상상해온 나는 그것이 얼마나 어리석고 멍청한 생각이었는지를 깨닫는다. 모두가 우리를 비웃을 것이다. 한낱 웃음거리가 되고 말 것이다. 여자와 내게 그런 재회가 가능할 리 없다. 여자는 내가 상상한 것보다 훨씬 초라하고 볼품없는 모습으로 되돌아와 있다. 나는 얼어붙은 듯 그 자리에 멈춰 서서 여자의 모습을 보고만 있다.

햇빛이 쏟아지는 한낮에, 물줄기가 솟구치는 광장에, 여자는 누가 잃어버리고 간 가방처럼 거기 놓여 있다. 나는 여자에게 달려가지도, 소리쳐 부르지도 않고, 모르는 사람처럼 여자를 지켜보기만 한다. 이건 내가 한 번도 생각해본 적 없는 장면이다. 저 사람이 내가 그리워한 사람이 맞나. 정말 저 사람인가. 나는 스스로에게 질문을 던지며 분수 주변을 뛰고 기어오르며 즐거워하는 아이들의 웃음소리를 듣고만 있다.

6

나는 종일 여자에게 데면데면하게 군다.

여자도 마찬가지다. 우리는 마치 처음 만난 사람들처럼 어색하
게 안부를 주고받고 서로의 눈을 피해 주변을 두리번거리기만 한
다. 물줄기가 솟구칠 때마다 분수 주변을 뛰어다니는 아이들이 소
리를 지른다. 카메라 셔터 소리가 지나간다.

분수가 생겼네.

여자는 분수와 흡연 부스, 새로 생긴 통나무 벤치를 둘러보며
중얼거린다. 새로 만든 화단과 역사 출입문 쪽에 시선을 둔 채 도
무지 나와는 눈을 맞추지 않으려고 한다. 우리가 나란히 앉아 시
간을 보내던 중앙 계단에는 커다란 조형물이 설치되어 있다. 회오
리 모양의 거대한 레일 아래로 사람들이 지나다니는 게 보인다.

우리는 마치 처음 만난 사람들 같다. 여자를 알아본 사람들이 다가와 안부를 묻고 인사를 하는 동안 나는 여자의 모습을 흘끔거린다. 자세히 보니 피부 톤이 환해진 것 같기도, 볼에 난 붉은 반점들이 많이 가라앉은 것 같기도 하다. 나는 손을 뻗어 여자를 껴안는 대신 호주머니에 두 손을 찔러넣고 묻는다.

언제 왔어요?

오늘 아침에.

어떻게요?

기차 타고.

여자는 주머니에서 남은 돈과 승차권을 꺼내 보여준다. 지폐와 잔돈이 수북하다.

무슨 돈이에요?

여자는 매주 요양원에서 환자들에게 지급하는 간식비를 모았다고 했다가, 원래 가진 돈이라고 하고, 정부 보조금이라고 말을 바꿨다가 다 죽어가는 누군가의 돈을 훔친 것이라고 털어놓는다.

별수 있니? 그렇게 하지 않으면 돈이 없는걸.

여자가 버릇처럼 한쪽 눈을 찡긋한다. 그 순간 여자는 비로소 내가 알던 여자와 비슷해 보인다. 우리는 해 질 무렵까지 광장 주변을 서성이며 달라진 모습을 구경한다. 마치 약속한 것처럼 센터 사무실 쪽으로는 가지 않는다. 여자와 나는 자주 고개를 들어 시계탑을 올려다보고 시각을 확인한다. 굳이 밤을 기다릴 필요가 없는데도 우리는 밤을 기다리고 있다. 하지만 여자도 나도 그것에 대해 말하지 않는다.

날이 저물고 우리는 광장을 벗어나서 두어 정거장을 그냥 걷는다. 기차가 지날 때마다 철컥철컥 하는 소리가 가까워지고 발밑이 흔들린다. 흔들리는 거리 위에서 문득 여자가 내 손을 잡는다. 여자의 체온이 닿자마자 날을 세우고 있던 긴장과 어색함 같은 것들이 순식간에 빠져나간다. 나는 여자의 손을 움켜쥔다. 미세하게 진동하는 길 위에 우리는 그렇게 잠시 함께 서 있다.

이 순간 우리가 딛고 있는 이 길이 완전히 꺼져버렸으면 좋겠다. 세상의 모든 길들이 차곡차곡 무너지고 허물어졌으면 좋겠다. 모든 게 부서지고 망가지는 순간 속에 나도 여자와 함께 파묻히고 싶다. 나는 중얼거린다.

여자가 숙박비를 치르고 조그마한 방에 들어선 다음 우리는 함께 몸을 씻는다. 따뜻한 물이 쏟아지는 샤워기 아래서 여자가 나를 꼭 껴안는다. 불룩한 여자의 배 때문에 나는 자세를 낮춰 여자를 안는다. 여자는 이제 추위에 몸을 떨지도, 씻지 않기 위해 몸부림치지도 않는다. 여자는 내가 그랬던 것처럼 비누 거품을 낸 뒤 내 몸 여기저기를 부드럽게 닦는다.

보고 싶었어.

알몸으로 나란히 침대에 누운 후에는 그렇게 속삭이기도 한다. 나는 눈을 깜빡이며 소곤거리는 여자의 목소리를 듣는다. 불빛도 소음도 없는 고요한 방. 여자와 나 둘뿐인 방. 내가 오래도록 꿈꿔온 밤. 나는 겨우 지폐 몇 장으로 살 수 있는 이 하룻밤을 얻기가 왜 그토록 어려웠는지 생각해본다. 그러면서 내일이나 모레 다시금 거리에 누울 수밖에 없는 남루한 밤들을 걱정하고 있다.

왜 말도 없이 갔어요?

나는 반듯하게 누운 자세로 사각의 천장을 보며 말한다. 내 목소리가 조용한 방에 울려퍼진다. 우웅, 하고 작은 냉장고 돌아가는 소리가 났다가 멈춘다.

네가 없었잖아. 나는 아프고 방법이 없었어.

여자의 손이 내 가슴 쪽으로 미끄러져들어온다. 가라앉아 있던 감각들이 순식간에 몸을 일으킨다. 여자의 손이 서늘해진 내 피를 다시 뜨겁게 데우고 있다. 나는 입을 벌리고 천천히 숨을 내쉰다.

내가 돌아와서 싫어?

여자가 가볍게 내 몸을 흔든다.

내 갈비뼈를 하나씩 만져보는 여자의 손끝이 따뜻하다. 종일 당신을 생각했다고, 당신을 찾아가려고 했다고 말하는 대신 나는 여자 쪽으로 돌아눕는다. 여자의 입속으로 혀를 밀어넣는다. 나는 여자의 가지런한 이를 훑고 더 깊은 곳까지 들어간다. 구멍난 자리가 혀끝에 와닿는다. 단단한 어금니가 있던 자리다.

여자가 황급히 입을 다문다. 창피한 듯 한참이나 손으로 입을 가리고 있다. 손가락을 집어넣어 확인해보려 하지만 여자는 아예 고개를 돌려버린다. 여자는 넘어져서 이가 빠졌다고 하고, 치료중에 이를 뺐다고 하고 횡설수설한다. 심각해지는 나를 달래려는 듯어깨를 들썩이며 웃기도 한다.

나는 정색을 하고 묻는다.

왜 이가 없어요? 언제 빠졌어요?

내 예상보다 여자의 몸은 훨씬 더 쇠약한지도 모른다. 여자는 내가 더 말할 수 없도록 입속으로 부드럽고 뜨거운 혀를 밀어넣는다. 이번에는 여자가 내 이를 훑고 더 깊은 곳으로 미끄러져들어온다.

나는 늙었잖아. 이도 빠지고 머리도 빠지는 나이야.

여자의 발음이 입속에서 뭉개진다. 여자의 몸에서 고소한 기름 내가 난다. 아니, 그건 내 착각인지도 모른다. 그러나 그 냄새는 나를 평온하게 만든다. 여자가 없던 광장 한가운데서 나를 어쩔 줄 모르게 만들었던 상실감과 절망감 따위는 증발하듯 사라진다. 나는 목 끝까지 차오른 말들을 삼키고 겨우 한마디한다.

앞으론 어디 가지 마요.

여자가 내 손을 제 가슴 쪽으로 가져간다. 심장이 뛰고 피가 돈다. 나를 괴롭히던 불안과 걱정 같은 것들은 멀리로 물러나고 여자를 향해 가는 체온 하나만 남는다. 심장 소리가 귀를 때리고 몸밖으로 튀어나올 것 같다. 다시금 살아 있다는 강렬한 기분에 휩싸인다. 여자가 내 목덜미를 끌어안고 천천히 등을 쓰다듬는다.

말해봐. 너 날 사랑하니?

여자가 내 귓가에 입술을 가까이 대고 소곤거린다. 나는 아무 말도 하지 않는다. 다만 여자를 끌어안고 한동안 그대로 있다. 여자의 머리 위에 이마를 박고 눈을 감은 채, 규칙적으로 뛰는 여자의 심장 소리에 귀를 기울일 뿐이다.

*

강팀장의 도움으로 나는 한 달간 여자와 함께 지낼 수 있는 쪽방을 얻는다.

강팀장은 그동안 내가 사무실에서 일한 대가와 앞으로 일할 몫을 미리 셈해준다. 내가 예상한 것보다 훨씬 많은 금액이다.

너, 일은 빠지면 안 된다. 약속은 꼭 지켜야 돼.

강팀장은 두 번 세 번 다짐을 둔다.

술은 절대 드시지 마세요. 아시겠죠? 절대 안 됩니다.

엄한 얼굴로 여자에게 당부하기도 한다. 여자는 잘못을 저지른 아이처럼 고개만 끄덕인다. 하지만 사무실을 나와서는 곧장 강팀장의 태도에 불만을 터트린다.

얼마나 준다고, 잘난 척은.

그러나 우리는 강팀장의 호의가 쉽지 않은 일이고 얼마간 위험을 무릅쓴 일이라는 걸 잘 안다. 이곳에서 호의는 곧 차별을 의미하고 차별은 사람들의 분노를 불러온다. 이곳 사람들은 분노를 어떻게 다뤄야 하는지 모른다. 그것은 주변 사람들을 베고 자기 자신조차 망가뜨리기 일쑤다.

쪽방은 역사에서 한 정거장 거리다.

휘어진 철대문을 열면 동굴 같은 통로가 나오고, 통로 양쪽으로 다닥다닥 붙은 방들이 차례로 나타난다. 공용 화장실과 세면대는 통로 끝에 있다. 두 사람은 안 된다고 선을 긋던 쪽방 주인은 세를 조금 더 받는 조건으로 방을 내준다. 나는 소란을 일으키거나, 월세 지불이 보름 이상 늦어지면 조건 없이 나가겠다는 약속도 한다.

한 달치 월세를 지불하고 여자와 나는 빈방으로 들어온다. 여자는 고개를 들어 천장과 형광등을 올려다보고, 벽지와 장판 같은 것을 살펴보며 말이 없다. 무슨 생각을 하는지, 어떤 기분인지 종잡을 수 없는 표정이다. 나는 오래전 이 동네를 돌며 여자를 찾아다녔다고 말한다. 여자가 내 캐리어를 훔쳐갔을 때의 이야기다. 그 일은 아주 오래전처럼 느껴진다.

그때 무슨 생각을 했니?

딱히 가구라고 할 만한 게 없는 빈방에 여자의 목소리가 울린다.

화가 나 있었으니까 찾아야겠다고 생각했겠죠.

나는 남의 일처럼 말한다.

웃어보려고 한 이야기지만 방안을 채운 어색함과 긴장감은 사라지지 않는다. 가까이 다가가 여자의 손을 잡고 어깨를 감싸고 팔뚝을 간질인다. 여자는 웃어보려고 노력하지만 금세 굳은 표정으로 되돌아오고 만다.

첫날 우리는 뜬눈으로 밤을 지새운다. 다른 방에서 흘러드는 나지막한 목소리 때문이다. 누군가가 밤새 쉬지 않고 말한다. 옆방 소리 같기도 하고, 맞은편 방에서 새어나오는 소리 같기도 하다. 완전히 다물리지 않는 나무 미닫이문 사이로 서늘한 바람이 들락거린다.

누가 라디오 틀어놨나봐. 그지?

여자가 소곤거린다. 그러고 보니 간간이 음악소리도 들린다. 어둠 속에서 듣는 가야금 연주나 판소리는 오싹한 데가 있다.

조금만 참아요. 돈 좀 모이면 여기 말고 다른 데로 가요.

아무런 계획도 자신도 없으면서 나는 그렇게 말한다.

여긴 그냥 임시로 있는 곳이니까. 뭐든 시간이 걸리잖아요. 그렇잖아요.

동의를 구하듯 여자와 눈을 맞추기도 한다.

그래.

여자는 짤막하게 대꾸할 뿐이다. 오래도록 여자와 함께 잠들 수 있는 방을 바라왔는데 막상 그 방에 누워 있는 지금 나는 숨이 막힌다. 당장이라도 이 갑갑한 방을 벗어나 불빛과 소음이 무시로 오가는 광장으로 돌아가고 싶다.

괜찮아요?

괜찮아.

우리는 서로의 몸을 만지거나 껴안는 대신 똑바로 누워 작은 방을 견디고 있다. 나는 눈을 깜빡이며 어두운 공중을 노려본다.

다만 이런 방에서 잠든 지가 오래되어서 그런 거다. 모든 일엔 적응할 시간이 필요하고 단계를 거치는 법이다. 다독이듯 중얼거려보지만 두려움은 가시지 않는다. 내가 꿈꾸고 원했던 일들이 실은 이런 끔찍한 모습으로 이뤄질 수 있다는 사실에 나는 좀 놀란 것 같다.

우리는 규칙적으로 생활하려고 노력한다. 적어도 한 시간 혹은 두 시간 뒤에 무엇을 할 것인가를 계획하고 그 계획을 지키려고 애쓴다. 기껏해야 하루 두 번 식사를 챙기고, 광장 주변을 산책하고, 날이 저물면 방으로 돌아와 잠드는 것이 하루 일과의 전부이지만 이곳에서 규칙적인 생활을 지속하는 건 쉽지 않은 일이다.

나는 우리에게 돌발 상황이 일어나지 않도록 주의를 기울인다. 계획 안에서 움직이는 하루가 바깥으로 튕겨나가고, 다시금 손쓸 수 없게 되지 않도록 조심한다. 딱히 할일이 없는 이곳 사람들에게 시간은 더디게 가고 예상치 못한 일들은 벌어진 시간 틈으로 너무나 쉽게 들이닥친다. 여자와 나도 예외가 아니다.

술 안 마실 거죠?

저녁 무렵 나는 사무실로 출근하기 전에 여자를 쪽방까지 데려다준다. 여자가 방안에 들어가는 걸 봐야 안심이 되기 때문이다. 여자는 분수 앞에서 나를 기다리겠다고 고집을 부리고, 사무실 벤치에 얌전히 앉아 있겠다고 떼를 쓰지만 나는 단호하게 군다. 누구에게나 함부로 술을 권하는 광장에 여자를 내버려두는 건 위험한 짓이다.

정말 안 마신다니까. 여기 얌전히 있을 거야. 진짜야.

이러지 않기로 했잖아요. 일 끝나면 빨리 갈게요.

매일 저녁 나는 여자를 달래느라 진땀을 뺀다. 밤에는 분수 주변에 환한 조명이 켜진다. 솟구치는 물줄기가 알록달록한 빛깔로 사람들의 시선을 사로잡는다. 우리는 그런 것과 아무 상관 없는 사람들처럼 광장을 빠져나와 한 정거장만큼을 더 걷는다.

쪽방은 여인숙이 즐비한 골목에서도 한참을 더 들어가야 하는 곳에 있다. 비좁고 어두운 방에서 사람들은 무엇을 하는지 골목은 적막하기만 하다. 여자는 이따금씩 멈춰 서서 숨을 몰아쉬고 그때마다 나는 멀리 보이는 빌딩과 아파트 불빛을 올려다본다. 누군가가 저 환한 창가에서 이곳을 내려다보고 있을 것만 같다. 저기서 보면 이곳은 다만 캄캄한 웅덩이에 지나지 않을 것이다. 아니, 아예 보이지 않는 곳인지도 모른다. 여자는 벽을 짚고 한참 숨을 고른 다음 다시 걸음을 내디딘다.

나는 여자를 방안에 데려다주고 센터로 되돌아간다.

여자와 왔던 길을 되짚으면서 나는 혼자 남은 여자를 생각하지 않으려고 애쓴다. 축축한 이불과 방 전체를 뒤덮다시피 한 퀴퀴한 냄새, 화장실에서 새어나오는 악취와 창살 틈의 죽은 벌레들. 그런 것들에 둘러싸여 내내 나를 기다리고 있을 여자를 떠올리지 않으려고 한다. 여자를 몹쓸 곳에 가둬두고 간다는 죄책감과 미안함이 몸집을 키운다. 순식간에 나를 덮쳐오는 이런 감정들을 어떻게 다스려야 하는지 점점 알 수 없는 기분이 된다.

나는 빈 깡통과 플라스틱 용기, 돌멩이와 마른 나뭇가지 같은 것을 함부로 차며 걷는다. 여자가 돌아온 후부터 나는 여자를 제외한 모든 것에 각을 세우고 예민하게 군다. 사무실의 비품들은 하루가 멀다 하고 박살이 나고, 취기를 등에 업고 난폭해지는 사람들을 상대하는 일이 점점 더 버거워진다. 아주 사소한 일을 핑계삼아 집요하게 행패를 부리는 사람들의 행태도 마음에 들지 않긴 마찬가지다.

센터로 돌아온 나는 망치질을 하면서 위협적인 소리를 내고, 망가진 책상과 휠체어를 바닥에 내던지기도 한다. 내 안을 제멋대로 휘젓고 다니는 조바심과 초조함들을 내버려둘 수밖에 없는 이 상황이 속상하다. 내가 이런 소모적인 일에 매달리는 동안 여자가 견뎌내고 있을 길고 긴 시간이 아득하게 느껴진다.

*

한밤에 요란한 사이렌소리가 광장을 깨운다.

나는 빨래방에서 세탁기를 돌리고, 빨래를 널고, 쓰레기를 정리하면서 바깥의 소란을 모른 척한다. 이제 삼십 분 뒤면 여자가 있는 방으로 돌아갈 수 있다. 여자와 함께 시간을 보낼 수 있다. 이런저런 일을 하는 동안에도 나는 여자를 향해 몸이 달아 있다.

왕가가 빨래방 문을 열고 나를 찾는다. 밖으로 나가자 구급대원이 사무실 안으로 얼굴을 쑥 들이민다.

혹시 좀 도와주실 수 있습니까?

대형 분수와 철제 구조물 탓에 응급차는 광장 안으로 진입할 수가 없다. 그는 왕가와 내가 무엇을 해야 하는지 침착하게 일러준 다음 광장 한가운데를 가리킨다. 오늘밤, 다른 직원들은 겨울에 사용할 임시 대피소를 보수하는 작업에 동원되고 없다. 왕가는 벙어리처럼 입을 다물고 멍하니 나를 올려다볼 뿐이다.

빨리요! 급합니다!

구급대원이 재촉하고 나는 광장 한가운데로 간다. 광장에 쓰러져 있는 것은 목발 노인이다. 쓰러진 휠체어 주변에 가방과 비닐봉지들이 나뒹굴고 있다. 역무원 하나가 이 모든 걸 얼른 치워가라는 식으로 왕가와 나를 주시한다. 나는 몸을 숙여 노인의 상태를 확인하고 노인을 깨워보려고 한다. 술냄새와 거리의 악취가 얼굴로 달려든다.

한참 만에 노인이 눈을 깜빡인다.

무슨 일이에요? 왜 이러고 계세요? 괜찮아요?

내가 소리치자 노인이 중얼거린다.

난 안 가. 안 갈 거야.

입술 새로 진득한 피가 새어나온다. 기침이 터지고 물컹한 덩어리들이 쏟아진다. 구급대원 두 사람이 몸부림치는 노인을 어쩌지 못하고 내려다보기만 한다.

병원에 가야 해요. 병원에 가야 한다니까요!

노인을 설득하는 나를 향해 대원 하나가 소곤거린다.

서류가 있습니까?

그는 노인을 병원으로 이송하기 위해선 수급 확인서와 진료 기록서가 필요하다고 말한다. 그런 걸 알 리 없는 나는 고개를 저을 뿐이다. 가로등 불빛 아래 노인은 짤막한 다리를 버둥거리며 고통스러워한다. 어쩔 수 없이 우리는 노인을 강제로 침대에 싣고 구급차로 옮긴다. 차에 올라타기 전 나는 왕가에게 강팀장을 부르라고 소리친다.

팀장님을 불러요. 응? 팀장님을 부르라고!

바보처럼 고개만 끄덕이는 왕가를 남겨두고 차가 출발한다. 차내에서 내려다보는 노인의 모습은 심각하다. 마른 과일처럼 쪼그라든 얼굴은 먼지와 땀으로 뒤범벅이고, 몸부림칠 때마다 허벅지 끝에 매달린 실밥 자국이 꿈틀거린다. 차내는 순식간에 노인이 뿜어내는 악취로 가득찬다.

숨쉴 수 있죠? 가슴이 답답하세요? 누구한테 맞으셨어요? 넘어지셨어요?

대원이 이것저것 질문해도 노인의 대답은 한결같다.

안 가, 난 안 가. 안 간다니까.

대원은 노인에게 산소마스크를 씌우고 노인의 몸 여기저기를 살핀다. 머리와 얼굴, 어깨와 목덜미를 만지고 옷을 벗긴 후에는 가슴과 배, 옆구리를 살핀다. 혈압을 재고 맥박수를 체크하기도 한다. 노인이 소리를 지르고 기침을 할 때마다 산소마스크가 벗겨지고 사방으로 피가 튄다. 대원은 노인의 몸을 침대에 더 단단히 고정한 다음 노인의 얼굴을 닦고 다시 산소마스크를 씌운다.

술을 많이 드셨네요. 나이도 있으신데 이러다 진짜 큰일납니다.

그는 노인의 상태를 확인하며 잠깐씩 나와 눈을 맞춘다. 왜 이 지경이 될 때까지 내버려두었느냐, 나를 탓하는 것 같다.

나는 광장을 가득 메우고도 남는 어마어마한 시간을 생각한다. 어떻게 해도, 무슨 수를 써도, 결코 다 소진할 수 없는 거대한 시간을 설명하려 한다. 다만 광장 한쪽에 자리를 차지하고 있을 뿐인 이곳 사람들이 어떻게 그 많은 시간을 허비해야 하나. 당신은 도무지 줄지 않는 그 시간을 내내 맑은 정신으로 바라볼 자신이 있나. 나는 그렇게 묻는 대신 창 쪽으로 고개를 돌린다. 구급차는 도로에 늘어선 붉은 후미등 사이를 요리조리 빠져나가며 속도를 높인다.

병원 앞에 도착하자마자 대원들이 노인을 응급실로 옮긴다. 몸 부림치던 노인은 잠잠하다. 잠이 든 것도, 기력이 다한 것도 같다.

순서를 기다리는 침대들이 복도 한쪽을 다 차지하고 있다. 침대를 지키는 사람들은 겁에 질린 얼굴로 분통을 터트린다. 대원은 지나 가는 간호사와 의사를 붙잡고 상황을 설명하려고 한다. 돌아오는 대답은 접수대로 가라는 말이 전부다. 나는 접수대 앞에서 머뭇거 리다가 몰려드는 사람들에게 차례를 뺏기고 또 뺏긴다.

서류가 있으셔야 해요.

서류는 곧 가져올 수 있어요.

지금 가져오셔야 돼요. 없으면 접수가 안 되세요.

접수대 직원과 나는 앵무새처럼 같은 말을 주고받는다. 돈을 가 져와라. 돈이 없다면 누군가가 대신 내줄 수 있다는 걸 증명해라. 병원의 요구는 확실하고 분명하다. 노인의 맥박이 떨어진다. 구급 대원은 노인의 침대 곁에서 발을 구른다. 언제까지 여기에 이렇게 서 있을 수 없다고 사정한다.

우리는 차를 돌려 다음 병원으로 향한다. 노인이 갈 수 있는 병 원은 한정적이다. 쉴새없이 무전이 울린다. 노인의 체온이 떨어진 다. 흔들리는 차 안에서 내가 할 수 있는 건 노인의 손을 잡는 것 뿐이다. 포대처럼 거친 손을 매만지며 나는 여자를 생각한다. 건 강하지 못한 여자가 언제든 아플 수 있다고 생각한다. 치료를 거 부당할 수 있다고 생각한다. 손끝이 굽은 노인의 손이 차다.

이러다 잘못될 수도 있습니까?

나는 노인의 차가운 손을 주무르며 묻는다.

어디 사람이 그렇게 쉽게 죽나요.

대원이 바람 빠지는 웃음을 흘린다.

그래도 위험할 수는 있죠. 워낙 나이가 많으시니까.

노인이 꿈을 꾸는 듯 앓는 소리를 낸다. 가수면 상태에 빠진 것이지만 길어지면 혼수상태로 이어질 수 있다는 대원의 설명을 들으면서도 나는 노인의 손만 주무를 뿐이다.

사십 분을 달려 도착한 두번째 병원도 서류가 없다는 이유로 노인의 치료를 거부한다. 결국 세번째 병원에서 우리는 노인의 침대를 응급실 안으로 밀어넣기로 한다. 간호사와 의사, 다른 직원들과 환자들이 알아차리기 전에 재빨리 응급실 안으로 침대를 밀어넣고 도망치는 것이다. 내가 계속 주저하는 모습을 보이자 대원이 묻는다.

다른 방법이 있습니까? 있으면 말해보세요.

*

여자가 자주 방을 비우고 광장을 배회하고 언성을 높이는 일이 반복된다.

일을 마치고 방으로 돌아오는 동안 불안은 극에 달한다. 불안은 나를 앞지르고 쪽방 건물로 달려가 방문을 열어젖힌다. 그리고 여자는 그곳에 없다. 여자가 없는 빈방을 마주하는 순간 숨죽이고 있던 감정들이 살아난다. 나는 제멋대로 날뛰는 감정이 나를 어떻게 하지 못하도록 그 자리에 서서 오래 숨을 고른다.

꼬마야, 아줌마 언제 나갔는지 아니?

나는 옆방의 문을 두드린다. 꼬맹이 하나가 창호지 구멍에 한쪽 눈을 깃다대고 말한다.

꼬마가 아니고 소라요. 아줌마는 아까 나갔어요. 〈한밤의 음악 도시〉 할 때요.

소라는 문고리를 쥔 채 까랑까랑한 목소리를 낸다. 배경처럼 라디오 소리가 흘러나온다. 지금껏 밖으로 나온 아이의 모습은 한 번도 본 적이 없다. 밤늦게 누군가가 귀가하고 이른아침 나가는 것을 제외하면 아이는 방안에 갇혀 있는 것이나 다름없다. 종일 일방적으로 떠드는 라디오 소리를 친구 삼아 저 어둡고 퀴퀴한 방을 혼자 견디는 것이다.

그게 언제쯤이니?

음, 〈한밤의 음악 도시〉는 여덟시에 시작해서 열시에 끝나요.

그때 나간 게 확실해?

아줌마가 절대 말하지 말라고 했는데, 내가 말했다고 하면 안 돼요. 알았죠?

여자가 나가는 시간은 점점 빨라진다. 저 어린아이조차 뭔가 잘 못되어가고 있다는 걸 알아차린 눈치다. 저렇게 어린 아이도 할 수 있는 일을 여자는 왜 못하는가. 나를 기다리다가 잠들면 지나가버릴 충동을 왜 한순간도 이겨내지 못하는가. 나는 밤마다 더러운 화장실을 청소하고, 창고를 정리하고, 사납고 난폭한 사람들을 상대하며 진을 빼는데 이 고요한 방에서 단 몇 시간을 보내는 게 그리 어려운 일인가.

나는 그 자리에 털썩 주저앉는다.

근데요, 아저씨.

소라가 조그마한 입술을 문에 대고 소곤거린다.

아줌마 있잖아요. 아까 막 울었어요. 그냥 좀 슬픈 거 같았어요.

나는 말을 걸어주는 아이에게 고마움을 느낀다.

그랬니?

방에서 우는 소리가 막 났는데. 거기 앉아서 또 울었어요. 아저씨가 앉아 있는 거기서요.

그래.

그렇게 대답하면서 나는 그게 뭐 대수인가 생각한다. 슬프지 않으면 그게 더 이상한 거지, 중얼거린다. 저 방안에서 아이가 느끼는 감정도 그것과 다르지 않을 것이다. 그렇다고 내가 종일 여자 곁에 머물 수 있는 것도 아니지 않나. 나는 아이를 붙잡고 하소연하고 싶어진다.

종일 방에만 있으면 답답하지 않아?

나는 창호지 구멍에 손가락을 넣어 움직여본다. 놀란 아이가 뒷걸음을 치고 웃음을 터트린다. 그런 순간엔 나도 잠깐 웃을 수 있다.

그래도 방에 있어야 돼요.

왜? 잠깐 나와도 되잖아.

아빠가 혼자 있을 땐 나가지 말랬어요. 어차피 갈 데도 없고요.

처음 여자가 방을 비웠을 때, 나는 쪽방 문을 죄다 두드리고, 한 정거장 되는 거리를 단숨에 뛰어 광장까지 갔다. 온몸이 땀으로 젖는 줄도 모르고 광장을 뒤지고 다녔다. 그러나 이젠 여자가 이런 식으로 나를 단련시킨다는 것을 안다. 여자는 아무것도 바꾸거나 고칠 생각이 없다. 다만 내가 익숙해지기만을 바랄 뿐이다.

나는 쪽방을 나와 역사 쪽으로 간다. 서두르든 서두르지 않든 여자는 광장을 기웃거리며 술을 동냥하고 있을 것이다. 모르는 사람과 마주앉아 술을 마시고, 몸을 가눌 수 없을 정도로 취해 바닥에 드러누울 것이다. 누구라도 당장에 죽여버릴 것처럼 끓어오르던 마음이 서늘하게 식는다. 나는 일정한 보폭을 유지하며 걷는다.

여자는 역사 후문 근처에서 사람들과 어울려 술을 마시는 중이다. 언성을 높이고 다른 사람들과 다툼을 벌이는 것이 귀찮은 나는 말없이 여자를 안아 일으킨다. 겨드랑이 사이에 손을 넣어 몸을 바로 세운다.

응. 우리 강아지 왔네.

기분이 좋을 때 여자는 그렇게 말한다.

네가 뭔데? 도대체 네가 뭐야? 날 그냥 좀 내버려둬. 제발 내버려두라고!

짜증을 내며 사람들 앞에서 망신을 줄 때도 있다. 오늘 여자는 고분고분 일어난다. 처음 보는 사내가 비틀거리며 일어나 술잔을 건넨다. 아직은 말끔한 차림새다. 나는 남자가 건넨 술을 단번에 들이켜고 말한다. 으름장을 놓듯 경고하지 않고 거의 애원하는 투로 사정한다.

부탁입니다. 이 사람한테 술을 주지 마세요. 아픈 사람입니다.

나는 그들이 여자를 붙잡고 놔주지 않는다고 생각한다. 아니, 이 광장이 여자를 옭아매고 놓아주지 않는다고 생각한다.

여자가 웃음을 터트리며 묻는다.

왜, 내가 죽을까봐 겁나서? 응?

내 등에 업혀 쪽방으로 돌아오는 동안에도 집요하게 묻고 또 묻는다.

말해봐. 너 내가 죽을까봐 그래?

바람이 차다. 무성하게 몸집을 키우던 플라타너스들이 하루가 다르게 앙상해지고 있다. 거리낄 것 없이 팔다리를 뻗고 자던 사람들은 한쪽으로 몸을 웅크리고 자기 체온을 끌어안는다. 일찌감치 두툼한 담요와 이불을 구한 사람들도 있다. 다들 무엇을 걱정해야 하는지, 무엇을 준비해야 하는지 알고 있다. 그런 걸 모르는 사람은 오직 나뿐이다. 뭘 어떻게 해야 하는 걸까. 도대체 뭘 할 수 있을까. 나는 나를 에워싼 현실에 숨이 막힌다.

죽긴 왜 죽어요. 술 그만 마셔요. 걱정하는 거 알잖아요.

말해봐. 너 나 만난 거 후회하지?

그런 말 한 적 없어요.

하긴 왜 후회를 안 하겠니? 어쩌다 이렇게 늙고 병든 년을 만났을까 생각하겠지. 재수없다고 생각하겠지.

그런 생각 한 적 없어요.

어차피 너도 똑같아. 결국엔 너도 떠나겠지. 그러려고 그렇게 악착같이 일하는 거 내가 모를 줄 아니? 나도 다 알아. 너무 잘 알지.

매일 사무실에 나가고, 돈을 벌고, 어떻게든 그 방 한 칸을 지키려는 노력이 부질없게 느껴진다. 그런 노력이 여자와 나를 여기가 아닌 다른 곳으로 데려다줄 거라는 믿음도 한심하긴 마찬가지다. 간신히 쌓아올린 기대와 희망 같은 것들이 여자의 말 한마디에 맥없이 무너진다.

내가 어떻게 했으면 좋겠어요?

그렇게 묻는 대신 나는 여자를 더 바짝 업는다. 여자의 몸은 커다란 공에 마른 팔다리를 붙여놓은 것 같다. 편의점을 지날 때마다 여자가 투정 부리듯 말한다.

소주 하나만 사 가자. 딱 한 병만 마시고 잘게.

내 목을 힘껏 끌어안고 몸을 버둥거린다. 나는 몇 개의 편의점을 그냥 지나친다. 이제 여자는 술을 입에 대기 시작하면 스스로 멈추지 못한다. 처음 하루나 이틀은 술에 취해 기분좋게 잠이 들

208

지만 나중엔 술이 아닌 것은 모두 거부한다. 밤에는 배를 감싸쥐고 복통을 호소하고 날이 밝으면 고통을 잊기 위해 술을 마시는 일이 반복된다. 나는 내가 어떻게 할 수 없는 그 모든 상황들이 겁이 난다.

말해봐. 내가 죽을까봐 겁나니?

어쩌면 그런 여자의 질문에 나는 지금까지와는 다른 대답을 하고 싶은 건지도 모른다. 차라리 죽어버렸으면 좋겠다고, 차라리 죽어버리라고 소리치면서 내 안의 불안과 두려움 전부를 내보이고 싶은 건지도 모른다.

여자를 축축한 이불 위에 눕히고 나는 쪽방을 나와 골목을 서성거린다. 멀리 역사의 간판이 보인다. 나는 가파르게 늘어서 있는 집들을 등지고 어두운 광장 쪽을 오래도록 내려다본다.

*

하나둘 빈집이 늘어난다.

썰물처럼 사람들이 빠져나간 주택가는 한낮에도 고요하다. 여인숙과 쪽방이 다닥다닥 붙은 거리를 벗어나면 동네는 죽은듯 적막해진다. 나는 어지럽게 이어진 골목을 따라 여기저기를 쏘다닌다. 쓸 만한 걸 줍기 위해서다. 사람들이 버린 가구나 가재도구를 뒤지며 나는 생각한다.

방을 그럴듯하게 꾸미면, 시계를 걸고 탁자와 의자를 가져다놓으면, 그래서 방이 그럭저럭 모양을 갖추면, 여자가 정을 붙일 수 있지 않을까. 그러면 거리로 나가는 대신 방에 머물 수 있지 않을까. 방에서 보내는 시간이 편안해질 때쯤엔 그 방을 떠나 더 나은 방으로 갈 수 있지 않을까.

나는 곰팡이 자국이 선명한 벽 쪽에 조그마한 서랍장을 놓고 방 한가운데 매트리스를 깐다. 달력을 걸고 구식 온풍기도 들여놓는다. 잡동사니를 담을 수 있는 플라스틱통과 화분 서너 개도 가져다놓는다. 여자는 소라와 함께 통로 쪽에 쪼그리고 앉아 있다. 그런 게 다 무슨 소용이냐는 듯 골똘히 바닥의 한 지점만 멍하니 내려다보고 있다.

아저씨. 근데요, 그거 알아요?

소라가 묻는다.

나는 문짝을 떼어내고 부피가 큰 짐들을 옮긴 다음 창틀에 수북하게 쌓인 먼지와 죽은 벌레들을 닦아낸다. 반쯤 뜯겨져나간 벽지를 말끔하게 제거하고 신문지를 덧댄다. 방은 조금씩 환해지는 것 같지만 다시 보면 여전히 그대로다.

우리 아빠가 그러는데요. 여기 사는 사람들 다 이사가야 할 거래요.

내가 대답을 하지 않자 아이는 방문 앞까지 다가와 카랑카랑한 목소리를 낸다.

그러니?

나는 간단히 대꾸하고 만다. 언제 나가야 할지 모르니 알아서 준비하라고 했던 주인의 말이 떠오른다. 지금 가진 돈으로는 당장 쫓겨나야 할지도 모르는 이런 방밖에 구할 수가 없다. 아니, 언제 든 쫓겨날 수 있다는 조건이 붙지 않았다면 이런 방조차 구할 수 없었을 것이다.

짐이 많으면 이사하기 힘들잖아요.

그럼 다 버리고 가지, 뭐.

눈앞에서 알짱거리는 아이를 쫓으려고 나는 퉁명스럽게 대꾸한 다. 내가 문을 끼우는 동안 아이는 통로를 서성거리며 방안을 기 웃거린다. 낡은 문짝은 좀처럼 끼워지지 않고 문과 씨름하는 동안 짜증이 치민다. 내 눈치를 보던 소라가 한참 만에 말한다. 내가 막 문짝을 틈 안에 밀어넣었을 때다.

그럼 아저씨, 저 화분 나한테 버리고 가면 안 돼요? 저 의자도요.

나는 숨을 몰아쉬며 문지방에 털썩 주저앉는다.

왜? 이사할 때 가져가려고?

아니요. 어차피 우린 이사 못 갈지도 몰라요. 계속 여기서 살아 야 할지도 모른대요. 우리 아빠가 그랬어요.

소라가 어깨를 으쓱하고 말한다.

아저씨, 그럼 이사할 때 저거 다 나 주는 거예요. 약속한 거예요.

나는 말없이 고개를 끄덕인다. 문득 아이가 측은해진다. 어떠니, 방이 좀 달라진 거 같지? 그렇게 묻고 분위기를 바꿔보려는데 잠에 취한 여자의 목소리가 건너온다.

얘, 너 다 가져가. 그래도 돼.

벽에 비스듬히 머리를 기댄 여자는 몽롱한 얼굴로 눈을 깜빡인다. 금방이라도 잠이 들 것처럼 보이지만 여자가 통증을 견디고 있다는 것을 나는 안다.

센터에 가서 약을 좀 받아올까?

얻을 수 있는 건 싸구려 진통제가 전부일 것이다. 그런 진통제로는 통증을 잠재울 수 없다는 걸 알면서도 나는 묻는다.

아줌마 아파요?

소라가 묻고 여자가 말한다.

응. 아무나 술 좀 사다줘. 정말 아파 죽겠어.

나는 날이 저물어도 사무실에 나가지 않는다. 사무실엔 내가 아니어도 일할 사람이 많고, 여자를 돌볼 사람은 내가 유일하다. 그런 식으로 마음을 다독이려 하지만 불안은 가시지 않는다. 모로 누운 여자의 뒷모습이 안쓰럽다가도 화가 나고 짜증이 치밀다가도 서글퍼진다. 나는 여기서 뭘 하고 있나. 저 여자가 내게 무슨 의미인가. 나는 여자 곁을 지키며 여자로부터 힘껏 달아났다가 돌아오는 짓을 반복하고 있다.

아침에 한 번, 저녁에 한 번. 무료 급식 시간에 맞춰 외출하는 것을 제외하면 나는 거의 쪽방을 떠나지 않는다. 삼십 분 남짓 자리를 비우는 동안에도 여자가 어떻게 되지 않을까 전전긍긍한다. 불길한 예감은 빗나가지 않는다. 잠시 나갔다 오면 여자는 방에 없다. 나는 뛰어나가 광장 쪽으로 걷는 여자를 붙잡거나 여자와 술을 마시는 이들과 싸움을 벌인다.

어느날 광장에서 나를 발견한 강팀장이 나를 사무실로 부른다.

너 왜 사무실에 나오지 않는 거야?

화가 난 목소리다. 여자 때문이라는 핑계를 대고 싶지 않은 나는 입을 다물고 있다. 팀장이 의자를 당겨와 가까이 앉으며 말한다.

내가 너한테 얼마나 큰 기회를 줬는지 아니? 너 지금 그걸 망치고 있는 거야.

나는 진통제를 달라거나 돈을 빌려달라며 딴소리를 한다. 밖에서 기다리던 여자가 쉴새없이 사무실 문을 열고 얼굴을 들이민다. 광장에 나가게 해달라는 것이다. 강팀장은 왕가를 불러 여자를 잘 지키라고 당부하고는 사무실 문을 완전히 잠가버린다.

나도 모르겠다. 더는 네 편의를 봐줄 수가 없어. 여기 도움이 필요한 사람은 차고 넘친다.

그는 다른 사람에게 내 자리를 넘겨줄 거라고 못박는다.

무슨 말인지 알아? 왜 대답이 없어?

나는 강팀장이 원하는 대답을 해줄 수 없다. 내 얼굴을 빤히 들여다보던 강팀장이 책상 한쪽에 쌓인 서류 더미를 가리키며 묻는다.

너 이게 뭔지 아니?

그는 시 예산이 줄고 센터 예산이 삭감되는 상황을 설명한다. 서류를 뒤적여 구체적인 항목과 내용을 읽어주기도 한다. 당장 오늘밤 일도 알 수 없는 내 앞에서 그는 다가오는 연말이나 내년의 일을 걱정하고 있다. 도대체 그게 나와 무슨 상관인가. 내 신경은 온통 문밖의 여자에게 가 있다. 여자를 어르고 달래 쪽방으로 되돌아가고, 고통스러워하는 여자를 지켜봐야 하는 길고 긴 밤을 생각하고 있다.

너처럼 젊은 애들은 스스로 일어서야 해. 센터도 나도 이젠 방법이 없다. 너 내가 무슨 이야기를 하는지 알아? 네가 얼마나 소중한 기회를 날려버렸는지 아느냔 말이다.

강팀장이 다그친다. 나는 바닥의 얼룩과 서류 뭉치의 모서리를 노려보며 입을 다문다. 그들은 내가 무엇을 원하는지 모른다. 처음부터 그런 것에는 관심이 없었다. 그들은 어떻게든 이 광장에서 나를 내쫓는 데에 혈안이 되어 있다. 그들은 그들이 해야 하는 일을 하고 나는 내가 할 일을 할 뿐이다. 미안할 것도 고마울 것도 없다.

왜 말이 없어? 어떻게 할 거야? 어떻게 할 거냐고 묻잖아.

강팀장이 소리치고 한참 만에 내가 되묻는다.

그럼 저 사람은요?

창 너머로 짙게 노을이 깔린다. 초조해진다. 밤마다 여자는 당장이라도 숨이 넘어갈 것처럼 마른기침을 하고 피를 쏟는다. 배를 감싸쥐고 웅크린 채 자신도 모르게 설사를 할 때도 있다. 그럴 때 내가 다가가려고 하면 여자는 고통에 질린 얼굴로 소리만 질러 댄다. 수치심과 공포, 자기모멸이 뒤섞인 여자의 얼굴을 마주하는 것이 괴롭다.

여자의 팔다리는 물통처럼 부풀어오르고 내가 그런 것들을 어떤 심정으로 견디고 있는지 강팀장은 알지 못한다. 강팀장은 여자를 요양병원에 보내고 알코올중독 치료를 받고, 재활하는 과정들을 차근차근 설명하기 시작한다. 내가 원하는 게 그런 것들이 아님을 알면서도 그는 한결같다.

저 사람을 네가 책임질 필요는 없다. 그렇게 안 한다고 널 비난할 사람은 없어. 혹시 너 그런 걸 겁내는 거야?

순간 얼굴이 달아오른다. 이 사람은 여자와 내 관계를 절대로 인정하지 않겠구나, 어떻게 해도 이해할 수 없겠구나, 그런 확신이 든다. 너희 둘의 관계는 아무것도 아니다. 그건 동정이고 연민이고 망상이고 결국은 사라져버릴 어떤 것이다. 끝내야 하는 어떤 것이다. 그는 그만의 방식으로 우리 둘 사이를 판단하려 한다.

같이 있으면 있을수록 서로 힘들어질 뿐이야. 너도 알잖아, 그걸 몰라? 정말 몰라서 이러는 거야?

몰라요. 모른다고요.

나는 주먹을 쥐고 다른 하고 싶은 말들을 힘껏 붙든다. 그러나 결국 입을 열고 이렇게 되묻는다.

사람이 저렇게 아픈데 그럼 버려요?

몸을 숙여 나를 빤히 바라보던 팀장이 의자 속에 몸을 파묻으며 말한다.

그럼, 당연히 그래야지. 필요하면 그렇게 하는 거다. 그게 내가 하는 일이야. 여기 있는 사람들이 뭘 버려야 하는지, 뭘 포기해야 하는지, 일일이 알려주는 게 내가 하는 일이다.

내가 몸을 일으키려고 하자 팀장이 내 어깨에 손을 올린다.

너 저대로 저 사람을 방치하다가 죽으면 책임질 거야? 책임질 수 있어? 아픈 사람을 저렇게 내버려두는 게 사랑이야? 정말 그래?

나는 소리나게 문을 닫고 사무실을 나온다.

*

여자의 입술에 허옇게 껍질이 일어난다.

입을 맞추면 까슬까슬하고 따가운 느낌이 든다. 여기저기 넘어지고 부딪히며 생긴 상처는 한참이 지나도 아물지 않고 흉터는 오래 남는다. 여자를 껴안을 때마다 거대한 통증을 껴안는 것처럼 조심스럽다. 여자의 몸은 좀처럼 뜨거워지지 않고 우리가 사랑을 나누는 일도 뜸해진다.

216

정말 미안한데, 더는 못하겠어.

언젠가 행위중에 여자는 고개를 돌려 구토를 하고 그렇게 말한다. 자세를 어떻게 바꿔도 예전 같은 기분은 느낄 수가 없다. 이제 나는 등을 돌리고 누워 혼자 욕구를 해결하려고 애쓴다. 그러는 동안 여자는 숨을 죽이고 반대쪽으로 돌아눕는다. 여자가 깨어 있다는 걸 알면서도 나는 그만두지 못한다. 적막 속에서 숨죽여 흥분하고 빠르게 식는 몸을 지켜본다. 행위가 끝나면 나는 돌아누운 여자를 말없이 껴안는다. 그렇게라도 내 곁에 누군가가 있다는 것을 확인하려고 한다.

자요?

두려운 듯 잠든 여자를 흔들어 깨울 때도 있다.

미안해. 내가 여기 있으면 안 되는데, 널 이렇게 붙잡아두면 안 되는데. 내가 너무 나만 생각한다, 그지?

통증이 잦아들면 여자는 침착한 목소리로 그만 자신을 떠나도 좋다고 말한다. 어쩌면 그것이 최선인지도 모른다. 여자에게도, 내게도, 그것만이 유일한 출구인지도 모른다. 그런 생각을 하면서도 나는 서운함을 감출 수가 없다.

왜요? 내가 싫어요?

이제 그렇게 묻는 것은 여자가 아니라 내가 된다. 여자는 말없이 내 이마를 쓰다듬고 머리칼을 흐트려놓는다. 여자가 아니면 누가 내게 이렇게 다정한 말을 건네고 따뜻한 체온을 나눠줄 수 있을까.

다른 누군가를 꿈꿀 수 없는 가난한 처지가 서로를 유일한 존재로 만들었다고 해서 그게 사랑이 아니라고 누가 말할 수 있나. 나는 새파랗게 핏줄이 불거진 여자의 몸을 조심스레 끌어안는다.

며칠 후 우리는 여자의 가족을 만나러 가기로 한다.

수급 신청을 하기 위해서다. 수급자가 되려면 직계가족이 없거나, 그들의 소득과 관련이 없음을 증명해야 한다. 이른아침 우리는 지하철역으로 간다. 나는 개찰구를 뛰어넘고 여자는 몸을 숙여 개찰구 아래를 통과한다.

사람들이 나란히 앉은 우리를 힐끔거린다. 빈자리가 생겨도 곁에 와서 앉지 않는다. 붐비는 객차 안에서 우리는 외딴섬 같다. 여자는 맞은편 창에 떠오른 자신의 모습을 골똘히 바라보느라 말을 잃은 표정이다. 가족을 만나러 가는 여자가 무슨 생각을 하는지 알 수 없는 나도 말이 없긴 마찬가지다.

여자의 운동화가 마음에 걸린다. 센터 창고를 사흘이나 들락거렸지만 건진 건 사이즈가 맞지 않는 고무신 같은 운동화가 전부다. 여자는 한 치수나 큰 운동화를 질질 끌며 가족을 만나야 한다. 구두 같은 게 들어올 리 없다는 걸 알면서도 나는 창고를 더 뒤져보지 못한 것을 후회한다. 직원에게라도, 아니면 쪽방 주인에게라도 아쉬운 소리를 해볼 수 있었을 것이다.

그러나 한편으론 그게 다 무슨 소용인가 생각한다. 유행이 지난 점퍼와 헐렁한 고무줄 바지를 입은 여자가 구두를 신는 것처럼 우스꽝스러운 일이 어디 있을까. 그럭저럭 옷을 갖춰 입는다고 하더라도 황달이 오른 안색과 복수가 차오른 배는 숨길 수 없을 것이다. 어딘가에 구멍이 뚫린 것처럼 여자에게선 거리의 흔적이 줄줄 새고 있다. 나도 다르지 않을 것이다.

무슨 생각 해요?

나는 불안을 이기지 못하고 묻는다.

아무 생각도 안 해.

여자는 깊은 생각에 빠진 사람처럼 한곳을 보며 중얼거린다. 여자는 남편을 만나고, 처지를 설명하고, 등본과 동의서 같은 서류를 부탁할 것이다. 그러고 나면 나와 함께 다시 광장으로 돌아올 것이다. 그러나 수년 만에 남편과 아이들을 만나는 여자의 심정을 헤아릴 수 없는 나는 여자가 나와 함께 광장으로 돌아오지 않을지도 모른다고 생각한다. 여자가 그곳에 남겠다고 한다면 무슨 말을 해야 하나. 함께 광장으로 돌아가자고 말해야 하나. 그런 말을 할 수 있나. 상상 속에서 주저하며 돌아서는 내 모습이 떠올랐다가 사라지기를 반복한다.

가족들이랑 같이 살고 싶지 않아요?

중심가를 빠져나오자 지하철 안이 한산해진다. 여자는 타고 내리는 사람들을 힐끔거리며 중얼거린다.

아니, 그런 생각은 안 해.

그리고 한참 만에 중학생인 두 아이에 대해 말한다. 첫째를 임신했을 때, 둘째를 낳았을 때, 하고 이야기를 이어가는 여자의 얼굴엔 표정이라 할 만한 게 없다. 나는 결혼을 하고 아이를 낳고 평범한 가정을 꾸린 여자의 모습을 떠올려본다. 어떻게 해도 지금의 나는 결코 알 수 없는 여자의 지난 시간들을 생각해본다. 삶에 대한 자신과 만족, 어떤 희망과 기대로 건강하게 살이 오른 여자의 모습을 상상해본다.

여자가 남편에 대한 이야기를 꺼낸다.

착한 사람이야.

모든 게 자신의 잘못이라는 듯 말한다. 아무 이유도 없이 여자가 술을 마시고 불화를 일으키고 집을 뛰쳐나왔다는 말을 다 믿을 수는 없다. 여자의 말 속에서 나는 가족에 대한 미안함과 죄책감을 어렴풋이 짐작할 수 있을 뿐이다. 창밖으로 크고 넓은 들판이 이어진다. 나는 수년 만에 집으로 돌아온 아내를 마주하는 남편의 마음이 되어보려 애쓴다. 이제 한 시간 남짓이면 여자가 가족을 만날 것이다. 내가 여자의 남편이라면 여자를 다시 아내로 받아들일 수 있을까, 그런 일이 가능할까, 생각한다. 나는 여자가 다시금 그 가족 구성원으로 되돌아가는 게 겁이 난다. 그런 의미에서 나는 여자가 가족에게 버림받기를 바라는 건지도 모른다.

탈 때와 비슷한 방법으로 개찰구를 통과한 우리는 역 밖으로 나온다. 물기를 머금은 바람이 분다. 떡볶이와 튀김 등을 파는 포장마차 몇 개를 지나고 허름한 실내 야구장을 지난다. 탕, 탕 하고 공을 때리는 소리가 들리지 않을 때까지 우리는 걷는다.

걷고 또 걸어도 여자가 말한 동네는 나타나지 않는다. 몇 걸음 앞서가던 여자는 잠깐씩 걸음을 멈추고 주변을 둘러본다. 방향을 가늠하듯 얼굴을 찌푸리고 높은 빌딩의 이름이나 교통 표지판을 확인할 때도 있다.

많이 변했네. 그땐 이렇지 않았는데.

곁에 선 내가 표지판에 적힌 글씨와 주변 상호를 큰 소리로 읽어주는데도 여자는 길을 찾지 못한다. 몇 걸음 떼고 멈춰 서는 일이 반복된다. 결국 여자가 횡단보도 앞에서 멈춘다. 몇 번이고 신호가 바뀌고, 사람들이 바쁘게 길을 건너는 동안에도 우리는 멍하니 도로를 내다보며 서 있다.

*

차들이 반듯하게 주차된 아파트 단지를 내가 서성이는 동안 여자가 남편을 만난다.

여자의 남편은 깨끗한 와이셔츠와 잘 다림질 된 바지를 입고 나타난다. 그 바람에 곁에 선 여자는 그의 아내라고 상상할 수 없을 만큼 남루하고 초라하다. 여자가 점퍼 주머니를 뒤져 서류 몇 장을 꺼낸다. 서류를 확인하는 남편의 표정은 어둠 속에 가려 잘 보이지 않는다. 그들은 잠시 그렇게 마주서 있다. 아이들의 안부를 주고받는 것 같기도, 서로를 향해 때늦은 원망을 쏟아놓는 것 같기도 하다. 두 사람의 기다란 그림자를 지켜보는 내 마음이 점점 더 초조해진다.

며칠 전부터 나는 그런 장면을 상상해왔다. 잘 만들어진 산책로가 있고 고급 차가 즐비한 아파트 단지. 널찍한 베란다 창으로 쏟아지는 불빛들. 누군가는 늦은 식사를 하고, 누군가는 텔레비전을 보고, 또 누군가는 창밖을 내다보며 하루를 마무리하는 모습들. 차고 어두운 거리에 나를 버려둔 채 여자가 다시 그런 일상 속으로 되돌아갈까봐 애를 태웠다.

그러나 그 모든 건 상상일 뿐이다. 날이 저물고 있지만 여자는 여전히 동네를 찾지 못하고 있다. 한산한 은행에 들러 물 한 잔을 마신 걸 제외하면 종일 아무것도 먹지 못한 채 낯선 도시를 배회하고 있다. 여자의 걸음이 느려진다. 벽을 짚고 가쁜 숨을 몰아쉴 때도 있다.

이쪽이 맞아요?

내가 물으면 여자는 큰 건물 이름이나 고유 지명을 더듬거린다.

아, 맞아. 동네 입구에 주유소가 하나 있었어.

그렇게 말하곤 자신 없다는 듯 고개를 갸웃거리기도 한다.

여긴 아까 왔던 곳이잖아요.

나는 우리가 지나온 길을 가리킨다. 지하철역에서 어느 방향으로, 얼마나 걸어왔는지 다시 천천히 설명한다. 여자는 뭐가 잘못

된 건지 모르겠다는 표정으로 주변을 둘러볼 뿐이다. 결국 내가 가까운 공인중개사 사무소 문을 연다. 컴퓨터 앞에 앉아 있던 사내가 밖으로 나온다. 말끔한 유리창에 매매와 전세, 월세 같은 임대 정보와 가격이 가지런하게 정리되어 있다.

그 동네는 왜 찾아요?

금방이라도 길을 알려줄 것 같던 사내는 여자와 나의 행색에 약간 놀란 눈치다. 그럼에도 재미있는 구경거리를 발견한 것처럼 우리에게서 눈을 떼지 못한다. 무례하고 불쾌한 눈빛이 여자와 나를 훑는다.

이 동네 살아요? 어디서 왔어요?

사내의 목소리에 경계심이 어린다. 당황한 나는 멀찌감치 서 있는 여자를 돌아본다. 여자는 이미 저쪽으로 걸어가는 중이다. 운동화가 바닥에 끌리며 직직 하는 소리를 낸다. 사내의 기분 나쁜 눈초리가 집요하게 여자의 뒤를 따라간다.

저쪽 어디이지 싶은데, 우체국 뒤편 아닌가?

중얼거리는 사내를 두고 나는 여자를 뒤쫓아간다. 너무 멀리까지 왔다. 이제 지하철역이 어느 쪽인지도 가늠하기 어렵다. 나는 아무나 붙잡고 우리가 찾는 동네를 물으려고 한다. 사람들은 나를 빠르게 지나치거나 먼 쪽으로 에둘러 간다. 상가가 밀집한 거리를 지나자 크고 넓은 정문이 경쟁하듯 늘어선 아파트 단지가 보인다. 고층 건물을 부딪고 나온 노을빛이 일렁이며 스스로 움직인다. 멀미가 인다.

우리는 어디로 가야 할지 모르는 채로 길 한가운데 서 있다.

어쩌지. 어떡하지.

여자는 혼잣말처럼 중얼거린다.

남편과 아이들을 만나고, 서류를 내밀고, 서명을 구걸하는 일들을 염려했던 여자는 그것마저 할 수 없게 된 지금의 상황이 믿기지 않는 듯 허탈하게 웃기까지 한다. 수급자에게는 매달 생활비가 지원되고, 안정적인 주거가 제공된다. 무료로 병원 진료를 받을 수 있고, 입원도 가능하다. 수급자가 될 수 있을지도 모른다는 기대는 단 며칠 만에 또 무너진다.

나는 여자를 업고 걷는다.

지나온 길을 다시 걷고, 지하철역까지 가서 다른 방향으로 걸어가보기도 한다. 여자의 더운 숨이 목덜미를 간질인다. 종일 땀흘린 내 몸에서 불쾌한 냄새가 날 것이다. 여자는 내 어깨에 얼굴을 묻은 채 말이 없다. 나도 마찬가지다.

다만 이대로 걷다가 바닥이 꺼지고 저 아래로 떨어졌으면 좋겠다, 나는 생각한다. 이대로 흔적도 없이 사라졌으면 좋겠다, 생각만 한다. 이 세계에 안과 바깥이 있다면 나는 그 경계를 걷고 있다. 안으로 뛰어들지도, 바깥으로 뛰어내리지도 못하고 끈질기게 테두리만 맴돌고 있다. 어떤 식으로든 전부 끝이 나면 좋겠다. 나는 천년을 살고 만년을 산 것처럼, 사는 동안 무수한 기대와 절망을 다 겪은 것처럼, 아득한 심정으로 한 걸음씩 내디딘다.

괜찮니?

여자가 묻는다. 나는 제자리에 서서 여자를 바짝 업은 다음 말한다.

괜찮아요.

한참 만에 택배 기사가 우리가 찾는 동네를 일러준다. 머리를 긁적이며 기억을 더듬던 그가 검지로 길 건너편을 가리킨다. 헤드라이트 불빛을 등지고 선 그의 그림자가 내가 서 있는 곳까지 밀려온다.

저쪽 근처인 거 같은데요.

커다란 공사 가림막이 서 있는 곳이다. 나는 몸을 돌려 그쪽을 바라본다. 등에 업힌 여자는 말이 없다. 화물칸을 열어 박스를 정리하며 전화를 받던 기사가 소리나게 문을 닫고 운전석으로 돌아간다. 나는 트럭이 떠나기 전에 한번 더 묻는다.

저기가 확실해요?

운전석에 앉은 기사가 나와 여자를 골똘히 바라본다. 순간적으로 나는 헤드라이트 불빛을 피해 한두 걸음 물러난다.

확실해요. 저쪽 어디쯤일 겁니다.

그는 큰 소리로 답한 다음 차를 몰고 그곳을 빠져나간다. 트럭의 붉은 후미등이 완전히 보이지 않게 된 뒤에도 여자는 말이 없다. 한참 만에 내가 묻는다.

더 찾아볼까?

됐어. 그만 가자.

어디로 어떻게 가야 하는지 모르면서도 나는 다시 걷는다. 가다 보면 역이 나오겠지, 역에서 지하철을 타면 광장으로 돌아갈 수 있겠지, 막연히 생각할 뿐이다. 가지 못하면 또 어떤가. 어디나 똑같이 춥고 어두울 거라고 생각하자 마음이 고요해진다.

여자가 내 어깨를 감싸안으며 묻는다.

춥니?

아니, 괜찮아요.

나는 제자리에서 여자를 고쳐 업는다. 당신만 있으면 나는 괜찮다. 이대로도 충분하다. 어쩌면 나는 그런 말을 하고 싶은 건지도 모른다. 그러나 이젠 그게 내 진심이라고 확신할 수 없다. 모든 건 지나가버리고, 나는 지나가버릴 말들을 함부로 지껄이고 싶지 않다. 그럼에도 나는 기어이 또 말하고 만다. 너무 많이 한 탓에 닳고 닳은 말들을, 여자와 내게 더는 어떤 감동도, 감흥도 일으키지 못하는 말들을 내뱉고 만다.

*

여자의 가족을 만나지 못하고 돌아온 다음날 쪽방 주인이 방문을 두드린다.

금방이라도 방문을 열어젖힐 것처럼 노크 소리가 요란하다. 문을 열자 서늘한 공기가 달려든다. 팔뚝에 곧장 소름이 돋는다.

지금 이야기 좀 할 수 있어요?

소라네 방에 네댓 사람이 모여 있다. 나는 그곳에서 소라 아버지를 처음 본다. 덥수룩하게 수염을 기른 그는 땅딸막하지만 다부진 인상이다. 나는 소라에게 여자를 잠시 보살펴달라고 부탁한다. 아이가 방을 빠져나가고 나무 미닫이문이 여닫히는 소리가 들린다. 찌푸린 얼굴로 주먹을 쥐었다가 폈다가 하던 한 노인이 입을 연다.

자, 이제 다 모였으니 어떻게 할 건지 말해봐요.

쪽방 주인은 여기저기 내걸린 현수막에 대해 이야기한다. 철거가 시작된 옆 동네와 아랫동네의 상황을 구체적으로 설명하기도 한다. 지난 계절 황구와 석씨를 따라다니며 내가 일했던 곳이다. 주인의 말은 핵심을 피해 주변을 빙빙 돈다.

아니, 그래서 어쩌라는 겁니까? 어떻게 하자는 거예요?

소라 아버지가 언성을 높인다. 주인은 어깨를 으쓱하고 말한다.

나라에서 하는 일인데 나라고 뭘 어쩌겠어요. 하라는 대로 해야지. 내가 무슨 힘이 있어요.

그래도 최소한 겨울은 날 수 있게 해주셔야죠. 그래, 보일러는 그렇다 쳐요. 그래도 전기, 수도 같은 건 해결을 해줘야 살 거 아닙니까? 한 달이든 두 달이든 살게는 해주셔야죠.

소라 아버지가 한 발 물러선다. 어떻게든 주인을 설득해야 하지 않느냐, 도움을 구하듯 다른 사람들에게 눈짓을 하기도 한다. 나는 손가락으로 방바닥의 낙서를 만지작거린다. 소라가 그린 게 분명한 별무늬와 하트 모양을 따라 그린다. 이 방에선 좋은 냄새가 난다. 어린아이에게 나는 냄새. 여리지만 쑥쑥 자라나는 나뭇잎 같은 냄새다.

아시다시피 전 애가 있어요. 겨울이면 몇 달씩 애가 감기를 달고 산단 말입니다!

그런 말로는 주인을 설득할 수 없다는 걸 알면서도 그는 반복해서 말한다. 주인이 그의 말을 자르고 나선다.

이것 봐요. 나도 내 사정이라는 게 있어요. 이것도 건물이라고, 이십 년 동안 내가 얼마나 힘들었는지 알아요? 세금은 징그럽게 많지, 하루가 멀다 하고 뭐가 망가졌다, 부서졌다 아우성이지. 그렇다고 월세가 꼬박꼬박 들어오길 하나.

주인 여자는 부아가 치미는 듯 문을 탁 연 다음 계속 말한다.

건물 넘기면 어쨌든 나랑은 상관없는 일이니까, 보일러를 새로 달든 전기를 끌어다 쓰든 마음대로 해요. 나도 몰라요.

주인은 항복하듯 두 손을 들어 보인다.

다들 자기 생각만 하지. 나도 힘든 건 마찬가지예요. 뭘 어떻게 해야 할지 모르긴 나도 마찬가지라고요. 말도 안 되는 가격에 건물을 넘기는 심정을 알기나 해요? 오죽하면 내가 이러겠어요.

그럼 계속 살아도 되오? 나가지 않아도 된다는 말이오?

내내 고개를 숙인 채 말이 없던 노인이 묻자 주인이 대꾸한다.

마음대로 하세요. 이제 나는 이 건물 주인도 아니고 뭣도 아니에요.

아니, 그래도 최소한 살게는 해줘야지. 수도도 전기도 없는 집에서 어떻게 살라는 겁니까?

그렇게 따져 묻는 소라 아버지를 내버려두고 주인은 방을 나가버린다. 그래도 당장 쫓겨나는 게 아니니 다행이지 않느냐고 누군가 중얼거린다. 나는 내 방으로 돌아와 웅크린 여자의 상태를 살핀다. 여자는 잠이 든 것 같기도, 고통을 견디는 것 같기도 하다. 나는 방안에 고인 냄새에 익숙해지려고 크게 숨을 내쉬고 들이마신다. 플라스틱통에서 계속 악취가 새어나온다. 화장실에 가기 힘든 여자가 구토를 하고 용변을 보는 곳이다. 방안으로 들어올 때마다 메스꺼움을 참기 힘들다.

매트리스 끝에 걸터앉아 엉덩이를 콩콩 찧던 소라가 말한다.

아저씨, 내가 아줌마한테 다 말해줬어요.

뭘?

어른들이 하는 이야기 있잖아요. 우리 아빠가 만날 하는 이야기요. 이사하는 거요!

그랬구나.

근데 아줌마는 아무렇지도 않은가봐요. 그냥 이렇게만 해요.

소라가 고개를 까딱거리며 여자 흉내를 낸다. 나는 소라 곁에 앉아 여자의 발을 찾아 쥔다. 어차피 우리와는 상관없는 일이다. 당장 다음달 방세를 마련하지 못하면 어쨌든 이곳을 떠날 수밖에 없다. 거리로 돌아가면 그만이다. 그러나 한편으로 나는 돌아갈 곳이 있다고 안도하는 스스로가 못마땅하다. 돌아갈 곳이 있다고 가정하면 현재를 지키는 게 힘들어지기 때문이다. 거리를 생각해선 안 된다고 나는 스스로를 다잡는다.

여기가 끝이다. 다른 곳은 없다.

나는 경고하듯 혼잣말을 한다. 그러면서도 나는 또다시 거리를 떠올린다. 우리가 얼마나 더 버틸 수 있을까. 간지러운 듯 여자가 발을 꼼지락거리는 게 느껴진다.

근데요, 아저씨. 이사가면 이 의자 나 줄 거예요? 이 화분도요?

아이는 방안을 돌아다니며 재잘거린다. 여자는 누운 채로 진통제를 씹어 삼킨다. 마른입 안에서 하얀 알약이 부서지는 소리가 들린다. 바보처럼 이런 방에 희망이 있다고 믿은 적이 있었다. 아직 오지 않은 미래를 확신한 적도 있었다. 이제 방은 웅크린 여자의 뒷모습을 눈앞에 들이대며 묻는다.

자, 봐라. 이런 것이 희망의 진짜 모습이 아니냐.

여자가 술을 달라고 애원한다.

제발. 부탁이야.

떨리는 목소리로 사정하다가 나중에는 욕을 하고 분에 못 이긴

듯 눈물을 흘린다. 여자의 눈가에 버짐처럼 눈물 자국이 말라붙는다. 나는 나가려는 여자를 붙잡고 다독인다. 여자처럼 소리를 지르고 욕설을 퍼붓고 분에 못 이겨 울먹이고 싶은 충동을 간신히 참아낸다.

바깥에서 요란한 굉음이 인다. 펑, 펑 하는 소리가 날 때마다 여자가 놀란 듯 몸을 떤다. 소라는 제 방으로 돌아가지 않고 여자 곁에 앉아 눈물을 닦아주고 볼을 쓰다듬는다. 검지를 입술에 갖다 대고 나를 바라보다가 두 손으로 여자의 귀를 살며시 덮어줄 때도 있다. 가만히 보면 저 혼자 천진하게 소꿉놀이를 하는 것도 같다. 여자는 아무 말이 없다. 모든 걸 포기한 듯 아이가 하는 짓을 내버려둔다.

나는 소라를 데리고 밖으로 나온다. 골목 한쪽에 사람들이 모여 있다. 팡, 팡. 불꽃이 터질 때마다 캄캄한 공중에 손에 잡힐 듯 크고 환한 무늬가 사방으로 번진다. 소라가 탄성을 내지른다. 내 허리춤을 잡고 까치발을 한 채 콩콩 제자리에서 뛰어오른다. 나는 소라를 안아 목말을 태운다.

아저씨, 저거 봐요! 저기 봐요!

알록달록한 빛들이 하늘을 물들인다. 희미하게 음악소리가 들리고 멀리 사람들의 함성이 또렷해진다.

아줌마도 불러올까요?

내 머리칼을 가볍게 쥐고 있던 소라의 손이 내 눈가를 더듬는다. 작고 여린 손바닥으로 내가 울고 있는지 확인하고 싶은 모양이다. 이 어린아이에게까지 마음을 다 들켜버렸구나 하는 부끄러움이 든다.

나는 사람들을 밀치며 조금 더 앞으로 나아간다. 폭죽이 연이어 터진다. 사방이 잠깐씩 환해진다. 소라의 작은 몸이 흥분으로 들썩거린다. 나는 고개를 쳐든 사람들 사이에서 밝아지고 어두워지는 골목을 말없이 지켜본다.

*

통증을 견디는 여자를 지켜보는 게 힘들다.

여자는 아주 작은 고통도 이기지 못한다. 한밤에 여자는 몸을 뒤틀며 덜덜 떨거나 알 수 없는 말을 중얼거리며 고개를 비튼다. 허공을 향해 욕설을 내뱉고 손발을 버둥거린다. 내가 할 수 있는 건 제멋대로 움직이는 여자의 몸을 힘껏 붙들거나 멀찌감치 물러나서 경련이 지나가기를 기다리는 것뿐이다.

그리고 어느 날 밤 소라 아버지가 나를 불러내어 주의를 준다.

도대체 어디가 아픈 겁니까?

그는 여자를 병원에 보내야 한다고 충고하고 여자의 신음소리 탓에 도무지 잠을 이룰 수 없다고 하소연한다.

진통제가 있으면 좀 주십시오.

232

나는 다른 말을 한다.

가족이에요?

그가 묻는다.

아닙니다.

그럼 무슨 사이예요?

얇은 벽 너머로 우리 방에서 일어나는 일들을 다 들었으면서도 그는 시치미를 뗀다. 나는 대답할 말을 찾지 못한다. 그럴 필요가 없는데도 얼굴이 달아오른다.

괜히 헛수고하지 말아요. 그만 가족에게 돌려보내요.

사람들에게 이런저런 이야기를 전해들었을 게 분명한 쪽방 주인도 나를 찾아와 이것저것 따지고 든다. 방문을 열어 안을 힐끔거리다 나를 불러내서는 나지막한 목소리로 다그친다.

여기서 송장 치고 싶어요? 어쩌자는 거예요, 응?

다들 제 처지를 설명하기 바쁘다. 그들은 말하고 나는 듣는다. 모두에겐 다른 사람들의 이해가 가닿지 않는 사정이 있다. 나는 거리로 되돌아갈 수밖에 없는 내 처지를 이야기하고 싶다. 누구라도 내 얘기를 한 번쯤 들어줬으면 좋겠다. 사람들이 일방적으로 쏟아내는 말들에 숨이 막힌다.

어느 날 밤에 나는 여자의 앙상한 발목을 쥐고 말한다.

병원에 가볼래요?

가볍게 떨리던 여자의 몸이 제멋대로 요동치기 시작한다. 순식간에 여자와 팔과 다리, 상체와 하체가 뒤틀린다. 나는 체중을 실어 여자의 몸을 힘껏 누른 채 똑바로 여자를 내려다본다. 그런 식으로 도망가고 싶은 마음을 들키지 않으려고 필사적이 된다. 한참만에 여자의 몸이 축 늘어진다.

나는 침으로 흥건해진 여자의 입가를 닦아주며 말한다.

병원에 가요.

종일 아무것도 먹지 않고 수시로 찾아오는 경련과 싸우는 여자는 기운이 없다. 이제 무엇이 어떻게 되어도 상관없다는 얼굴이다. 나는 두 손으로 여자의 얼굴을 잡고 눈을 맞춘다. 초점 없는 여자의 눈빛이 나를 지나쳐 멀리로 달아난다.

병원에 가야 하잖아요. 아프잖아요.

네가 날 병원에 보내고 싶어하는 거 아니니?

여자는 벽 쪽으로 돌아누우며 중얼거린다. 거친 머리칼과 야윈 몸, 앙상한 팔다리와 까맣게 변해버린 발. 기침을 할 때마다 살이라고는 거의 없는 여자의 몸에서 울룩불룩 뼈가 불거진다. 여자를 보는 것이 점점 힘들어진다. 어떤 결정적인 시간이, 순간이, 사건이 여자를 관통해버린 것 같다. 이제 여자는 간신히 숨만 쉬는 작은 짐승처럼 보인다.

나 때문에 여기 있을 거 없어. 가고 싶으면 가. 가도 돼.

여자가 이불을 턱까지 끌어올리며 중얼거린다.

너도 지쳤겠지. 피곤하고 힘들겠지. 왜 아니겠어.

꺼져가는 듯 여자의 목소리가 잦아든다.

그런 말이 아니잖아요!

나는 변명하듯 소리치고, 짜증을 내면서 여자의 몸을 돌리려고 한다. 그런 식으로 들켜버린 진심을 감춰보려고 애쓴다. 나는 여자의 더러운 티셔츠 속으로 손을 밀어넣고 여자의 목덜미에 입을 맞춘다. 여자의 부푼 배 때문에 몸을 자연스럽게 움직일 수가 없다. 여자는 나를 끌어안고 자세를 바꾸며 내 움직임을 돕다가 다시 반대쪽으로 돌아눕는다. 열이 올랐던 몸이 식는다.

나는 여자 곁에 누워 천장을 바라본다. 만약 여자를 만나지 않았다면. 이제 내가 할 수 있는 건 그런 가정을 하고 지금과는 다른 미래를 그려보는 것뿐이다. 일어나지 않은 일을 상상하는 건 쉽다. 그건 미래를 꿈꾸고, 과거를 추억하는 것만큼이나 간단한 일이다. 여자를 만나지 않았다면. 나는 모든 것이 지금보다 나았을 거라고 확신한다. 여자도 나도, 적어도 이런 바닥에 이르지는 않았을 거라고 속으로 중얼거린다.

너, 나를 만난 걸 후회하니?

아픈 와중에도 여자는 내 속을 다 엿본 사람처럼 말한다. 내 마음이 어디쯤을 지나고 있는지 정확하게 알아차린다. 후회하지 않는다고, 절대 그럴 일은 없다고 대답하던 나는 이제 아무 말도 할 수가 없다.

어쩌면 나는 혼자인 것이 두려워 여자를 붙잡고 있는 것인지도 모른다. 그런 걸 사랑이라고 말할 수 있나. 그게 사랑이 아니라면 여자의 마음은 나와 얼마나 다른가. 대답할 수 없는 건 여자도 마찬가지다. 그러니까 나는 이 모든 상황의 책임을 여자에게 돌리고 싶은 건지도 모른다. 이 모든 게 병든 여자의 탓이라고 말하고 싶은 건지도 모른다.

누구의 잘못도 아닌 이 상황을 견디기 힘들다. 누군가를 비난하고 몰아세울 수도 없이 하루하루 더 바닥으로 곤두박질치는 현실을 봐야만 하는 일이 참담하다.

어둠 속에서 여자가 벌레처럼 몸을 웅크리고 문밖으로 나가는 기척이 난다. 여자를 붙잡고, 막아서고, 실랑이를 벌이던 나는 이제 여자를 내버려둔다. 차라리 광장에서 몸을 가눌 수 없을 만큼 취하고, 잠시 고통을 잊고, 단 몇 시간만이라도 잠을 자면, 그걸로 그만이라고 생각할 뿐이다.

*

광장의 모습이 몰라보게 달라진다.

가로수와 대형 화분들 사이로 길이 나고, 사람들이 그 길을 따라 역사를 오간다. 광고판과 시민 게시판 여러 개가 설치되고, 관광 안내 부스와 상설 전시 부스가 들어선다. 아기자기한 돌멩이로 만든 길은 통나무 길로 이어지고, 역사 중앙 계단 한쪽엔 널찍한 나무 덱이 생긴다.

나는 분수 근처를 서성이며 광장을 뒤덮은 노을을 보고 있다.

차고 서늘한 바람 탓에 눈이 시리다. 나는 눈가를 훔치고 겨드랑이에 손을 넣은 채 아랫입술을 씹으며 시계탑을 올려다본다. 저녁 일곱시가 지나고 삼십 분이 더 지난다. 그리고 한 남자가 내 앞에 와 선다. 말끔하게 정장을 갖춰 입었지만 앳된 티가 남아 있다.

혹시 정실장님 소개로 오셨습니까?

내가 고개를 끄덕이자 그가 손을 내밀어 악수를 청한다.

일단 사무실로 가서 이야기 나누시죠.

나는 그가 이끄는 대로 걸으며 묻는다. 왜 정실장이 나오지 않았느냐, 왜 사무실로 가는 것이냐, 어떤 서류가 필요한 거냐, 시일이 얼마나 걸리느냐. 이런저런 질문을 두서없이 던지지만 내가 궁금한 것은 단 하나다.

내게 돈을 줄 수 있느냐.

그는 몇 번이고 틀림없다는 약속을 한다. 내가 묻지 않은 사항들도 구체적으로 답한다. 일단 사무실에 가면 더 자세한 이야기를 들을 수 있을 거라고 나를 안심시킨다. 남자와 나는 앞서거니 뒤서거니 하며 한 정거장 거리를 더 걷는다.

사무실로 간다던 그가 걸음을 멈춘 곳은 사람들로 붐비는 삼층 식당 앞이다. 식사부터 하자는 그의 말에 이끌리듯 나는 식당 안으로 들어선다. 숯불 냄새와 먹음직스러운 양념 냄새, 먹고 마시고 떠드는 와자한 소리가 달려든다.

넓찍한 테이블을 차지하고 있던 늙은 남자가 손을 흔들며 알은 체를 한다. 불판 위에 고기가 익고 있다. 붉은 핏물이 배어나오는 고기는 고소한 기름내를 피워올리며 먹음직스럽게 구워지는 중이다. 늙은 남자가 내 접시에 고기를 덜어주며 묻는다.

신분증은 가지고 오셨지요?

가지고 왔습니다.

그래요. 사정은 대충 들었습니다. 돈이 필요하다고요?

낮고 부드러운 목소리다. 맑은 안경 너머 남자의 두 눈이 유리알처럼 반짝거린다. 반듯한 와이셔츠 깃과 은빛 시계 같은 것들이 그를 환하게 만든다. 나를 데려온 젊은 남자는 제 할일이 다 끝났다는 듯 먹고 마시는 데만 몰두하고 있다. 나는 군침을 삼키며 젓가락 끝을 매만진다. 남자가 술 한잔을 따라준다. 단숨에 잔을 비우자 짜릿한 기운이 목구멍을 타고 온몸으로 퍼진다.

돈은 언제 주시는 겁니까?

나는 고기 한 점을 집어먹으며 묻는다. 혀에 닿은 고기는 입안 가득 고소한 풍미를 남기고 녹는 듯 사라진다. 나는 또 한 점을 집어먹는다. 그러지 말아야 한다고 생각하면서도 음식을 입으로 가져가면서 계속 다음 먹을 음식에 눈독을 들인다. 젓가락을 내려놓고 남자의 말에 집중해야 하는 순간조차도 끊임없이 씹고 삼키는 데 혈안이 되어 있다.

238

남자가 손을 들어 고기와 술을 더 주문한다.

돈이 많이 급한가요?

그는 명의를 넘기고 서류를 준비하는 데 시일이 걸린다는 이야기를 하다가 문득 그렇게 묻는다. 나는 고기를 집어먹고 술을 마시는 데에 정신이 팔려 있다가 고개를 끄덕거린다.

급해요. 급한 일이에요. 한꺼번에 다 주실 수도 있나요?

글쎄, 한꺼번에 지불하는 건 어려운데.

그가 젓가락을 세워 테이블을 톡톡 두드린다.

술기운이 오른 탓에 긴장이 풀어진 나는 젓가락을 내려놓고 여자에 대한 이야기를 꺼낸다. 지난 새벽 응급차가 여자를 실어갔다. 지금 여자는 응급실에 누워 있다. 한쪽 팔에 링거 바늘을 꽂고 전쟁터 같은 응급실 한쪽에서 숨만 쉬고 있다. 뾰족한 바늘이 여자의 물컹한 배를 찌르고, 복수가 빠져나오고, 그게 일 리터가 넘는다는 이야기를 나는 큰 소리로 떠든다.

그것참 속상한 일이네요.

남자가 술잔을 채워준다.

나는 불판 위에 붙은 고기를 떼어 먹으며 여자를 떠올린다. 돈을 마련하지 못하면 여자는 다시금 어딘가로 보내질 것이다. 원무과 직원이 말한 날짜는 내일이다. 어떻게든 내일까지는 돈을 구해야 한다. 나는 밑반찬과 밥 두 공기까지 말끔하게 비운 다음에야 젓가락을 내려놓는다. 그제야 고통스러워하는 여자를 두고 내 허기만 채웠다는 죄책감이 고개를 든다. 하지만 빈 그릇을 바라보는 나는 뻔뻔하게도 고기나 밥이 더 있었으면 하고 바라고 있다. 먹을 게 있다면 무엇이든 먹어치울 수 있을 것 같다.

그럼 이렇게 합시다.

남자가 호주머니에서 지갑을 꺼낸다. 그는 명함과 주민등록증을 꺼내 자신의 신분을 확인해준 다음 간략하게 절차를 설명한다. 일단 지금 얼마간 돈을 지불하고 날이 밝으면 은행에서 돈을 찾아 나머지 금액을 주겠다는 것이다.

내일요? 그 말을 어떻게 믿어요?

내가 묻자 남자가 웃음을 터트린다. 주변 사람들이 우리를 힐끔거린다.

믿지 않으면 어쩔 겁니까? 돈이 필요한 거 아니에요?

한참 만에 나는 남자가 내민 서류 몇 장에 서명을 하고 주민등록증을 넘겨준 뒤 돈을 받는다. 바보 같은 질문이라는 걸 알면서도 내일 만날 장소와 시간을 거듭 확인한 다음 그들과 헤어진다. 지폐 뭉치를 넣은 바지 주머니가 불룩하다. 또다시 뭐든 할 수 있을 거라는 자신이 생긴다. 다 사라진 줄 알았던 기대와 희망 따위가 슬그머니 몸집을 키운다.

나는 콧노래를 부르며 광장을 향해 걷는다. 나지막하게 흥얼거리던 목소리가 점점 커진다. 언젠가 여자에게 이 노래를 불러줘야겠다. 기분이 좋아진 나는 환하게 불이 켜진 식당 안을 힐끔거리며 계속 걷는다. 길을 지나던 사람들이 나를 피해 멀리 떨어진다. 나는 비틀거리며 멀어지는 그들의 모습을 골똘히 노려본다. 봐라, 나도 돈이 있다. 마음만 먹으면 나도 뭐든 할 수 있다. 나는 호주 머니에 손을 넣어 지폐 뭉치를 만지작거린다. 병원비를 지불하고 여자를 데리고 나와야겠다. 따뜻하고 깨끗한 숙소에서 하룻밤 자야겠다. 노랫소리가 커진다.

나는 가까운 편의점에 들러 호기롭게 돈을 내고 맥주 네 캔을 산다. 도로변에 앉아 맥주를 마신다. 차들이 오갈 때마다 헤드라이트 불빛이 나를 훑고 간다. 나는 택시를 타고 여자가 있는 병원으로 단숨에 달려갈 수 있다. 당장이라도 여자를 데려올 수 있다. 그럼에도 나는 그곳에 앉아 계속 맥주를 들이켜고 기침을 하고 먹은 걸 다 게워낸다. 토사물이 쏟아진 바닥이 빙글빙글 저절로 돈다. 나는 땅을 짚고 몸을 일으킨 뒤 다시 걷는다. 할 수 있는 일도, 하고 싶은 일도 그것뿐이라는 듯이 걷고, 또 걷고, 계속 걷기만 한다.

멀리 광장이 보인다. 나는 새로 난 길을 따라 분수 앞까지 간다. 자리를 펴고 누워 잠을 청하는 사람들이 모두 사라진 그곳은 적막하기만 하다. 흥얼거리는 내 목소리가 어두운 공중에 울려퍼진다. 나는 비틀거리며 분수 난간 위로 올라선다. 둥근 난간을 따라 걸으며 여자와 함께 노래를 부르고 춤추는 모습을 상상한다. 내가 여자의 허리를 감싸고 여자가 내 어깨에 손을 올리고, 이렇게 이렇게, 역사가, 광장이, 세계가 한쪽으로 기울어진 채 빙글빙글 돈다.

여자가 아프지 않았으면 좋겠다. 나는 생각한다. 주머니에 이렇게 돈이 많은데. 나는 두 팔을 벌리고 균형을 잡으려고 애쓴다. 솟구치는 물줄기 안으로 손을 뻗기도 한다. 어쩌면 나는 이 돈을 여자의 병원비로 쓰고 싶지 않은 건지도 모른다. 그건 내가 원하는 게 아니다. 나는 난간을 따라 돈다. 돌고 또 돈다. 한가운데로 들어가 내 진심을 똑바로 볼 자신이 없다. 그리고 결국 내 진심과 똑바로 맞닥뜨리고 만다.

내가 묻는다.

자, 네가 지금 병원으로 달려가지 않는 이유가 뭐지.

질문을 받은 나는 말없이 난간을 걷기만 한다. 걸어도 걸어도 같은 자리로 되돌아오고 마는 짓을 반복하기만 한다.

7

누군가가 내 볼을 가볍게 때린다.

몽롱한 상태에서 나는 볼에 닿는 감촉에 집중하려고 애를 쓴다. 온몸이 꽁꽁 묶인 것처럼, 무거운 담요를 뒤집어쓴 것처럼 꼼짝할 수가 없다. 고개를 흔들며 힘겹게 잠에서 빠져나오자 망치로 머리를 가격하는 것 같은 두통이 몰려온다.

너 이 새끼!

달려드는 건 왕가의 얼굴이다. 나는 반사적으로 몸을 웅크린다. 그를 제지하며 강팀장의 얼굴이 나타난다. 몸을 일으키려고 바닥을 짚다가 나는 다시금 고꾸라진다. 손바닥과 얼굴에 질척한 무언가가 달라붙는다. 시큼한 토사물이다. 온몸이 두들겨맞은 것처럼 아프다. 강팀장이 내 겨드랑이에 손을 넣어 몸을 일으켜준다.

너 도대체 뭘 한 거야? 응?

나는 내가 서 있는 자리와 주변을 둘러본다. 벤치와 푸른 천막, 사무실 컨테이너 같은 것을 확인하고는 반사적으로 주머니를 뒤진다. 주머니엔 아무것도 없다.

뭘 한 거냐고 묻잖아. 얼굴은 또 왜 이런 거야?

강팀장이 곁에 선 왕가에게 수건과 구급함을 가져오라고 소리친다. 못마땅한 표정으로 왕가가 사무실로 뛰어간다. 나는 손으로 몸을 더듬으며 돈의 행방을 찾고 있다. 머릿속이 점점 하얗게 질린다. 나중엔 강팀장이 무슨 말을 하는지도 알아들을 수가 없다.

나는 벤치 주변을 이리저리 오가며 바닥을 살핀다. 고개를 숙일 때마다 헛구역질이 솟는다. 강팀장이 건네는 수건을 뿌리치고 머리를 흔든다. 돈이 없다. 사라져버렸다. 나는 그 자리에 주저앉아 벤치 모서리에 머리를 쿵쿵 부딪는다. 처음엔 가볍게, 나중엔 벤치가 부서져라 힘을 싣는다. 내가 하는 양을 물끄러미 바라보던 강팀장이 강제로 나를 벤치에 앉힌다. 강팀장을 밀어내며 몸부림치는 나를 서너 사람이 붙든다.

놔! 놓으라고! 이거 놓으라고!

나는 소리를 지르고 악을 쓰며 발을 구른다. 강팀장이 뺨을 때린다. 크고 단단한 손바닥이 내 볼을 거듭 가격한다. 그치지 않을 기세다. 결국 내가 온몸에 힘을 빼고 쭉 뻗어버린다. 왕가가 내 얼굴에 주먹을 날리고 수건으로 얼굴을 누른다. 콧잔등이 욱신거리고 인중을 따라 더운 피가 흐른다. 나는 수건에 얼굴을 묻은 채로 수건을 힘껏 깨물고 있다.

도대체 네가 무슨 생각을 하는지 모르겠다. 이게 다 뭐하는 짓이야?

강팀장은 사무실 한쪽에 나를 앉혀놓고 자초지종을 묻는다. 역사 후문에서 누군가와 싸움을 벌이고 경찰이 출동하고, 센터 사람들이 나를 이곳으로 데려오고, 여기서 밤을 보낸 기억 같은 건 하나도 남아 있지 않다. 나는 머릿속으로 사라진 돈의 행방을 맹렬히 쫓고 있다. 돈이 없다. 없어졌다. 나는 소리나지 않게 중얼거린다. 눈앞에 보이는 풍경이 천천히 뜯겨져나가는 것 같다. 하나씩 둘씩 다 뜯겨져나가고 아무것도 없는 텅 빈 백지가 된다. 이가 덜덜 떨린다.

무슨 일이냐고 묻잖아. 무슨 일이야? 무슨 일이 있었던 거야?

강팀장이 부드러운 목소리로 나를 타이른다. 나는 벌떡 일어나 가겠다고 말한다. 강팀장이 내 어깨를 눌러 도로 앉힌다. 일어섰다 앉고 일어섰다 앉는 짓을 반복한다. 결국 강팀장을 밀치며 내가 소리친다.

도대체 뭐가 알고 싶은 건데요?

강팀장이 멈칫한다.

난 널 도와주려고 하는 거다. 무슨 일이 있었는지 알아야 도와줄 거 아니야, 내가.

나는 강팀장의 말을 자르고 대든다.

나한테 일어나는 일을 알면요. 그걸 다 도와줄 수 있어요? 그럴 수 없잖아. 그럴 생각도 없잖아! 뭘 도와줄 건데!

그때 여자의 수급 신청이 받아들여졌다면, 하다못해 주거 지원이나 자활근로 같은 혜택을 받을 수 있었다면, 이렇게 되지는 않았을 것이다. 나는 이 모든 게 강팀장의 탓인 것처럼 원망을 쏟아낸다. 네가 도와준 게 뭐냐. 있으면 말해봐라. 강팀장을 비난하고 몰아세운다. 그는 잠자코 내가 하는 모습을 지켜본다. 그의 목젖이 고요하게 오르내린다.

한참 만에 그가 입을 연다.

잘 들어. 나는 어떻게든 널 여기서 벗어나게 해주려고 한 거다. 여긴 너처럼 젊은 애가 있을 데가.

벗어나고 싶지 않다고! 그러고 싶지 않다고, 나는!

나는 하룻밤 만에 빈털터리 신세로 돌아왔다. 이제 뭘 할 수 있나. 또다시 불안이 나를 흔들어댄다. 나는 주먹을 휘두르고 고함을 지르며 어린애처럼 군다. 내가 왜 이곳을 벗어나야 하는가. 왜 여기 이대로 있으면 안 되는가. 눈가가 뜨거워진다. 나는 소매로 눈가를 훔치고 강팀장을 노려본다.

씨발. 엿 같아. 다 엿 같아.

나는 울먹거리는 걸 들키지 않으려고 욕을 내뱉으며 사무실 문을 쾅 닫고 나온다. 그런 후에도 센터 앞을 서성거리기만 한다. 누군가가 이미 돈을 집어 갔을 것이다. 그 돈을 다 썼을 것이다. 나는 지나가는 사람 아무에게나 혐의를 씌우고 사나운 눈으로 그들의 모습을 좇는다. 어디서부터 잘못되었는지 모르겠다. 어떻게 해야 하는지도 모르겠다.

바깥을 향해 쏟아내던 성난 마음들이 부메랑처럼 천천히 되돌아온다. 무수히 많은 부메랑이 공중에 날렵한 곡선을 그리고 내게 와 박힌다. 한 치의 오차도 없이 나를 관통한다.

모든 게 내 탓이다. 나 때문이다.

그런 자책과 후회가 나를 사로잡는다. 나는 그 자리에 주저앉아 얼굴을 감싼다. 결국 바보처럼 거기 앉아 울음을 터트리고 만다.

*

나는 매일 지하철을 타고 빌딩을 확인하러 가던 사내를 알고 있다.

그가 하는 일이란 저녁 무렵 빌딩 앞에 도착한 뒤 주변을 기웃거리는 게 전부다. 그러면서 그는 빌딩 주변에 버려진 쓰레기와 담배꽁초를 줍는다. 누군가가 화단 틈새에 끼워둔 플라스틱 용기와 빈 캔 같은 것을 수거하기도 한다. 주차 표지판이나 빌딩 벽에 붙은 스티커를 제거할 때도 있다.

저기 불 켜진 데 보이지?

주변 청소가 끝나면 그는 고개를 쳐들고 창 하나를 가리킨다. 커다란 화분과 길쭉한 잎사귀의 실루엣이 어른거리는 창이다.

저기가 내 회사야. 내 이름으로 된 회사지.

그 말을 증명이라도 하듯 그는 우편함을 뒤져 제 이름이 적힌 우편물을 보여주기도 한다. 하지만 언제나 거기까지다. 그가 우편함을 지나 엘리베이터 쪽으로 걸어가려 하면 어김없이 경비원이 나타나 그를 제지한다.

이봐요. 무슨 일이에요?

저기가 내 회삽니다.

나가세요. 나가요. 아, 당장 나가시라니까요.

여기 내 이름이 있잖아요. 한번 봐요. 확인해봐요.

그가 가방에서 세금 고지서 한 뭉치를 꺼내 보인다. 내용을 알 수 없는 각종 서류와 독촉장을 내보일 때도 있다. 그럴수록 경비원은 손을 내저으며 그를 쫓는 데에만 열중한다. 그런 우스꽝스러운 대화를 주고받으며 경비원과 실랑이를 벌였다는 이야기를 그는 이제 웃으면서 한다. 도대체 자신이 뭘 할 수 있겠느냐는 듯, 이제 아무렇지 않다는 듯, 남의 이야기 하듯 한다.

나는 분수가 내다보이는 벤치에 앉아 그 사내를 떠올린다. 사람들이 나를 보며 수군거리는 게 느껴진다. 나는 더러운 몰골을 하고 고약한 냄새를 풍기며 내가 거리의 사람이라는 것을 다 내보이고 있다. 나를 힐끔거리는 사람들과 눈을 맞추고, 그들에게 다가

가고, 사람들 주변을 건들거리며 돌아다닌다.

시계탑의 바늘이 정오를 훨씬 넘기고도 간밤에 만났던 남자들은 나타나지 않는다. 두 번 세 번 다짐을 받았던 일들이 소용없게 된다. 나는 역사와 광장을 헤매며 그 사람들을 찾는 데에 몰두한다. 그들은 내 이름으로 집과 차를 사고, 돈을 빌릴 것이다. 내 이름 석 자가 모르는 곳으로 흘러가는 동안에도 내가 할 수 있는 건 없다.

여자는 어떻게 되는가.

그런 생각을 하는 게 두렵다. 단 하룻밤 만에 사라져버릴 돈을 쥐고 나는 겁없이 떠들었다. 비틀거리며 노래를 부르고 온밤이 다 내 것인 것처럼 소란을 떨었던 내 모습이 나를 괴롭힌다. 겨우 한 손으로 움켜쥘 수 있는 그 얇은 지폐 뭉치로 세상을 다 가진 것처럼 굴었다. 밤마다 나를 고통 속으로 밀어넣는 여자를 벗어나서, 이 거리를 떠나서, 이 광장 전부를 잊고서, 보란듯 살아갈 수 있을 거라고 생각했다.

이제 어떻게 해야 하는가.

병원 사람들이 여자를 다른 곳으로 보낼 것이다. 내가 찾을 수 없는 먼 곳으로 여자를 보낼 것이다. 다시는 여자를 만날 수 없을 것이다. 고독과 절망 같은 것들이 여자가 없는 빈자리를 노리고 달려들 것이다.

나는 아무에게나 손을 내밀고 돈을 구걸하기 시작한다. 아무 망설임 없이 손바닥이 펼쳐지는 게 놀랍다. 언젠가 빈 상자 앞에 엎드려 있던 사람이 생각난다. 부끄러운 줄도 모르고 공중을 향해 환하게 펼쳐진 손바닥. 아무도 모르게 상자 안의 동전을 재빨리 수거하는 손놀림 같은 것들. 보이지 않는 경멸과 멸시 따위가 지하도 계단을 바쁘게 오르내렸다. 이제 나는 그런 게 뭐 대수인가 생각한다. 손바닥을 내미는 게 뭐가 힘든 일인가. 혼자가 되는 것에 비하면 모르는 사람에게 손을 펼치는 것은 너무나 쉬운 일이다.

나는 두 손을 모으고 공손하게 머리를 조아린다. 사람들은 그런 모습에 익숙한 듯 고개를 돌리거나 아예 자리를 피해버린다. 나는 또다른 사람에게 손을 내민다. 그런 식으로 중앙 계단을 지나 역사 대합실까지 간다. 기차를 기다리던 사람들이 나를 힐끔거린다. 그들의 표정에 연민과 냉대가 어린다.

전광판 앞에서 통화를 하던 노신사가 동전 몇 개를 건네준다. 나는 자리를 뜨지 않고 버틴다. 거듭 몸을 숙이고 불쌍한 표정을 짓는다. 못 견디겠다는 듯 그가 지갑을 열어 지폐 한 장을 꺼내준다. 그제야 나는 몸을 돌려 다른 곳으로 이동한다.

나는 사람들이 원하는 것을 주려고 애쓴다. 사람들이 보고 싶어하는 것과 듣고 싶어하는 말을 필사적으로 찾아내려고 한다. 단호한 사람들의 마음을 열기 위해 내가 무엇을 해야 하는지 악착같이 찾아내려고 한다. 나는 한 손으로 배를 감싸쥐고 다른 손으로 벌린 입을 가리킨다. 더러운 손으로 눈가를 훔치며 절룩거리는 시늉을 하기도 한다.

나는 최선을 다한다.

봐라, 당신들의 삶이 얼마나 윤택한가. 당신들의 일상이 얼마나 평화로운가. 지금 당신들은 얼마나 행복한가.

나는 굽실거리며 비참하고 구역질나는 내 삶을 다 보여준다. 얼마도 좋으니 제발 값을 쳐달라고 애원한다. 동정이든 경멸이든 뭐든 상관없다. 나는 복잡한 감정으로 뒤섞인 사람들의 눈을 똑바로 마주보면서 아무에게나 손을 내민다.

여기서 이러면 안 됩니다. 그만 나가세요.

역무원 하나가 내 앞을 막아선다.

그만 나가요.

내가 저항하자 그가 내 뒷덜미를 잡고 조용히 경고한다. 그에게도 지갑이 있을 것이다. 언제든 마음대로 꺼내 쓸 수 있는 돈이 있을 것이다. 나는 언성을 높이고 저항하는 대신 그에게 손을 내밀며 사정한다. 다만 얼마라도 달라고 애걸한다. 이제 내 손은 무언가를 쥐고 붙잡는 게 아니라 텅 빈 채로 무언가 떨어지기만을 기다린다. 역무원이 어이가 없다는 표정으로 헛웃음을 터트린다.

진짜 돈이 필요합니다.

내가 옷깃을 잡으려 하자 그가 벌레를 쫓듯 내 손을 탁 뿌리친다. 나는 끈질긴 날벌레처럼 그의 소매를 붙들고 셔츠 자락에 매달린다.

제발 좀 도와주세요. 제발요.

나는 울먹거리기까지 한다. 그러나 그는 나를 제압한 뒤 역사 밖으로 내던지듯 밀어버린다. 나는 중심을 잃고 바닥에 고꾸라지고 만다. 놀란 비둘기들이 한꺼번에 날아오른다. 역사 입구를 오가던 사람들이 뒷걸음질치며 나를 피한다. 나는 벌떡 일어난다. 더는 부끄럽지도 창피하지도 않다. 그 자리에 멍청히 주저앉아 한 푼이라도 더 벌 수 있는 시간을 낭비하고 싶지 않을 뿐이다. 나는 히죽거리며 두 손을 옆구리에 문질러 닦는다.

누가 돈을 주기만 한다면 나는 여기서 죽는 시늉도 할 수 있을 것 같다. 네발로 기고 바닥에 떨어진 음식도 핥아먹을 수 있을 것 같다. 나는 뭐든지 할 수 있다. 나는 아무 일도 없었다는 듯 사람들을 향해 다가간다.

*

너 진짜 그 일을 할 수 있어?

드림시티 사장이 묻는다. 그는 내 몰골을 보고 놀란 눈치다. 어쩌면 그는 내가 이 거리를 벗어날 수 있을 거라고 생각했는지도 모른다. 아직 젊으니까 좋은 기회를 잡을 수 있을 거라고 예상했을지도 모른다. 그러나 그는 이제 그런 기대와 가능성 따위를 모두 접은 듯 나를 함부로 대한다.

누가 봐도 지금의 나는 이 거리를 결코 벗어날 수 없을 것처럼 보인다. 이곳에서 젊음을 다 소진하고, 늙고 병든 채 죽을 때까지 광장을 배회할 것처럼 보인다. 나는 이곳에 완전히 속한 사람이 되었다.

아, 새끼 냄새나게. 이걸로 갈아입어라.

그가 모니터 위에 널어놓은 티셔츠를 건네며 타박을 준다. 나는 그가 시키는 대로 옷을 갈아입는다. 땀과 피, 토사물과 먼지가 뒤엉킨 옷은 걸레처럼 후줄근하다. 감빛이었던 셔츠는 원래의 색을 잃은 지 오래다. 나는 긴 여름을 단 두 벌의 티셔츠로 버텼다. 그 중 하나인 이 셔츠에 비누칠을 하고 거품을 내어 씻던 여자의 모습이 떠오른다. 비좁은 화장실에 어른거리던 여자의 뒷모습과 통로 밖으로 비죽이 밀려난 그림자가 생생하게 되살아난다.

일당은 어떻게 할래? 주는 대로 받겠다고 하면 소개하고, 싫으면 다른 일 알아봐.

상관없어요.

그래? 기간은 한 달이라고 하는데 더 늦어질 수도 있어. 진짜 할 거야?

할 수 있어요.

너 이 새끼 나중에 딴말하면 내가 죽여놓는다. 분명히 할 수 있다고 했어, 응?

사장이 으름장을 놓는다. 나는 일당으로 얼마를 줄 건지도 묻지 않는다. 턱없이 적은 금액일 거다. 내 짐작보다 훨씬 더 적을 돈일지도 모른다. 그러나 어쩔 수 없다. 나는 지금 당장 돈이 필요하다. 사장이 장부에 내 이름을 적고 숫자를 써넣는다.

여기 이름 적어. 내 돈 떼먹고 튄 놈들 중에 무사한 놈 없다. 틀림없이 약속 지켜.

그가 수첩을 내 쪽으로 돌려준다. 이름을 쓰는 동안 사장은 나 같은 사람을 죽이는 것이 얼마나 쉽고 간단한지 이야기한다.

너희 같은 놈들 하나 없어져도 아무도 몰라. 너희를 왜 쓰는 줄 알아? 편하니까 쓰는 거야. 가족이 있나, 주소가 있나, 어디 기록에 남길 하나. 일 시키기에는 만사 땡인 거지. 내 말 무슨 말인지 알지?

나는 수첩을 바로 돌려놓으며 고개를 끄덕인다. 한 달을 일하든 일 년을 일하든 그런 건 중요하지 않다. 나는 지금 당장 돈이 필요하다.

거, 너무 세게 퉁치는 거 아냐?

바닥에 쪼그리고 앉은 쥐 사내가 투덜거린다. 그는 무릎을 세우고 두 팔을 뻗어 새끼 거위가 도망가지 못하게 감싸고 있다. 작고 노란 덩어리가 사내의 품안을 이리저리 오가는 게 보인다. 보슬보슬하게 털이 자라난 거위에게서 잘 마른 햇볕 냄새가 날 것 같다.

그럼 네가 돈을 주든가. 쥐뿔도 없는 놈이 말은. 아, 그거 좀 안

치울래? 개나 고양이도 아니고 그건 또 어디서 주운 거야?

쥐 사내는 고개를 들고 새끼 거위의 모습을 보여준다.

봐라. 예쁘지?

나는 쪼그리고 앉아 조심스럽게 손을 뻗는다. 새끼 거위의 뭉툭한 부리가 손끝에 와닿는다. 나는 검지로 보드라운 털을 쓰다듬고 녀석의 이마를 간질인다. 목을 쭉 빼고 내 손 여기저기를 더듬던 녀석은 다시금 사내의 품으로 파고든다. 사내가 보란듯 몸을 일으켜 뒷걸음질친다. 어리둥절한 얼굴로 주위를 휘휘 둘러보던 새끼 거위가 뒤뚱거리며 사내를 뒤따라간다.

봐, 요게 날 이렇게 따라다닌다니까. 옳지, 옳지.

사내의 목소리가 흥분으로 커진다. 꽉꽉. 녀석이 부리를 딱딱 부딪으며 연약하지만 맑은 소리를 낸다.

쟤네는 물에서 사는 거 아닌가?

심드렁한 표정으로 우리가 하는 짓을 보던 사장이 말한다.

분수에서 놀게 할 거야. 조금 더 큰 후에. 응? 아직은 애기니까. 알았지?

사내가 다시 무릎을 세우고 팔을 모아 새끼 거위를 안는다. 그런 때 사내는 세상을 다 가진 것 같다. 원하는 것도, 부러운 것도 없는 사람처럼 보인다. 한참 만에 사장이 지갑을 꺼내 약속한 돈을 준다. 착착착착. 사장이 지갑에서 지폐를 꺼내는 모습을 나는 얼빠진 얼굴로 내려다보기만 한다.

내일 늦지 말고 와라. 알았지?

문을 열고 그곳을 나오는 내 등뒤로 사장의 목소리가 따라붙는다. 나는 호주머니에 돈을 챙겨넣고 지하철역을 향해 달린다. 지폐를 넣은 호주머니가 불룩하다. 나는 빳빳하고 오돌토돌한 지폐의 질감을 떠올리고, 지폐를 꺼내 확인하고, 한번 더 세어보고 싶은 충동을 억누르며 속력을 낸다. 광장에서 지폐를 꺼내는 건 어리석은 짓이다. 광장은 위험하고, 광장 사람들은 더 위험하고, 이제 나는 나 자신조차도 믿을 수가 없다.

*

여자에게서 소독약 냄새가 난다.

부풀었던 배가 눈에 띄게 가라앉았다. 여자는 이제 편안하게 숨을 쉰다. 나는 여자의 손을 잡고 팔목에 난 주삿바늘 자국을 만지작거린다. 거리에 깔린 어둠 탓에 여자의 표정은 제대로 보이지 않는다.

집으로 갈까요?

우리는 병원 앞 벤치에 앉아 바쁘게 오가는 사람들을 바라본다. 여자는 내 팔을 쓰다듬으며 말이 없다. 여자를 데리고 나오기 전에 병원 화장실에서 세수를 하고 대충 몸을 닦은 게 다행이라는 생각이 든다. 한 무리의 사람들이 저쪽에서 담배를 나눠 피우고 있다. 환자복을 입은 그들의 웃음소리가 우리가 앉은 벤치까지 건너온다. 나라에서 운영하는 병원의 환자들이야 뻔하다. 그들은 보조금에 기대 삶을 연장하고 있을 뿐이다. 건강을 회복하고, 사회로 복귀하고, 앞으로의 삶을 계획하는 일 따위에는 관심이 없다. 그래야 할 이유도, 그럴 필요도 없는 사람들이다.

돈이 어디서 났니?

여자의 손이 내 이마를 쓰다듬는다. 내 눈가나 콧잔등을 닦아주기도 한다. 문득 여자의 품에 안겨 아이처럼 울고 싶어진다. 그것만으로도 충분했던 시절로 돌아가고 싶다. 작고 노란 새끼 거위처럼 숨을 쉬고 웃고 우는 것 외엔 아무것도 하지 않아도 되던 때로 돌아가고 싶다.

일을 하기로 했어요.

무슨 일을?

그냥 이것저것. 드림시티 사장한테 부탁했어요.

그랬구나.

여자가 고개를 숙이고 중얼거린다.

미안해. 정말 미안하다.

여자의 마른 손이 내 손바닥을 꾹꾹 누른다. 나는 여자를 일으켜세우고 손을 잡아끈다. 그런 말은 듣고 싶지 않다. 나는 절뚝거리지 않으려고 무릎에 힘을 주고 걷는다. 어깨를 펴고 허리를 반듯하게 세운다. 입을 열면 감기에 걸린 것처럼 뜨거운 숨이 새어나온다. 나는 여자와 보폭을 맞춰 걷는다.

응급실에 정말 이상한 간호사가 있었어. 정말 이상한 여자였는데.

내 기분이 가라앉고 있다는 걸 눈치챈 여자가 분위기를 바꿔보려고 안간힘을 쓴다. 호응을 해주고 싶지만 몸이 너무 무겁다. 커다란 추를 매달아놓은 것처럼 한 걸음 내디딜 때마다 몸이 바닥으로 가라앉는 것 같다.

나는 이런 이야기를 한다.

오늘 광장에 미친놈이 있었어요.

미친놈이라니?

여자가 관심을 보인다. 나는 아무에게나 굽실거리며 구걸을 하던 남자를 우스꽝스럽게 묘사한다. 내 머릿속에서 남자는 늙은이였다가 새파란 젊은이였다가 여자였다가 다시 남자였다가 오락가락한다. 그는 역사에서 반평생을 보낸 사람이었다가 이제 막 광장에서 숙식을 시작한 애송이였다가 제멋대로 뒤섞인다. 나는 떠오르는 대로 말하고 아무렇게나 떠든다.

내가 아는 사람이야?

여자가 묻는다.

아니, 처음 보는 사람이었어요.

한 번도 본 적이 없어?

한 번도 본 적 없어요.

집으로 돌아가기 싫다는 여자를 설득해 우리는 쪽방으로 돌아온다. 휘어진 철문을 열고 통로를 지나 방문 앞에 서자 옆방에서 소라가 빼꼼 얼굴을 내민다.

아저씨 왜 이제 와요.

소라가 과장되게 얼굴을 찌푸리며 소곤거린다. 나는 힘들어하는 여자를 위해 방문을 열고 불을 켜고 이부자리를 살피면서 아이의 말을 건성으로 듣는다. 문을 열자 방안에 고여 있던 퀴퀴한 냄새가 와락 달려든다. 나는 창을 열고, 플라스틱 물병과 의자 따위를 한쪽으로 치우며 분주하게 움직인다. 용변을 보기 위해 두었던 플라스틱통을 들고나와 화장실에서 말끔히 씻기도 한다. 여자는 문턱에 앉아 숨을 고르고 아이는 병아리처럼 내 뒤를 따라다니며 재잘거린다.

아저씨 듣고 있어요? 우리 아빠가 꼭 전하라고 했단 말이에요.

그래, 다 들었어.

마음이 바빠진다. 얼른 여자와 나란히 누워 잠을 청하고 싶다. 나는 반듯하게 이불을 깔고 여자를 눕힌 다음 젖은 수건을 머리맡에 놓는다. 기운 없는 여자가 몸을 닦을 수 있도록 한 배려다.

배고파요? 뭘 좀 먹을래요?

나는 동전을 짤랑거리며 묻는다. 지친 여자의 두 눈이 나를 올려다본다. 무엇을 원하는지 너무나 분명하게 들여다보이는 눈동자다.

딱 한 병만. 안 될까? 안 되겠지?

마음이 약해진 내가 다짐을 둔다.

딱 한 병만요.

그래, 딱 한 병만.

나는 소라와 함께 어두운 골목을 빠져나온다. 아이는 쪽방 사람들이 모여 회의를 하고 언성을 높이고 실랑이를 벌였던 이야기를 순서대로 차근차근 설명한다. 나는 고개를 끄덕인다. 지금은 다만 여자와 술 한 병을 나눠 마시고 깊이 잠들고 싶다. 내가 바라는 건 그게 전부다. 다른 건 어찌되든 상관없다. 오늘이 얼마나 길고 길었는지 아이에게 설명할 수 없는 나는 보폭을 넓혀 속도를 낸다.

나는 주머니를 털어 소주 한 병과 컵라면 두 개, 과자 한 봉지를 산다. 역사 주변을 전전하며 구걸한 노력은 계산대 앞에서 단 몇 초 만에 끝이 난다. 그게 뭐 대수인가. 나는 드림시티 사장에게 앞으로 한 달간의 노동을 미리 팔아 여자의 병원비를 댔다. 더이상 미래는 대비하거나 준비해야 할 무엇이 아니다. 필요하다면 십 년 뒤, 백 년 뒤의 삶도 미리 당겨쓸 수 있다고 나는 생각한다. 그런 식으로라도 휘청거리는 삶에 지지대를 세워야 한다. 미래에 대한 부채와 채무로 하루하루를 연장하는 게 뭐가 나쁜가.

돌아오는 길에 아이가 묻는다.

아저씨 이사가요?

글쎄. 이사가고 싶니?

당연히 가고 싶죠. 여긴 친구도 없고, 무섭잖아요.

아이는 과자 봉지를 안고 새침하게 군다.

근데 그런 이야긴 하면 안 돼요. 아빠가 속상해하거든요.

쪽방 사람들은 수시로 회의를 열고 본격적으로 대책을 세우는 모양이다. 아이는 내게 왜 그곳에 가지 않느냐고 묻는다. 그곳에 가지 않는 내가 다른 곳으로 이사갈 능력이 있는지 궁금한 모양이다. 나는 아이를 방으로 들여보내며 머리를 쓰다듬어준다. 아직도 하루가 끝나지 않았다는 것이 믿기지 않는다. 나는 백년이나 천년 동안 계속 살아 있는 것 같다.

*

가끔 살아 있다는 게 너무 끔찍해.

여자가 하는 말이다. 내가 하고 싶은 말이기도 하다. 우리는 얇은 이불을 덮고 몸을 옹송그린다. 어디선가 자꾸 찬바람이 새어든다. 하얀 입김이 어른거릴 때도 있다. 곧 겨울이 들이닥칠 것이다. 여름 내내 겨울나기를 걱정했던 나는 뭐든 미리 생각하지 않기로 한다.

어떻게든 되겠지. 방법이 있겠지.

그런 식으로 섣부른 기대나 희망을 갖겠다는 뜻이 아니다. 나는 내가 할 수 있는 한 최악을 상상한다. 그래야 한다. 그게 뭐든 끝없이 더 나빠질 거라고 예상하는 편이 낫다. 아니, 여자가 돌아온

지금 나는 악착같이 최악을 상상하면서 어쩌면 그 속에서 아주 조
그마한 희망 하나를 발견할 수 있지 않을까 기대하는지도 모른다.

너는 그렇지 않니?

여자가 묻는다. 옆방 남자가 돌아온 모양이다. 살그머니 문을
열고 방안으로 들어가는 기척이 느껴진다.

누군가에게는 삶이 끔찍하지 않을 수도 있을까.

나는 되묻고 싶어진다. 삶이 이토록 끔찍한 건 어쩌면 당연한
게 아니냐고 되묻고 싶다. 그러면서 나는 이런 생각도 한다. 정말
끔찍한 건 삶이 아니라 죽지 않고 꾸역꾸역 견디고 있는 스스로를
지켜보는 것이라고. 내가 얼마나 더 구차해지고 비참해질 수 있을
까, 생각하는 것보다 끔찍한 것은 없다고 중얼거린다.

여자가 추위에 몸을 떤다. 나는 여자의 몸을 덥히기 위해 가까
이 다가간다. 티셔츠 속에 손을 넣고 몸을 밀착한다. 여자가 상체
를 일으켜 나와 입을 맞춘다. 라면 수프 냄새와 알싸한 술냄새가
더운 입안에서 뒤섞인다. 여자의 몸이 뜨거워진다. 나만이 알아챌
수 있는 미세한 변화가 여자의 몸을 깨운다. 몸을 일으키려는 나
를 여자가 제지한다. 여자가 내 위로 올라와 이마를 쓰다듬고 귓
불을 만지고 목덜미에 가볍게 입을 맞춘다. 나는 온몸의 긴장을
풀고 여자가 하는 대로 내버려둔다. 여자가 숨을 몰아쉬며 천천히
아래쪽으로 내려간다.

여자가 제대로 씻지 못한 내 몸에 입을 맞춘다. 여자가 내 몸에

서 풍기는 온갖 악취를 견뎌야 한다는 걸 알면서도 나는 모른 척한다. 가쁘게 숨을 몰아쉬고 기침을 하면서도 여자는 멈추지 않는다. 내게 줄 수 있는 것이 이것뿐이라는 듯 여자는 필사적이다. 그런 여자에게 그만두라고 말할 자신이 없다.

심장 소리가 거세진다. 나는 다시금 굶주림 같은 욕망을 해소하는 데에 혈안이 된다. 그러면서도 우리의 행위가 얼마나 추하고 더러운지에 대해 생각하고 있다. 발가벗은 욕구만 남은 이 행위를 어떻게 사랑이라는 말로 표현할 수 있을까. 센터 직원들이 우리를 두고 수군거린다는 것을 안다. 누구라도 길 위에서 뒹구는 우리를 본다면 헛구역질을 하고 고개를 돌려버릴 것이다. 더럽다느니 역겹다느니 중얼거리고 못 볼 것을 본 것처럼 불쾌해할지도 모른다.

살아 있는 내 육체가 혐오스럽다. 사는 게 이토록 힘겨운데 쉬지 않고 심장이 뛰고 피가 돌고 허기를 느끼고 다른 누군가의 체온을 바란다는 게 징그러울 정도다. 인간다움과는 먼 이런 방식으로 내 몸이 바라는 걸 해결해줘야 한다는 게 끔찍하다. 아무렇게나 아무데서나 몸을 섞고 신음을 내뱉고 욕구를 충족시키는 내가 짐승과 다를 게 무엇인가.

그러면서도 나는 멈추지 않는다. 간사하게도 절정을 향해가는 순간엔 그 어떤 것도 의심할 수가 없다. 도대체 이게 사랑이 아니면 무엇인가. 여자와 나를 끌어당기는 이 감정이 사랑이 아니라면 무엇이 사랑일 수 있나. 그 순간에는 여자도, 나도, 여자와 나 사이를 채운 감정도 또렷하고 분명하기만 하다.

말해봐. 날 사랑하니?

가슴팍으로 더운 땀이 흐른다. 나는 미끈거리는 몸을 여자에게 밀착하고 헐떡거린다. 심장이 터질 것 같다. 이대로 멈추지 않고 십 년이나 백 년을 살다가 죽어버렸으면 좋겠다. 나는 숨이 차도록 질주하고 여자가 내 몸 위에 엎어진다. 여자가 나를 힘껏 안으며 다시 묻는다.

나 버리지 않을 거지? 응? 그러지 않을 거지?

나는 말없이 여자의 볼에 귀를 대고 있다. 심장 소리가 들린다. 두 개의 심장 소리가 하나로 합쳐지고 어긋나고 다시 하나가 되길 반복한다. 문득 뭔가 축축한 것이 내 귓바퀴를 타고 흐른다. 여자가 울고 있다. 나는 숨을 죽이고 어둠 속에서 눈을 깜빡인다. 어떻게든 여자를 달래고 위로해야 한다고 생각하지만 나는 여자의 몸에서 떨어져나와 도망치듯 잠 속으로 빠져든다.

*

며칠이 지난다.

며칠이지만 아주 오랜 시간처럼 느껴진다. 우리는 어떻게든 계획 안에 하루를 가두려고 안간힘을 쓴다. 낮과 밤이 예상 밖으로 튀어나가지 않도록 주의를 기울인다. 바깥의 어떤 일들이 우리의 일상을 침범하지 않도록 온 힘을 쏟는다.

점심 무렵, 무료 급식을 먹기 위해 잠깐 외출하는 것을 제외하면 여자와 나는 종일 방안에 머문다. 우리는 아무도 만나지 않고, 아무것도 하지 않은 채 무사히 하루가 지나가기만을 기다린다. 한밤에 내가 일을 나가면 여자가 홀로 방을 지키는 날들이 이어진다.

달라진 건 아무것도 없다. 그러나 한편으로 나는 많은 것이 달라지고 있음을 알아차린다. 밤늦게 일을 마치고 돌아오면 나는 여자에게 짤막하게 안부를 묻고 만다.

별일 없었어요? 몸은 어때요?

그게 전부다. 여자가 마른기침을 하거나 조용히 문을 열고 나갈 때에도 더이상 따라나서거나 알은체하지 않는다. 나는 피곤에 짓눌려 다만 이렇게 하루가 지나갔다는 것에 안도할 뿐이다. 하루가 지나고, 또 하루가 지나고. 드림시티 사장에게 미리 당겨쓴 날들이 다 지나가기만을 바랄 뿐이다.

잠에 취해 이런 생각을 할 때도 있다.

이 모든 게 여자 때문이다.

나는 저당잡힌 내 미래를 생각하고 여자에게 하지 못한 원망의 말들을 웅얼거리기도 한다. 그때 여자를 내버려두었더라면, 처음부터 여자를 만나지 않았더라면, 후회하기도 한다. 어떻게 해야 한다거나, 어떻게 하고 싶다거나 하는 계획도, 다짐도 없이, 결국엔 모든 게 더 나빠질 거라고 체념하면서, 그 모든 탓을 여자에게 돌리려고 한다.

이불에서 냄새가 난다고, 방문이 제대로 닫히지 않는다고, 일이 너무 고되다고, 몸이 내려앉을 것처럼 피곤하다고, 나는 여자에게 목소리를 높인다. 그 모든 게 여자의 잘못이 아니라는 것을 알면서도 불평을 하고 불만을 쏟아낸다. 비겁한 일이라는 걸 알지만 제멋대로 날뛰는 감정을 어떻게 다스려야 하는지 모르겠다. 아니, 더는 그런 것에 쏟을 기운이 남아 있지 않은 건지도 모른다.

사람들과 새벽녘까지 술을 마시고 귀가한 어느 날 여자가 기다렸다는 듯 이불을 젖히고 몸을 일으킨다.

왜 이렇게 늦은 거니?

어둠 속에서 여자의 눈이 내 얼굴을 빤히 본다.

일이 늦게 끝났어요.

나는 방안에 고인 악취에 익숙해지려고 과장되게 숨을 들이쉬고 내쉰다. 그러는 동안 여자가 느낄 미안함과 창피함 따위는 상관없다는 듯 함부로 행동한다. 여자가 기다시피 다가와 내 옷을 잡아당기고 나를 바닥에 앉힌다.

왜 그래? 뭐가 문제야? 이러는 이유가 뭐야?

목소리에 날이 서 있다. 내 눈이 여자의 눈을 피해 멀리로 달아난다.

그렇게 못 견디겠으면 가. 날 괴롭히지 말고 가버리라고!

여자가 소리친다. 나는 소리치는 여자를 내버려두고 방 한구석으로 가서 눕는다. 내 안을 채운 감정들이 뜨거워지고 사나워지고, 한순간에 그것들이 불쑥 튀어나오지 않도록 몸을 웅크린다. 여자가 다가와 내 어깨를 잡고 흔든다. 내 얼굴을 돌려보려고 안간힘을 쓴다. 나는 고집스럽게 입을 다물고 어두운 벽을 노려보기만 한다.

도대체 왜 그러는 거니? 왜 그래?

여자는 울지 않는다. 다만 목소리를 높이고, 나를 흔들면서, 자신이 여전히 거기 있다는 것을 알릴 뿐이다. 침묵 속으로 기어들어가려는 나를 붙잡으려고 할 뿐이다.

네가 무슨 생각을 하는지 말해. 말해. 말해!

여자의 언성이 점점 더 높아진다.

메마르고 건조한 목소리가 나를 찌르고 베고 상처를 남기는 것을 나는 내버려둔다. 그저 가만히 여자의 내부를 뒤흔드는 불안과 두려움의 크기를 짐작해볼 뿐이다. 악을 쓰던 여자가 내 몸 위로 올라와 내 얼굴을 단단히 붙잡는다. 마르고 차가운 손이 내 얼굴을 이리저리 흔들어댄다.

말해. 말을 하라고!

라디오 소리가 조금 더 커진다. 이 방의 소란을 다 듣고 있을 소라가 볼륨을 높이는 게 분명하다. 여자가 내 얼굴을 짓누른다. 믿을 수 없는 악력이 내 얼굴을 뜯고 당기고 비튼다. 종일 모로 누워

기침만 하던 여자에게서 시퍼런 살기가 살아난다. 나는 여자를 뿌리치면서 이렇게 중얼거린다.

그만해요.

멈칫하던 여자가 다시 무서운 기세로 달려든다. 나를 올라타고 뺨을 때리고 얼굴을 짓이긴다. 나는 반듯하게 누워 이 모든 소란이 지나가기만을 기다릴 뿐이다. 여자가 내 머리채를 잡고 머리를 바닥에 쿵쿵 찧으며 애원한다.

제발. 아무 말이나 해. 뭐든 말을 하라고.

그러나 나는 여자가 원하는 말을 해줄 수 없다. 그것이 내 진심인지도 알 수 없다. 시시때때로 변하는 진심 따위를 어떻게 믿을 수 있나. 어둠 속에서 흰자위가 드러난 여자의 두 눈이 나를 무섭게 내려다본다. 그 눈 속에 고인 진심이 너무나 투명하게 들여다보이지만 나는 그 모든 걸 모른 척한다.

험한 말을 하고, 소리를 지르고, 몸부림을 치는 여자의 마음을 헤아린다고 해서 무엇이 달라질 수 있나. 그치지 않을 기세로 나를 몰아세우던 여자가 내 멱살을 쥔 채 고요히 허물어진다. 기운이 다한 듯 내 가슴에 얼굴을 처박는다.

나는 조용히 여자를 밀치고 다시 벽 쪽으로 돌아눕는다. 겨드랑이 사이에 시린 손을 끼워넣고 서둘러 잠 속으로 기어들어갈 뿐이다.

그럼 다른 방법이 있습니까? 있으면 말해보세요.

구급대원이 내 어깨를 잡고 흔든다. 언젠가 이런 비슷한 말을 들은 적이 있다. 나는 얼빠진 얼굴로 바닥만 내려다본다. 간이침대 하나가 내 곁을 빠르게 지나쳐 엘리베이터 안으로 들어간다. 그 뒤를 쫓던 누군가가 바닥에 주저앉아 울음을 터트린다. 가운을 입은 사람들이 누군가의 이름을 부르고, 응급실 안으로 또 한 무리의 사람들이 들어간다.

나는 그 모든 것을 아무 상관 없는 사람처럼 바라보고 있다.

어떻게 할 겁니까!

구급대원이 나를 밀치고 침대에 누운 여자의 볼을 톡톡 두드린다. 눈을 깜빡이고 숨을 몰아쉬며 복통을 호소하던 여자는 고개를 옆으로 돌린 채 말이 없다. 다물어지지 않은 입술 새로 진득한 침이 새어나온다. 피가 섞인 검붉은 침이 시트를 적시고 있다.

이렇게 계속 있을 수는 없어요. 내 말 듣고 있어요?

구급대원이 내 볼을 때린다. 나는 정신이 돌아온 사람처럼 그와 눈을 맞추고, 주변을 둘러보고, 여자의 손을 찾아 쥔다. 차고 메마른 손이다. 길게 자라난 여자의 손톱과 돌멩이처럼 단단한 손끝을 만지작거리며 나는 대답할 말을 찾고 있다. 강팀장은 전화를 받지 않고 아무리 생각해도 더이상 도움을 받을 만한 사람이 떠오르지 않는다. 미래를 저당잡히고, 신분을 팔아버린 내겐 더이상 팔 수 있는 것이 남아 있지 않다. 용케 도움을 얻는다고 해도 반드시 그에 상응하는 대가를 치러야 할 것이다. 그게 뭐든 나는 더 감당할 여력이 없다.

더운 내 손안에서 여자의 손은 차갑기만 하다. 아무리 어루만져도 체온이 어디론가 줄줄 새고 있는 것 같다.

어떻게 하면 됩니까?

내가 묻는다. 어떻게 해야 하고, 어떻게 할 수 있는지 누구보다 더 잘 알면서 나는 끝까지 비겁하게 군다. 만약 여자가 깨어 있다면 이런 내 모습을 기억할 것이다. 잊지 못할 것이다. 나는 두려운 마음으로 여자의 떨리는 속눈썹과 숨소리에 집중한다.

일단 치료를 받게 해야죠. 어떻게든 응급실 안에 넣어야죠.

그가 목소리를 낮추고 대꾸한다.

응급실 앞은 오가는 사람들로 북적거린다. 의사와 간호사는 피곤에 지친 얼굴로 사람들 사이를 요리조리 피해 다닌다. 저 사람들이 여자를 발견할까. 여자를 치료해줄까. 모른 척하고 방치한 채 죽게 버려두지 않을까. 접수대 앞에 선 누군가가 목소리를 키운다. 돈을 다 냈는데 왜 빨리 진료를 해주지 않느냐는 항의다. 모든 요구는 값을 치르고 난 뒤에야 가능하다. 나는 이를 악문다.

구급대원과 나는 여자를 휠체어에 앉힌 뒤 응급실 안으로 들어선다. 여자의 상체가 몇 번이고 옆으로 쏟아질 뻔한다. 우리는 빈

침대를 골라 여자를 반듯하게 눕힌다. 그러는 동안 링거 지지대가 쓰러지고 휠체어가 먼 쪽으로 밀려난다. 여자는 눈을 감은 채 움직임이 없다.

나는 고개를 숙이고 여자의 볼에 얼굴을 갖다댄다. 나지막한 목소리로 여자의 이름을 불러본다. 이제껏 한 번도 불러본 적 없는 이름이다. 여자는 대답하지 않는다. 머릿속에서 하고 싶은 말들이 제멋대로 뒤섞이고 엉킨다. 눈덩이처럼 커진 말들이 점점 뜨거워진다. 나는 자꾸 치솟는 것들을 삼키며 간신히 여자의 이름이나 중얼거릴 뿐이다.

어서요. 서둘러요.

구급대원이 나를 재촉한다. 나는 금방 나가겠다는 투로 고개를 끄덕인 다음 그 자리에 붙박인 듯 서 있다. 어쩌면 나는 오래전부터 이런 장면을 상상해왔는지도 모른다. 내 예상보다 훨씬 멀고 먼 어느 날부터 내내 각오해왔던 일인지도 모른다. 나는 입을 벌리고 숨만 쉬면서 어쩔 수 없는 일이라고 나를 설득시키려 애쓴다. 내가 어떻게 할 수 없는 일이고, 더는 방법이 없다고 스스로를 위로하려고 한다.

거기, 이봐요. 여기 누구 허락 받고 쓰는 겁니까?

가림 천을 확 젖히고 한 남자가 얼굴을 쑥 내민다. 불빛과 소음이 다시금 와락 달려든다. 나는 정신을 차려 주위를 둘러보고 쥐고 있던 여자의 손을 재빨리 뿌리친다.

여기 마음대로 환자를 눕히면 어떡합니까? 누가 허락했어요?
누가 여기 눕히라고 했느냐고요!

나는 서둘러 그곳을 빠져나온다. 성큼성큼 출입문 쪽으로 걷기
시작한다. 심장이 거세게 쿵쾅거린다. 사람들을 밀치고 이동하는
침대를 이리저리 피해 걸으면서 속도를 낸다. 뒤따라오는 남자의
발소리가 빨라진다. 결국 굵고 거친 손이 복도 끝에서 내 어깨를
잡아채어 한쪽 벽으로 몰아세운다.

지금 뭐하자는 거요? 그냥 가면 어쩌자는 거야. 저 사람과 무슨
관계요?

나는 벽에 등을 기댄 채 숨을 고른다. 말을 잃은 사람처럼 반질
반질한 복도 바닥을 내려다보는 게 전부다. 남자가 위협적으로 내
어깨를 툭툭 친다.

말을 해야 할 거 아니야, 말을.

구급대원은 보이지 않는다. 나는 아수라장 같은 병원 복도 한쪽
에 서서 여자를 생각한다. 아니, 여자에 대한 걱정은 거짓말처럼
사라지고 이곳을 무사히 빠져나가는 데에 혈안이 된다.

사람 말이 말 같지 않아? 당신, 뭐하는 사람이야? 여기 병원이
야. 신고당하고 싶어? 저기 누운 사람 누구야, 누구냐고!

남자가 으름장을 놓는다. 다시 돌아가면 여자가 눈을 똑바로 뜨
고 나를 바라볼 것 같다. 자신을 응급실에 처넣고 돌아서버린 나
를 말없이 지켜볼 것 같다. 그런 여자의 두 눈을 마주할 자신이 없

다. 나는 반사적으로 중얼거린다.

모르는 사람입니다.

자신 없는 듯 머뭇머뭇하다가 목소리를 키운다.

정말 몰라요. 전 모르는 사람이라고요.

남자가 뭐라고 대꾸하기 전에 한번 더 소리친다.

몰라요. 난 몰라요. 모른다고요!

*

밤이다.

계절은 완전히 겨울 쪽으로 기울었다. 잘 벼린 칼처럼 바람은 날마다 날을 세운다. 곧 한파가 들이닥칠 것이다. 여름 내내 겨울이 오는 것을 두려워하던 나는 이제 겨울 한가운데 서 있다.

검은 작업복을 입은 사람들 틈에 끼어 동네를 오른다. 여자와 오가던 길이다. 모든 게 아주 오래전 일 같다. 여자도, 여자와 함께 걷던 이 길도, 여자와 보낸 수많은 밤과 낮도 신기루처럼 느껴질 뿐이다. 나는 현실감각을 잃은 채 걷는 데에만 집중한다. 바닥을 디딘 발의 감촉을 제외하면 모든 게 거짓말 같다.

척, 척, 척, 척. 열을 맞춰 전진하는 발소리가 공중으로 솟는다. 다들 긴장한 표정을 헬멧 속에 숨기고 앞만 보고 걷는다.

자, 각 조 위치로!

팀장이 소리치자 사람들은 교육받은 대로 두 개의 조로 나뉘어 좁은 골목으로 진입한다. 보이지 않는 저곳에 몸을 납작 엎드린 것들이 나를 향해 달려들 준비를 하고 있을 것이다. 사람들의 발걸음이 빨라진다. 숨을 내쉴 때마다 하얗게 입김이 살아난다. 나는 딱딱하게 언 손을 움직여 파이프를 힘껏 움켜쥔다. 분노만 남은 짐승 하나가 내 안에서 으르렁댄다. 그 짐승을 어떻게 다독이고 잠재워야 하는지 나는 알지 못한다. 아니, 이제 그런 게 가능할 거라는 생각은 하지 않는다.

더는 아무것도 두렵지 않다.

새끼들 준비 많이 했네.

누군가가 침을 탁 내뱉는다. 나는 강철 같은 어깨에 둘러싸여 불꽃이 이글거리는 옥상을 올려다본다. 옥상을 점거한 사람들은 커다란 드럼통에 불을 피우고 이쪽을 내려다보고 있다. 날름거리는 불꽃 주위로 겁에 질린 사람들의 실루엣이 어른거린다. 옥상 사람들이 구호를 외치고 고함을 친다. 유리병과 돌멩이가 날아온다. 유리병이 바닥을 때릴 때마다 불꽃이 터진다. 나는 침착하게 자세를 낮추고 벽 쪽으로 붙어선다.

어지럽게 이어진 골목 어디쯤 여자와 내가 잠들던 방이 있었는지 모르겠다. 여자의 얼굴은 떠오르지 않는다. 밤을 꼬박 새워 일하고 종일 여자를 생각하지 않은 채로 하루를 보낸 적도 있다. 기억 속에서 끈질기게 여자를 찾아 헤매지만 여자와 함께 있던 내 모습만이 또렷하게 되살아날 뿐이다. 어둡고 비좁은 방에 누워 밤새 여자의 몸을 어루만지고, 사랑한다고 속삭이고, 여자를 원망하고 탓하고, 결국엔 모든 책임을 여자에게 전가하려 했던 내 모습에 가려 여자는 보이지 않게 된다.

내가 떠올릴 수 있는 건 아무것도 담겨 있지 않던 여자의 두 눈이 전부다. 허무와 공허로 가득찬 여자의 눈 속에서 겁없이 떠들던 내 모습이 되살아난다. 여자의 눈은 오래전 내가 했던 말들을 빠짐없이 기억할 것이다. 여자의 깊은 두 눈 속으로 천천히 잠기는 말들을 떠올린다. 한때 여자의 마음을 흔들고 물결을 만들고 파동을 일으키던 내 고백이 바닥을 가늠할 수 없는 여자의 눈 속으로 한없이 가라앉고 있다.

진입조 준비!

팀장의 단호한 목소리가 들린다. 작업복을 입은 사람들이 민첩하게 건물을 에워싼다. 모두 차디찬 벽에 등을 기댄 채 폐가구와 잡동사니를 쌓아둔 캄캄한 출입문 쪽을 노려보고 있다. 당장이라도 달려들 준비를 하고 있다.

언젠가 이곳을 딛고 다른 곳으로 나아갈 수 있다고 믿었다. 여자와 함께 서로 돕고 의지하면 오늘보다 더 나은 내일을 가질 수 있다고 믿었다. 그것이 얼마나 오만하고 안이한 생각이었는지 깨달은 지금 나는 심한 부끄러움을 느낀다.

신호를 기다린다. 날이 밝으면 예고한 대로 작업이 시작될 것이다. 나는 저곳으로 돌진해 모든 걸 부수고 망가뜨릴 것이다. 사소한 것 하나도 남겨두지 않을 것이다. 빈방인 그곳에 우리 손길이 닿은 물건, 체온이 스민 이불, 체취가 묻은 벽지 같은 것들이 남아 있다고 해서 무엇이 달라질 수 있나. 나는 추억이나 기억 따위를 믿지 않는다. 그건 희망이나 기대처럼 손에 잡히지도, 눈에 보이지도 않는다. 실체가 없고 다만 거기 있을 거라고 짐작하게 되는 것들. 그런 것들은 사람을 들뜨게 하다가 결국엔 망쳐버린다.

나는 지금과 맞서는 법을 배울 것이다. 과거나 미래 따위는 없다고 여길 것이다. 당장 눈앞에 보이는 것을 보고 쥐고 만질 것이다. 오늘은 반드시 이곳을 말끔히 청소해야 한다. 나는 그것만 생각한다.

멀리 역사의 간판이 반짝인다.

캄캄한 바다 위의 등대처럼 불빛은 먼 곳까지 나아가 거기가 역사라는 것을 알린다. 나는 넘실거리는 어둠 속에서 내가 어디쯤 서 있는지 가늠해본다. 한때 환한 등대 아래서 길을 찾을 수 있다고 믿은 적이 있다. 그곳에 닿으려고 악착같이 애썼던 적이 있다. 그러나 지금 나는 역사의 불빛 대신 불빛을 둘러싼 거대한 어둠을 본다. 더는 그것의 깊이와 너비를 의심하지 않는다.

끝없이 이어지는 밤 속에서 아침을 기다린다. 바람이 요란한 소리를 내며 좁은 골목을 빠져나간다. 시린 공기 속에서 눈을 깜빡인다. 마침내 팀장이 신호를 한다. 누군가가 뒤쪽에서 얼어붙은 담벼락을 탕탕 때리기 시작한다. 사람들이 한꺼번에 벽을 때리고 함성을 내지른다. 분노와 울분이 건물을 에워싼다. 금방이라도 벽이 무너지고 건물이 내려앉을 것 같다.

나는 젖혔던 캡을 닫고 새벽이 오는 하늘을 올려다본다.

작가의 말

2014년에 출간했던 소설을 올해 봄과 여름에 고쳐 썼다.

그대로 두고 싶은 마음과 수정하고 싶은 마음 사이에서 소설은 얼마간 바뀌고 달라져버렸다. 책에는 그 나름대로의 운명이 있다는 말을 떠올리면 걱정스럽고 또 두렵기도 하지만 처음 책을 낼 때의 마음을 다시 생각할 수 있었다.

섬세한 눈길로 원고를 검토해준 강윤정 편집자와 책을 출간해준 문학동네에 감사하다는 인사를 드린다. 이 책을 통해 내가 만날 수 있었고, 앞으로 만나게 될 사람들에게 진심으로 고맙다는 인사를 전하고 싶다.

2020년 9월

김혜진

문학동네 장편소설
중앙역
ⓒ김혜진 2020

초판인쇄 2020년 9월 10일
초판발행 2020년 9월 18일

지은이 김혜진
펴낸이 염현숙
책임편집 강윤정 | 편집 김필균 이재현 김영수 | 모니터링 이희연
디자인 엄자영 유현아 | 마케팅 정민호 박보람 우상욱 안남영
홍보 김희숙 김상만 지문희 김현지
제작 강신은 김동욱 임현식 | 제작처 한영문화사

펴낸곳 (주)문학동네
출판등록 1993년 10월 22일 제406-2003-000045호
주소 10881 경기도 파주시 회동길 210
전자우편 editor@munhak.com | 대표전화 031) 955-8888 | 팩스 031) 955-8855
문의전화 031) 955-3576(마케팅) 031) 955-2678(편집)
문학동네카페 http://cafe.naver.com/mhdn | 트위터 @munhakdongne
북클럽문학동네 http://bookclubmunhak.com

ISBN 978-89-546-7479-9 03810

www.munhak.com